遥远的乡村

邢敦岭 著

中国言实出版社

图书在版编目（CIP）数据

遥远的乡村 / 邢敦岭著 . -- 北京：中国言实出版
社，2021.9
ISBN 978-7-5171-3890-7

Ⅰ. ①遥… Ⅱ. ①邢… Ⅲ. ①散文集－中国－当代
Ⅳ. ① I267

中国版本图书馆 CIP 数据核字（2021）第 192097 号

遥远的乡村

出 版 人：王昕朋
责任编辑：史会美
责任校对：王建玲

出版发行：中国言实出版社
　　　地　　址：北京市朝阳区北苑路 180 号加利大厦 5 号楼 105 室
　　　邮　　编：100101
　　　编辑部：北京市海淀区花园路 6 号院 B 座 6 层
　　　邮　　编：100088
　　　电　　话：64924853（总编室）　64924716（发行部）
　　　网　　址：www.zgyscbs.cn　E-mail：zgyscbs@263.net

经　　销：新华书店
印　　刷：北京盛通印刷股份有限公司
版　　次：2022 年 1 月第 1 版　　2022 年 1 月第 1 次印刷
规　　格：880 毫米 ×1230 毫米　1/32　9.375 印张
字　　数：165 千字

定　　价：58.00 元
书　　号：ISBN 978-7-5171-3890-7

邢敦岭 1950 年生于江苏铜山，徐州市作协会员。近年来专注于乡土历史文化资料的搜集和整理工作，已完成上百万字的文稿。先后发表小说、散文、诗歌等 200 多篇（首），其中《家乡绿化感赋》一诗获第四届全国新田园诗赛二等奖，散文《抄书》获第七届"我的读书故事（漫山花溪谷杯）"征文优秀奖。

自　序

　　宋代词人晏殊曾作《采桑子·时光只解催人老》：时光只解催人老，不信多情，长恨离亭，泪滴春衫酒易醒。梧桐昨夜西风急，淡月胧明，好梦频惊，何处高楼雁一声？

　　时光匆匆，每时每刻都在催人变老，却并不理解人世间的多情，那些滴到衣衫上的泪水和长亭送别的离恨别愁，纵使醉酒后也无法忘却。

　　不知不觉就老了呢，而今我已年过花甲，人老多情，空闲的时间总是会想起从前的种种，逝去的父母、年幼时的伙伴、读书时的师长、工作后的同事，还有一些苦辣酸甜的事情……想得最多的，是我的村庄，留下我童年记忆的村庄。犹记得，我脑袋上顶着一撮毛，跟着父亲去赶老街，煎包、煎豆腐、丸子汤、烧饼、油条、馓子、麻花、糖球、韭菜馅的饺子、鸡蛋饼看得人目不暇接，馋得我口水直流。那条老街，那个村庄，那些美好的记忆，深深地扎根在我脑海里，每每想起，就如过电影般一幕幕浮现出来。写这本书，就是想把这些记忆串成花絮，一方面方便自己怀念当初，另一方面，将这些关于乡村的记忆镶嵌在历史的橱窗里，能够让后来者都知道它、了解它、欣赏它，让他们知道，一路走来，乡村，曾经穿越千百年的风云烟雨，曾经奔驰过叱咤风云的金戈铁马……

之所以命名为"遥远的乡村"，也是出于一种缅怀。近年来随着改革开放的深入，乡村发生了翻天覆地的变化，那一条条狭窄的老街，那一座座破旧的茅草房，那一片片浑浊的池塘……都已经消失。但是，每当念起那个养育了我的童年、青年的村庄，那片点燃了我的激情、理想的热土，淡淡的乡愁就蔓延开来，丝丝缕缕又火热异常。写下这本书，是为了纪念，我，和跟我有相似经历的人，曾经走过的岁月。

目 录

1

家乡的露天电影院

二十世纪五十年代初，家乡放电影都是由县电影放映队负责。由于我的家乡邢楼村地处偏僻，属三县（睢宁、邳县、铜山）接壤处，因此，每两三个月才能看上一场电影。我看的第一场电影是 1958 年 10 月在庙山大队部放映的——当时我们邢楼村隶属庙山大队，电影的名字是《女驸马》，女主角是著名黄梅戏演员严凤英。我当时正在拐山小学上一年级，从我们村到拐山小学正好途经庙山村。放晚学后，我和既是同桌又是邻居的二哑巴看到庙山大队部的大场上搭起一块白布，白布的两端拴在两根高竿子上，我俩很是好奇，不知这是什么玩意儿，还以为是谁家晾晒的白毡布呢。听围观的人讲，这是电影，须等到天黑下来才能放映。我俩又犯起了嘀咕，电影又是哪路神仙？在好奇心驱使下，我俩决定等看完电影再回家，要看一看这叫作电影的到底是个啥玩意儿。那晚，直到电影放映结束我们才恋恋不舍地回家。

到了 1962 年，我们邢楼村单独成为一个大队。当时放电影是按大队排序的，自然村是轮不上。我们邢楼村既然成为一个独立大队了，自然也就有了放电影的资格。那时仍是县电影放映队来放电影，两三个月轮上看一场。当时文化生活贫乏，偏远农村更是如此。因而，电影这种文化产品便成了香饽饽。

当时农村放电影全是露天放映。在大场上竖起两根高竿，拉上电影银幕，再摆上一张桌子，放上放映机，便可放电影了。一般下午三四点钟，银幕就拉上了。晚饭前，大队干部便在广播里播送放电影的消息："广大社员同志们，今天晚上大队有电影，请吃完晚饭来大队看电影……"这样反复地播送多遍，尽可能地做到家喻户晓。其实，不用大队广播，小孩子们早已把来了电影的消息传遍了整个村庄的每个角落，而且很快传遍十里八村。十里八村的小青年和小孩子们都赶来看电影，往往电影场被挤得水泄不通，挤丢了帽子和鞋子的事经常发生。在小孩子眼里，放电影比过大年还要热闹，还要有吸引力。大人们也很激动，早早吃完晚饭就到电影场来了。小孩子们大多不吃晚饭，怕吃了晚饭就抢不到好地方，耽误了看电影。他们大多在太阳没落山之前就拿着板凳来到电影场抢地盘，有的放板凳占地方，有的则用石碴、碗碴画线预留地方，不仅自己要占据好地方，还要给家人和好朋友预下好地方。为此，小孩子们经常吵架，有的竟动手打得头破血流的。此外，卖花生、瓜子、香烟、儿童玩具的小商贩们也早早地就来了，傍晚时就已摆好摊位。卖主还把拨浪鼓摇得"哐啷啷"响，一边摇一边大声叫卖。还有卖糖球的为吸引馋嘴的小孩，故意一边把插放糖球的稻草架举得高高的，一边喊着："糖球，糖球，甜掉牙的糖球喽……"

放映机镜头的强光射到银幕上，电影就要开映了。照例是要请大队干部讲话，大队干部必须从人堆里钻过去，才能到达放映机跟前。在钻的过程中不是踩到这个人的脚便是碰到那个人的腿，"哎哟哟"的尖叫声不时地传出来。大队干部首先代表全大队群众对电影放映队的同志不辞辛苦来本大队放电影表示热烈的欢迎，并表示衷心的感谢！这时，场上就会响起稀稀落落的掌声。有时候，大队干部还要趁机布置第二天的农活。人们都急着看电影，有的人听得不耐烦了，便骂骂咧咧起来。有的小孩急着看电影，便趁机出洋相，把食指弯进嘴里学起鸡叫来，叫几声后又开始大喊："快放电影，鸡都叫了！"有的人在嘻嘻地笑，有的人在大声喧哗；有的人爬到柴垛上，有的人爬到大树上；还有的人来晚了，实在找不到地方，便跑到银幕反面去看。藏在树上的小孩子不时地扔下几个小爆竹，"啪啪"几声，以此扰乱大队干部讲话……凡此种种，放映前的电影场热闹得像是开了锅!

电影终于开映了。场上顿时鸦雀无声,人们都在聚精会神地看电影。放电影总是先放幻灯片。幻灯片是将宣传画画在透明玻璃片上,用手推着换片,将玻璃片上的画面投射到银幕上,多是以漫画的形式宣传现阶段党在农村的各项方针政策,或是村规民约之类的内容。接着放映中央新闻纪录电影制片厂出品的新闻纪录片,内容大多是党和国家领导人接见外国政要或是出访世界某些国家和地区,也有宣传国内外形势的片子。社员们称这两种片子为副片,即加映片。通常这两种片子放映时间很短。最后放映故事片,社员们称其为正片。正片放映时间长,且故事情节跌宕起伏,扣人心弦。尤其是战斗故事片,为人们最爱。看到激烈处,有的人会情不自禁地叫出声来,看到伤心处,有的人会不由自主地落下泪来……似乎每个人都进入了电影角色里,融化到了电影里。

每次电影放完之后,电影内容便成了人们茶余饭后的谈资。街头巷尾,田间地头,出工干活的,赶集上店的,铡草喂牛的,烧火做饭的……人们见面只要开口说话,便是清一色的电影里的故事情节。有时一家人围桌吃饭也能拉呱起电影来。特别是生产队里男女劳动力聚在一起集体劳动时更要拉呱电影,一个说,咱们国家的那个老八路可真牛,敢从壕沟里站起来端起机关枪扫射鬼子,嘟嘟嘟、嘟嘟嘟……一口气撂倒几十个,小日本竟像谷秸秆一样争相倒地，真解恨；另一个接着话茬说，打得那叫个烈，子弹像蝗虫一样满天飞，炮弹像老鸹群一样哇哇叫，铺天盖地砸下来，壕沟里的土被翻了好几遍，人都被埋起来了，可子弹怎么也打不到那个老八路身上，他可是铁打的金刚，孙猴子一样刀枪不入；又有人接话道，好人是不会死的，该死的都是坏蛋……大家你一言我一语，讨论得异常激烈。

电影里人物的诨号也被搬到现实生活中来了，像老狐狸、高大牙、胡一闯、刁德一、何仙姑、歪头嬷、风摆柳、水蛇腰、坐山雕等，都能一一对号入座。某些诨号一旦对上谁，人们见了面便都以诨号称呼他，时间一长，有时竟记不起他的名字了。老少爷们见面喊诨号，似乎比喊大名更亲切。久而久之，这些有诨号的人也只得无可奈何地默认，谁爱喊什么由他去吧！乡亲之间开开玩笑而已。

那是个物质生活和精神生活都十分匮乏的年代，人们在集体劳动时对电影故事情节讨论得热火朝天以及相互以诨名开涮、取乐，从而忘了难挨的饥饿，忘了每餐两碗稀饭泡野菜的辛酸。

我本人就是个电影迷，寒暑假期间，周围十几里路之内的村庄只要放电影，我总要约几个人去看，如有事不能去，夜里是睡不着觉的。记得1965年秋天，我在中学读书，一天晚上晚自习时，听说路山大队放电影，我便约了几个同学去看。学校大门已经上锁，我们几个人便翻过校墙去路山看电影，电影的名字是《牧童投军》。回校后被班主任狠狠地批评了一顿。

刚放完电影的场地真是一片狼藉！小孩的鞋帽也时有丢弃，瓜子壳、花生皮、糖球核扔得到处都是。大队干部找来的打扫卫生的人先把场地收拾干净，然后把捡到的小孩鞋帽交到大队办公室，留以后家长来认领。

到了二十世纪六十年代末七十年代初，公社里成立了自己的电影放映队，社员们一个月或二十几天便能看上一场电影了，当时最火的是八大样板戏。很多人都能背出电影台词来，更多的人茶余饭后或是干活赶集的路上都在唱八大样板戏片段。虽然如此，只要大队放电影，人们还是早早地去看。

直到二十世纪八十年代中期以后，农村家家有了电视机，电影才逐渐从人们的文化生活中淡出，但它毕竟在农村这个舞台上热闹过几十年，有过曾经的辉煌，给人们带来过莫大的精神享受。

我们村的第一台电视机

我的一个蔡姓邻居和他的女朋友同在县办厂里工作，1983 年元旦，他们结了婚。几天后，婚假期满，他们急着要去上班。时值春节将近，又怕盗贼猖獗，偷自己家里的东西。思来想去，家里并无什么值钱东西，只是女方娘家陪嫁的一台十四英寸黑白电视机叫人放心不下。因当时电视机刚刚时兴，属稀有家用电器，还要求人托关系才能买到。怕人偷去，便抱送到我家来替他们保管，并嘱咐我要经常开机观看，说是时间长了不开机，容易坏掉。

受人之托忠人之事，我只好点头答应。这可是我们村的第一台电视机呀！直乐得我们全家人乱转圈儿，不知把电视机放在哪儿好。先是把它放在堂屋靠后墙的大桌上，像神仙一样供着，觉得不合适，又把它抱到里间床头柜上，还是觉得不妥，旋即又将其放在南墙窗户底下，端详了一会儿，似又有些不当。整整一晚上，忙得我们全家连晚饭都没来得及吃，也没把电视机摆放好。正在忙碌的当儿，左邻右舍的男男女女，老老少少，姑娘媳妇，怀里抱着的，手里领着的，身后跟着的，蚂蚁搬家一般迤逦而来，挤了满满一门口，比办大喜事还要热闹！我一边抹着头上的汗珠，一边迎出门让他们到屋里坐，并说电视马上开机。有几个小青年不耐烦地说："你那屋子还没有洋火盒大，能进去几个人？"我一想，对呀，这屋里除了床、桌子、缸缸盆盆等家具外，还能盛得下几个人呢？西院周姓的豁牙大娘说："听说你们替人家保管了个活神仙，还会吹拉弹唱，俺也来开开眼。"我点点头说："好、好，大家都看，大家都看！"我家西边新盖了三间青砖瓦房，连门窗还没来得及安装，墙也没封泥，也顾不得这些了，便招呼几个小青年将桌子和电视机搬到西屋去。有个小青年边搬电视机边咕哝着："就是嘛，放着现成的大屋不用，非要在这么小的长果壳（花生壳）里坐帐（新媳妇坐床的一种习俗）子，也不嫌别扭！电视委托给你家保管，只能你一家人看，别人就不兴沾沾光了，真是的！"我知道这些邻居们得罪不起，只好点头认错，小心地赔着不是："我忙昏头了，没想起来还有新盖的西屋。"

人们一窝蜂地跟着电视机走，把抱电视机的小伙子挤得嗷嗷乱叫，他唯恐挤坏了电视机，便一边用双手高高地举起来，一边说："闪开、闪开，油着、油着……"意在吓唬那些跟得紧的人们，说电视机上有"油"，别"油"污了你们的新衣裳，是打诨的笑语。新屋刚落成，还没来得及打扫，里边放着软床子、棒头子之类乱七八糟的东西，还有一小垛干白芋秧子。当然更没来得及装电灯，屋里黑咕隆咚的。有人拧亮手电筒，几个小青年七手八脚地摆上电视机。有人从家里拿来电线和插座，从我家老屋里接通电源。屋子里挤得连插针的缝隙也没有，有人直喊把肚子挤扁了；有的小孩为了早进去抢地盘，被挤哭了；有的人实在被挤急了，想挤出屋去喘口气，但进来容易出去就难了……整个屋里乱得一塌糊涂。屋外的人还在扛着膀子往里挤，门口的人里三层外三层，大家喊着口号仄着身子硬往里钻……屋子里只进去了小部分人，大部分人都挤在门外、窗户下、院子（没砌墙头的敞院）里，黑压压一大片。有的人在院子里走来走去，就像赶火车晚点了一样，急得抓耳挠腮，像热锅上的蚂蚁。电视终于开机了，电视荧光屏上出现了"雪花"，有人惊呼："下雪啦！"刚刚平静下来的大好局面经这位老兄一声咋呼，又炸开了锅。有个妇女挤在墙角，怀里还抱着个吃奶的孩子，她几乎带着哭腔说："让俺出去一下，俺家的被子还晾在绳上，晚上连觉也睡不成了！"说着话，她便削尖脑袋硬往外挤，企图从人缝里挤出去，可人们都像粘在一起一样，哪里会有缝呢？小孩子被挤得哇哇哭叫。豁牙大娘忽然想起来："俺晒在院子里的柴火忘了抱到锅屋里去了，天老爷，这被雪淋湿了，明天早上可怎么做饭呀！这老天爷，早不下雪晚不下雪，偏偏这个时候下。"说着话，她也拼命往外挤。这时，刚才那个喊"下雪啦"搞恶作剧的小青年哈哈笑起来："那是电视里下雪，看把你们急得丢了魂似的。"人们都哈哈大笑起来。

电视上有一根酷似野鸡翎的天线，底下还安了个圆圈，一个懂行的小伙子一会儿将天线拧到左边，一会儿拧到右边，调试着角度，雪花不见了，影像终于清晰了，正在播放的是电视连续剧《上海滩》。人们逐渐被剧情所吸引，屋里静得连掉根针的声音都能听得到。可挤在门口、窗户下以及院子里的人却急得直跺脚，他们大声喊着："快把电视机抱到院子里来放，不然，我们可要冲进去了！"但人挤得密不透风，电视机怎么可能抱得出来呢？院子里不断有人骂娘，屋子里的人只好装聋作哑，任凭他们骂。屋子里站到后面的人看不到电视，便站到板凳上看，还有几个人站到我家的软床（一种用绳子编织的小木床）上看，软床经不住这么大的重量，绳被踩断了好几根，有个人竟从断绳的窟窿处往下漏，尽管软床已经坏了，但人们还是不管不顾地往上站，竟把软床的四条腿都压断了，好端端一个软床就这样彻底趴了窝。有个老兄竟嘟囔着："这软床怎不结实，还没踩着就散架了，这木匠糊弄谁呀，八成是朽木做成的。"还有不少人站在我家白芋秧垛上看，干透的白芋秕子被踩得嘎巴嘎巴响，不一会儿竟碎成了糠，比石磙子碾的还要碎呢。那是喂猪的饲料。

《上海滩》剧情跌宕起伏，扣人心弦，三集连播。时间长了，有人想出去解手，却怎么也挤不出去，只好使劲憋着；有人宁肯憋着，也不愿去解，怕落下的剧情再也无法补上；有的小孩憋急了，便尿在某人身上。冬天穿的棉衣厚，再加上注意力全在电视剧上，竟完全没有感觉到，第二天经人指点，方知背上被某位"地理老师"给画了地图。为了看电视，什么洋相都出尽了。

第二天早上，我要早起打扫卫生。院子里一片狼藉，很多小孩用尿水画上了"地图"，还拉了。我用锨铲起来送到厕所里，一看，厕所的土墙头被踩塌了，粪缸也被埋没了。我端着无处倒粪的铁锨长长地叹了一口气，真真愁煞我也！一台小小的电视机，竟把我家折腾得面目全非了。整个院子充满了臊臭气，老婆气得连早饭也不愿做了，她说这院子成了厕所，即使做好了早饭，怎么吃得下去呀！我只得好言好语地劝她，这都是小孩子们搞的，大人又不会这样，你一大把年纪了还能和小孩子赌气吗？她便破涕为笑，唱着歌做饭去了。我拉上平板车到黄堰上拉来几车土，先用锨往院子里撒了一层，以便压压臊臭味，然后在西墙跟前培了个土台子。太阳还没落山，我们全家就早早地吃完晚饭。我将桌子搬到土台上，把电视机放上去，从此便在院子里看电视了。

一传俩，俩传仨，我家有了电视机的消息像插了翅膀，迅速传开了，连附近村里的人们也三三两两地来看电视。他们是来看稀罕物的，人老几辈子都没见过这玩意儿，着实吸引人呢。小孩子们早早地抱着板凳来抢地盘。有的为了争地盘争恼了，竟动手打起架来，我只好放下手中的活儿从中劝解。为了占到好地方，有些小青年太阳没落山便唱着《上海滩》主题曲"浪奔，浪流，万里滔滔江水永不休……"从老远的地方晃开膀子来了；有人连晚饭也顾不上吃，拿着煎饼（一种铁鏊烙出来的薄饼）卷子边吃边走来了，见路南董姓菜园里有几垄大葱，便扯开园门拔大葱，整了个煎饼卷大葱，几垄大葱不几天便被拔光了，真让人哭笑不得！

老婆时不时地给我脸色看，她气咻咻地说，这对新婚小青年屁股一拍，走得倒利索，却给俺们造了这么多"罪"，老婆嘴噘得能拴头老驴，一个劲地怪我多揽闲事，自己的屁股都揩不净，还替人家脸上搽粉，一天到晚忙得活捞不着干，饭也顾不上吃，还要天天当清洁工，却又没人给一个"豆皮"（工钱），也没人送个"好"，图个啥哩！其实老婆是刀子嘴豆腐心，她表面上生气，心里还是美滋滋的，有这么多人来俺家看电视，多热闹哇！邻里好，赛金宝，平时想请都请不来呢。瞧，俺们家的人气多旺啊，多有人缘呀！这样想着，她的脸色又阴转晴了。

我的头都大了，但这电视还得放下去呀，日子还得过下去呀！每天早晨，我照例要早起打扫卫生，在院子里垫上新土，个把月下来，我的院子也长高了，下雨天也不再积水了。我兀自晃着脑袋，塞翁失马，安知非福？

从民居变迁看改革开放

　　二十世纪五六十年代，农村的传统民居大多是新中国成立前遗留下来的。平原地区的房屋多为土墙草顶，山套子里多是从山上捡来的风流石（山上裸露在外风吹日晒而自然风化的石头），抑或是用打狗石（形容石块小，一只手能拿起来打狗用）垒砌起墙的房屋，叫石墙草顶。无论是土墙草顶还是石墙草顶的房屋统称为草房。这种传统民居多数都建得低矮而窄小。低矮，是为了防风，大风来了不会将屋顶上的草连根卷走。房屋建得窄小，一是因为宅基地限制，无法建造宽大的房屋；二是想节省建筑材料，窄小的房屋用棒用草用料少，同时也省工，容易建。这些土墙或石墙的小房屋一般都在四米宽左右，一间屋里除了摆放一张大床外，也就剩不下多少地盘了。一般家境比较殷实的人家，建造的传统民居多是四合院（俗称"四合头房"）。这四合院也分好多种，比方说三间堂屋，三间东屋，三间西屋，三间大门楼，是一种比较高级的四合院。也有东西南北各两间的，也叫四合院，这当然是次一等级的小四合院了。也有只盖堂屋和东屋或堂屋和西屋的，那当然是够不上等级的了。还有只有三间或两间或一间的没有配房的单独房屋，那都是比较穷的人家的家居。只有极少数有钱有势的大户人家盖的是青砖瓦屋，而且宽敞高大。也有个别盖楼房的，雕梁画栋，富丽堂皇，另当别论。一般农户建房的用料也是等等不一的。单就房顶上的用料来说吧，有用杉木棒的。这种木料出自我国南方，直笔杆，且又硬，不易变形，是第一等的好棒料。不过，这种木料一般家用不起，只有家境比较富足的人家偶尔用上几根当房屋基棒。一般人家建房只能用家材木，也就是将自己屋前院后栽种的树，锯下来当作棒料。这种棒料的粗细差别很大，有比碗口还粗的，有比蒜臼子还细的。对于细的便两棵或三棵绑在一起用。因为穷，只好穷将就。建房的屋笆也是各种各样。所谓屋笆，就是平铺在木棒上的一层东西，上面糊上稀泥后再苫屋草，如果不铺这层东西，屋草就会从棒的空隙间漏下去。这屋笆有芦苇笆、秫秸笆、谷秸笆，还有荆条笆等，其中最好的屋笆就是芦苇笆。它的优点是锁得住水分，能支撑上十年八年而不用换新的。像秫秸笆和谷秸笆等就不行了，苫上屋后，三五年就得重新更换一次。它被雨水沤烂了，直漏雨，不得不换。苫屋的草更是五花八门，有芦苇、谷秸、麦草、茅草等。这里最上乘的要数芦苇，因芦苇是水生的植物，经得起水沤。如果房屋苫上芦苇，十年八载是不会漏雨的。好则好矣，但一般的农户是苫不起的。如果苫的屋草是谷秸、麦草、茅草等，那可就差远了，不仅容易被大风刮掉，而且最多三年就烂了，在房顶上形成一溜一溜的浅水沟，或者烂成一个一个的小窝窝，还会从浅水沟和窝窝里生出许多狗尾草、婆婆蒿来，迎风抖着，让人看了心里酸溜溜的。这时就要修补屋子了，如不修补，逢梅雨季节，那可就麻烦了，外面大下，屋里小下，外面不下，屋里还下。家里的坛坛罐罐、盆盆碗碗都派上了用场，用来接屋上漏下的水，人在屋里很难找到一个干地方蹲，连被窝都漏雨漏湿了，真真儿是愁死人呀！一般穷人家盖不起锅屋，大多都是连锅灶（厨房和卧榻同居一室），屋里长年累月地烟熏火燎，屋漏滴下的水都是黑褐色的，一股油烟味。就像淘白芋叶子水一样，滴在人身上，染得黑一块紫一块的，一滴水能晕染一大片。笔者就曾住过这样的漏雨屋，至今记忆犹新。

　　从旧社会以至二十世纪五六十年代，一家男女老少的居室是颇有讲究的。居室的分配是严格按照辈分及长幼来排序的。老辈人住在堂屋里，这是自古以来的一条铁律。因这种房屋向阳，采光比东西屋要好得多，且又属正位，属主屋，只有一家的家主才配住这种房屋，子女们则住在偏房里。子女们长大成人后，男婚女嫁，女孩子要嫁人，等于泼出去的水，是别人家的人了，不用去管她。男孩子娶妻，住房要按长幼来分配，老大住东屋，老二住西屋，老三住南屋。弟兄多的，可迁出老宅子另盖新房，但能盖起新房的人家很少，大多数人家都是吃了上顿不知道下顿会在哪儿。无条件另盖新房，全家只好挤在一个院子里，互相迁就着。于是在两间屋的中间砌上土坯，或是用芦苇、秫秸在中间梁头底下夹个篱笆（俗名"薄帐"）隔开，再从外面开个门，就分成了两个居室。这种居室小得只能铺下一张床，如新媳妇娘家陪的嫁妆多了，连摆放的地方也没有，这种房屋成了真正的火柴盒。无论居住条件有多差，老大老二住东屋，老三老四住西屋，老五老六住南屋，这种排序也是丝毫乱不得的。实在住不下，未婚的小青年或七八岁以上的男孩子，春秋冬季就去钻牛草屋，夏天的晚上则是每人扛着条席片子，手里拿把老蒲扇到大场（打谷场）上或大树下去乘凉，夜里就睡在那里，天当被地当床。有那么多人在这些场合家长里短地闲聊，也有人爱讲故事，倒也热闹得很，每天晚上不到半夜三更是休想入睡的。再加上酷热和蚊虫的叮咬，只有实在困极了才能睡着。在穷苦的乡村里，几乎年年如此，这是贫穷这个魔鬼给乡村亮起的一道风景线！

到了二十世纪七十年代，农村情况有所好转，在建房上又进了一步。由于原先建的草房容易被风刮坏，草也容易被雨水沤烂，年年都要修补房屋，因此，土墙瓦房应运而生。这瓦不会沤烂。盖瓦房可是千秋大业呀。瓦的来源有两种：一种是此地土窑烧制的泥瓦，另一种是人工用模具造出来的水泥瓦。建造这种土墙瓦顶的房屋要用封檐石和封檐砖。土墙顶上摆上几层封檐石和封檐砖，显得错落有致，再加上瓦顶，比原来的草房要排场多了，最主要的是不用担心漏雨了。

改革开放后，农村建房又有了变化。上个世纪八十年代开始建造"浑青屋"，人们把砖墙瓦顶的瓦房称为"浑青屋"，意思是整座房屋从下至上都是砖瓦结构的。房屋的占地面积也比原来的草房要大许多，所用的棒料也不是原来的家材木棒了，而是改用水泥棒。这种棒的优点是平直耐用，不会出现虫蛀和腐朽，也不会变形。并且时兴"打地平"（铺水泥地面）。到了九十年代，人们对原来的浑青屋又不满足了，开始建造一头或两头带把的"厦檐屋"。所谓带把，就是房屋一头或两头皆横向向外伸出半间屋。若是一头带把，建好以后，从外面看是三间，进到屋里则成了四间，这就是所谓明三暗四的房子；若是两头带把，从外面看仍是三间，进到里面则成了五间，这便是所谓明三暗五的房子。人们之所以这么盖房，一则是为了扩大住房面积，二则是凸显建造者的气派和排场。用他们自己的话说，谁有粉不往脸上搽呢？为了风光，为了脸面，把钱花在百年基业的房屋上，在老百姓看来，绝对值！这在很大程度上也体现了他们的人生价值。再说，儿子大了还等着人家给说媳妇呢，你小气鬼，盖个不像样的房子，谁家大姑娘肯嫁给你个穷光蛋？有了漂亮的笼子才能引来金凤凰呀！不肯出血本能娶来好媳妇吗？老百姓心好强，攀比和斗富心理强，一个想比一个好，你盖的房子高级，我比你还高级。到了九十年代末期，农村已经陆续出现了楼房，多数是"保温楼"。保温楼的建筑材料和正式楼房毫无二致，不同的是保温楼只是一层楼，上面一层是"保温层"，不足一米高，作用是遮挡风雨和强烈的太阳光。因楼房全是钢筋水泥结构，强烈的阳光曝晒会产生高温，夏天特别是三伏天人住在里面是不舒服的。加盖保温层以后，室内温度自然就降下来了。

到了 2000 年前后，人们真的富起来了，基本上是家家拔屋檐（屋檐向空中拔高），户户起高楼了。楼房多为二层小楼，也有个别盖三层的。绝大多数楼房都是十米长八米半宽，里面分出许多套间来，像总统套房一样一间连着一间，里面有卫生间、洗漱间、厨房等，日常生活设施一应俱全。楼顶苫彩瓦，墙上贴瓷砖，翘檐飞角，斗拱抱月。另外还要盖东西厢房和大门过道房，盖车库和盛放粮食的仓库等。盖好楼还要装潢，装潢更是富丽堂皇。无论从里面或从外观上看，整座楼房都像是刚打扮好的即将去迎娶新娘子的大花轿。有的人家光是花在装潢上的钱就比整座楼的造价还要高呢。农民的腰包鼓起来之后，有些人对传统的楼房又不感兴趣了，竟盖起了半土半洋的小别墅。有的别墅式样是请城里专家设计的，多数则是自己根据个人的兴趣和爱好设计。有些设计不仅具有民族特点而且兼顾欧派的建筑风格，土洋结合，并且颇有创意，显得既古朴典雅，又潇洒时尚，错落有致，别具一格。

城乡差别在逐步缩小，你城里住楼，我农村也住楼；你城里装修，我农村装修比你还要高级。现在农村盖楼花样不断翻新，有的仿古，有的效洋，有的土洋结合，有的则别出心裁，另辟蹊径……真是百花齐放，美不胜收！

从二十世纪九十年代始，浩浩荡荡的农民工队伍涌进城市，一座座新城就是这些农民工建起来的。与此同时，很多农民开始在城里买房，城里有了住房就成了正式城市居民。农民兄弟真的抖起来了！与此同时，新农村建设也热火朝天，一个一个高档社区拔地而起，有的建成统一六层楼的居民小区，有的建成独家独院的别墅群落，有的建成几十层高的摩天大厦。村里还建有养老院、幼儿园、图书室、阅览室。现代化的体育设施建在大广场上，每天早晨和傍晚，成群结队的老年人拥向广场，散步、打太极、做体操、跳广场舞，再配以悠扬的音乐旋律，真个是神仙过的日子。

二十世纪五六十年代至今农村民居的变化，从一个侧面印证了时代的变迁，折射出党的改革开放和一系列富民惠民政策给农村带来的沧桑巨变，这是几千年来中国历史上从来没有过的飞速发展时代，也是十几亿中华儿女的福音和机遇！

订婚彩礼升级版如是观

　　说起订婚彩礼大家都知道，是男女双方在订下婚约后男方送给女方的礼物，也可以说是婚姻凭据吧。旧时代叫定情信物，也有叫"传柬""过柬""过红"的，现代叫"彩礼"。这是自古以来就有的规矩。在中国漫长的几千年的封建社会里，男女双方定亲，全凭父母之命，媒妁之言，男女双方对自己的婚姻大事是做不了主的。男女双方订下婚约，也就是经过媒人撮合，双方父母觉得门当户对，没有什么意见，愿意结为亲家。不像现在，男女双方要到人民政府去登记，领取结婚证，结婚证即为婚姻凭证。那时男婚女嫁全是男女双方私人之间的事，政府是从不过问的。那么，用什么作为凭证呢？有时男女双方的父母就在媒人（中间人）的监督下立下婚约。然而，那时识字的人不多，怎么办呢？男方会向女方送一些礼物作为婚姻凭证。这所送的礼物即是"定情信物"。既是信物，当以诚信为重，男女双方都要绝对遵守的。谁若反悔，不仅要遭到对方的严厉斥责，也会遭到众人的唾骂，言而无信小人也！若是男方毁约，女方则一辈子抬不起头来做人，外面会传言某某家的大闺女说好了大红媒，临到嫁时，男方却不要了，想必女方不好，若是良家女子，人家怎么会反悔呢？女方的名誉由此被毁，再想找好一点的婆家就很困难了。在旧时代，撕毁婚约的事是很少见的，因为它牵涉到方方面面的问题，不是小孩捏尿窝窝，说变就变，这是一辈子的大事，人们对此不能不慎重。一旦双方各方面的条件都认真考察过了，订下婚约，便不再反悔。订好婚约，或是男方送给女方定情信物，女方更是不得毁约，因这一纸婚约或定情信物便是婚姻凭证，确定女方已是男方的人了，所谓"嫁鸡随鸡飞，嫁狗随狗走""好马不备双鞍，好女不嫁二男"等封建正统观念紧箍咒一般地束缚着人们的思想。

家境不同，定情信物自然也不尽相同。穷人家有买上一副扎腿带子（红绿丝绸带子）送给女方作为定情信物或说传柬彩礼的。旧时妇女时兴扎腿，就是用带子把裤腿脚扎起来，使得走路时裤脚不能随风摆动，不至于露出腿来，显得雅致；又能把"三寸金莲"露出来，走起路来风摆柳似的，让人家去欣赏。再穷者有买一双洋袜作为定情信物的，袜子很长，竟能长过膝盖，穿时用吊带吊起来。人们叫它"洋袜"，因为它是细线织成的，以区别于农家常穿的老粗布袜子。稍微殷实一点的人家，也就是买上几尺丝光蓝布料（仅够女方做一件大襟小褂用）作为定情信物。这是洋布，一尺丝光蓝洋布相当于好几丈老粗布价格，买这一块丝光蓝布料据说差不多要花去买一亩地的钱呢，金贵得很哟。也有的男方是用母亲或祖母的定情信物来顶替的，如用母亲或祖母的银手镯啦，玉手镯啦，或是玉坠银坠啦等来作定情信物。还有的人家用端午节缝制的香囊来作定情信物。总之，定情信物因人而异，不拘一格，用什么都可以，只是作个男女定情的凭证，它与当代传柬送彩礼的奢靡之风是万万沾不上边的。这种情况一直持续到二十世纪五六十年代。

到了二十世纪七十年代初，我们家乡在定情信物也就是传柬彩礼方面的奢靡之风开始抬头。这中间，男女比例失调是一个重要原因。我们家乡一带女的少男的多，人们满眼看到的都是丁壮，很少见到闺秀。那年头，男的想找个对象特别难，甚至求哥哥拜姐姐也找不着，于是又出现了许多换亲或转亲的现象。所谓换亲就是双方以姐姐或妹妹互相交换为妻，如果你家里没有姐姐或妹妹，那对不起，你就只好打光棍了；而转亲呢，就是三家男女推磨式地转着成亲，这比换亲要好一些。由于女的少，物以稀为贵吧，即使有再多缺陷，一个女人照样能找个很标致的小伙子做丈夫；而很帅的小伙子，却有很多打了光棍。还不是因为穷嘛。绝大多数人家都是宁愿砸锅卖铁，求亲拜友，欠下千窟万眼的账也要讨上儿媳妇。不然不仅会被别人笑话，说这家连儿媳妇也讨不起，成了绝户头啦！而且不给儿子成家立业，作为父母亲来讲也是死不瞑目的事情。

　　二十世纪七十年代大姑娘说婆家讲条件，流行的说法是：细毛羊，盖子猪，三转一响红瓦屋。这细毛羊，是指新疆大绵羊；盖子猪，即额头有许多褶皱的巴克夏猪，这是女方要求男方家里必须喂养的家畜；还要求男方必须要盖上三间大瓦房。一句话，男方的经济条件必须在村里是一流的，否则，免谈。关于定情彩礼，除了买上几身高级衣服（其中要有毛料衣服），几双鞋袜（其中要有两双高级皮鞋、尼龙袜）外，还要买上"三转一响"。三转是：一、永久牌自行车。这种自行车在当时是名牌，凭票供应，是很难买到的；也有议价的，就是花大价钱买。女方不管你买得到买不到，她只管拣名牌的要，你敢不给买吗？二、蜜蜂牌缝纫机。这种缝纫机也是名牌货，仍是凭票供应，很难买到。三、手表。要买高级进口手表，即瑞士表。国产手表免谈。一响，是指收音机。仍是拣国内最好的要。大家想一想，当时人们的经济条件，怎么去购买这些天价彩礼呢？倾家荡产也无产可荡呀！为此，许多男方的父母愁成了人干子，去给亲邻磕头借钱。正所谓"可怜天下父母心，不重生男重生女"了，生男是债生女是福呀。

　　到了二十世纪八十年代，农村实行联产承包责任制以后，农民温饱问题普通得以解决，并逐渐富裕起来，这反映在定情彩礼上，便是要风得风要雨得雨，"春风得意马蹄疾，一日看尽长安花"了。总结了一下，大体是一二三四五六七八九十。"一"即一块肉。送彩礼要买一块猪肉，这块猪肉一般是半头猪的肉，有五六十斤至七八十斤不等。"二"即两条鱼。两条红尾大鲤鱼（因红尾大鲤鱼有喜气吉祥之意，有"鲤鱼跃龙门"之谓），每条鲤鱼至少十斤以上，每条鲤鱼嘴里还要塞进用红纸包着的大票（人民币）一张，以示年年有余、吉庆呈祥。"三"即三金：金项链、金耳环、金戒指。"四"即四银：银手镯、银簪、银钗、银瓦拢。"五"即五转：缝纫机、手表、摩托车、照相机、录音机。"六"即六大件：进口彩色电视机、VCD、全套音响设备、电冰箱、洗衣机、空调。"七"即七尺红。因是大红媒，红为底色，传柬时，要给女方买七尺大红布（一件上衣的布料，下身的红棉裤料则由娘家给买），女方出嫁那天要穿一身红，红头巾、红棉袄、红棉裤、红花鞋、红袜子，从头红到脚，以示大红媒吉祥喜庆。"八"即八连八：八身衣服、八双鞋、八双袜子、八条巾（包括扎巾、头巾和围巾）；八种果品，每种八斤，八八六十四斤；八条香烟，八斤糖块；八种水果，名曰"八鲜（仙）过海"，如八斤苹果、八斤香蕉、八斤蜜橘、八斤荔枝、八斤红桃、八斤葡萄等，又是八八六十四斤；八种干果，每种八斤，如八斤五香花生米、八斤瓜子、八斤鱼皮豆、八斤核桃、八斤开心果等，又是八八六十四斤；还有八盒粉、八支口红、八盒香皂；八只鸡、八只鸭、八只鸽。鸡取吉利之意，鸽取和平之名，预祝女方过门后夫妻恩爱和睦共处，平平安安，白头到老。"九"即九箱酒。名曰"九九归一"。这酒必须是当地名酒，像洋河啦，郎酒啦，起码要是几十块钱一瓶的。"十"即十全十美。这最后一项便是压柬礼两千元，用红布包起来，放在装衣服的大皮箱里。另外还要买上几盘万头大鞭炮。至此，这传柬彩礼的最后一道菜算是上齐了。林林总总堆在一起，足够装上一拖车的。像平板车、马车之类的运输工具根本就装不下这些东西，所以农村传柬都是用手扶拖拉机，扎上彩篷，机声隆隆开到女家，真是占尽了风光！这可苦了男方家，须知人们刚刚解决了温饱问题，大多数人腰包还是瘪的，传柬的红包倒率先鼓起来了。在新娘子过门那天，男方还要付上车礼八百元，下车礼八百元，改口费至少二百元，真可谓儿媳妇是用钱包装起来的，这男方的脸面也是钱给贴金的。再加上男方要给儿子结婚盖房，至少是明三暗四的厦檐屋，或者是楼房，这欠下的债足够男方爹妈还一辈子的！要知道，新媳妇过门后，接完对月就要分家，家里无论欠多少债，都是老两口求亲拜友借来的，与小两口不相干，小两口是一分钱不会还的。历来的规矩嘛，谁叫你想娶儿媳妇哩，你不当冤大头谁当冤大头？

到了二十一世纪后，定情彩礼更是高得离谱。二十世

纪八十年代一些不太值钱的东西都不要了，一些东西有了
升级版。摩托车升级为小轿车。进口21英寸彩电升级为
液晶彩电，外加DVD。"十全十美"由原来的2000元升
到88888元，取"8"字是个吉祥数，有预兆发财之意。另
外，现代全新版的彩礼还要加上女方的父母养老费，至少
十万元，上不封顶。对于父母养老费，据女方说，这并非
"天价婚姻"的产物，而是顺应时代潮流。不是提倡男女平
等嘛，男的要养老女的就不养老吗？男方说，女方父母只
有四五十岁，现在要养老费为时过早。女方却说，凡事都
要未雨绸缪，这父母迟早是要老的嘛。这父母养老费婚前
不要，婚后问谁要去。一旦结了婚，女子就不值钱了，再
张口向男方要养老费，还有人理会你吗？更何况男方父母
为给儿子娶媳妇欠了千窟万眼的账呢，你还能开得了口吗？
趁着索要彩礼的当口把父母的养老费一并要上，替他们存
在银行里，这辈子就不用了劳神了。在现代农村，没个
三四十万是休想娶个儿媳妇的。这是没办法的事，柬不能
不传呀，儿媳妇不能不娶呀！只是可怜为了儿子的终身大
事，宁可将债务背到棺材里去，也要打肿脸充胖子，尽量
满足女方的要求的父母。

　　还有什么"万紫千红一片绿"："万紫"即是一万张
票面紫色的票子（五元的）；"千红"即是一千张票面红色
的票子（百元的）；"一片绿"即是一大片票面绿色的票子
（五十元的）。计算一下，五元的票子一万张就是五万元，

百元的票子一千张就是十万元，五十元的票子不规定多少，可以随便给，但是有个前提，必须是一大片。太少了你能拿得出手吗？能说得过去吗？再加上付给女方父母的养老费，这样算起来就是几十万元。

还有的人嫌数钱麻烦，一张一张地数，这么鼓鼓的一大提包票子，驴年马月数得完呀。后来，女方发明了一个既方便又省事的方法，改用秤称。百元大钞要八斤八两，"八"字取"发财"之意；五十元票减半收取，四斤四两，取"事事如意""福瑞吉祥"之意。此举还有个说法，叫什么"红红绿绿，春光烂漫"。青春男女的大喜事，理应风风光光春意盎然嘛。

还有什么"一动不动"。"一动"指小轿车，最好是进口名牌的；"不动"指结婚住房，房址最好是在依山傍水、风光秀丽的风水宝地。买房子还要到一线或二线的大城市里去买，像县城这样的小地方，免谈！这样算来，至少又要一百多万。真个是"娶来儿媳妇，父母蜕层皮"了。

时代在前进，社会在发展，传统意义上的定情信物已经褪去了它的本色，内核已经变质，只剩下一具外壳——名称，被人们拿来硬是塞进了承受不起的内容。这定情信物传柬彩礼一路飙升，扶摇直上，发展到今天的局面，个中原因又是什么呢？值得我们每个人去深长思之……

传统和当代养老一瞥

　　养老这个话题有点大，不是一篇小文章所能尽言的，展开来可以写一部皇皇巨著。现就笔者亲见亲闻的点滴记录下来，作为抛砖引玉，以期引起专家学者的讨论，更应引起全社会的重视，这养老确实是个亟待解决的大问题。

　　听老辈人讲，旧社会里养老是作为人子的一项必修课，从牙牙学语就开始传授的，从小耳濡目染。尽管绝大多数孩子家境贫寒上不起学，但他们自小在大人言传身教下亲自去实践。做父母的对孩子注重一个"教"字，养不教父之过嘛。还有整个社会都氤氲着养老的传统文化。人们从小所受的家庭和社会教育都是如此，长大后自然是孝子。养老是作为传统文化很重要的一部分被世代传承的，被植入中华民族的遗传基因。有机会进入私塾读书的孩子更是天天诵读《四书五经》，研习孔孟之道，养老的传统美德自小就在他们心里扎下根来。他们对人彬彬有礼，讲究礼仪道德，知老知少，尊老爱幼。

在旧时代，几千年来一家一户的小农经济，生产力十分低下，很多人过着半饥半饱的生活，养老无疑是很艰难的。旧时代的财产分配不像现在这样，那时家里所有的财产都属于家主一个人。家主在家庭中具有至高无上的权力，包括子女都是他的私有财产，比方说，这家人种有十亩地，他有三个儿子（女儿不计算在内，长大后是人家的人，没有财产继承权），各自成家后，迟早要分家，不能这么一大家人老待在一起呀，树大分枝嘛。这家怎么分，由家主一人说了算。他要事先留出养老地和长孙的旗杆地，余下的土地再平均分给儿子们。旧时代全靠土地赖以生存，你没有土地便无法生活。这养老地便是家主老两口分家以后的基本生活来源，由儿子们给轮流耕种、管理、收割、打好扬净晒干后，把粮食送到父母屋里，儿子们就不用另外出养老粮了。那时土地产量低，没有化学肥料，好年头一亩地只能收不到二百斤粮食，三亩地最多也就收个六百斤左右，连麸皮吃也不够老两口一年的口粮。没钱花的时候，还要卖掉一部分粮食做零花。这一年的油盐灯火、人情礼节等所有的开支都在这几百斤粮食上。这样算来，三亩地的收入根本就不够老人开支的，但也没有办法。儿子们每家只能分得二亩地，剩下的一亩地留给长孙，因两位老人百年后要长孙给挑幡送葬。这二亩地的收入别说一家人吃饱饭了，连喝稀饭也不够，只好吃糠咽菜，或者挨大饿，抑或农闲时带着全家老小外出讨饭。如果遇上歉收年头，两位老人也断炊了，儿子们则用头车（一种木轮的独轮车）推着父母亲和孩子外出逃荒讨饭。讨到饭，先给父母吃，然后再给孩子吃，最后才能自己吃。宁可把自己和孩子饿死，也绝不能让父母受委屈，这是作为人子的一种责无旁贷的责任和义务，中国旧时代几千年来就是这样养老的，让人不由肃然起敬。也有很多人去给地主老财扛长活的，或是打短工，出牛马力，这样不仅把自己的一张嘴带过去了，还能挣点粮食给父母老婆孩子吃，贴补家用。

家境比较殷实一点的人家，土地多一点，只有两个儿子的，养老地留得多一点，老两口自然也不会挨大饿了，同时儿子的地也分得多，情况当然要好得多。如果只有一个儿子，在旧时代是绝对不会分家的。家里所有的土地都由成家立业的儿子来耕种，他是家里的主要劳动力，家庭的顶梁柱。所有的家务活都是家庭主妇（儿媳妇）的，家里的缝补浆洗、生活起居、割草喂牛、烧茶煮饭……起五更睡半夜，一天到晚直忙得手脚没有闲处放。三茶六饭要亲自做好端上饭桌。盘里的菜，公婆要先动筷，你才能去吃。若是锅里的饭少了，要先让公婆吃饱你再吃。小孩子也绝不能与爷爷奶奶争着吃，小孩子见到可口的饭菜难免要抢着吃的，这将遭到儿子和媳妇的严厉斥责甚至打骂。养老嘛，这是自古以来的规矩，要从小教育孩子懂规矩，长大后才能成为孝子。这种情况下，多是老人主动让给小孙子吃，并批评儿子和媳妇不该这样，小孩子嘛，不懂事，树大自直，长大就好了。老人把孙子抱在怀里哄着。一会儿孙子就破涕为笑了。于是，一家人又和和睦睦了。晚上睡觉前，儿媳妇要先到公婆屋里把被褥给铺好，把尿罐给提到床前，把烧热的洗脚水端到床前，亲自给公婆洗脚，修剪指甲。服侍公婆睡下后，直到公婆说声："你去吧，我们要歇息了。"媳妇才吹熄灯，轻轻地走出屋子。

"孝顺"这个词有两重含义，一是孝，二是顺。孝是讲的孝道，为人之子对父母要尽孝。对父母不能只是让他们吃饱穿暖就行了，还要讲"顺"字，"顺"就是顺从的意思，要了解父母的爱好和兴趣，顺从父母的意愿，不违拗父母的意思，并且要想着法儿让父母亲高兴。孔子说"父母在，不远游，游必有方"。就是说，只要父母还在世上，为人之子就必须时刻守在家里照顾父母，不能出远门；如果要出远门，必须要告知父母自己要去的地方。旧时代的孝道由此可见一斑。

二十世纪五十至七十年代，人们多是挨大饿，但基于传统观念，在养老方面，还是尽心尽力的。尽管自己饿得死去活来，还是尽可能地不让老人饿着，努力地尽着为人之子的责任和义务。八十年代伊始，农村实行家庭联产承包责任制，农民有了土地，养老的情况也跟着改变了，这时的年轻人已经不像以前那样讲究三纲五常伦理道德了，特别是刚过门的儿媳妇，回门月之后便迫不及待地提出要和公婆分家另户。这时公婆的年龄大多只有五十岁左右，还能自食其力，用不着儿子养老。于是，分家三天成邻居，各干各的活，各吃各的饭，彼此再不相干。及至父母七十岁以后，老得再也干不动活了，便将自己承包的几亩土地交给儿子耕种，儿子一年要交给父母每人五百斤养老粮。我们那个村子以及附近村子都是这样，也不知是什么人从中给规定的，大概是一个看一个，大家约定俗成的吧。这五百斤粮食，除去麸皮打上面粉仅够一人一年的口粮。如果按地亩计算，每人分得二亩承包地，这二亩地如果经营得好，麦秋二季可收将近四千斤粮食，只付给老人五百斤养老粮，其余三千五百斤都进了儿子的仓库，从老人身上牟取暴利，还美其名曰"养老"。更有甚者，打下新麦之后，堆在场上还没来得及晾晒，麦粒还圆滚滚的胖着呢，儿媳妇便忙着用事先挑选好的口袋（一种装磷肥的口袋）装上十口袋，一拉溜排在场上。还说这小麦也不用过秤了，这口袋装磷肥都是一百斤，装小麦自然是少不了。谁都知道磷肥是用石头粉碎后做成的，这一口袋小麦怎么会和一口袋石头一样重呢？难道一口袋棉花会和一口袋铁块一样重吗？他们想以此来糊弄老年人。老年人呢，明知是当也得上，只好吃哑巴亏。其实这种磷肥口袋装小麦最多只能装七十斤，如果再晒上几日，晒干后就只有六十多斤了。儿媳妇赶忙催促公婆把粮食弄回家去看着晒，免得猪拉狗嚼的，斤数就更少了。如此，老两口每人每年的口粮只有三百来斤，再加上打面去掉麸皮，根本就不够糊嘴的。儿子对此尽管不情愿，但为了不激化家庭矛盾，也只有忍气吞声，唯唯诺诺。

对于老年人来说，有点粮食糊口了，但也不能一分钱都没有呀！儿媳妇却说："都七老八十的人了，有口饭吃就不错了，以前还挨大饿呢。是饭能充饥，是衣能蔽体，有件破衣裳披在身上护着皮不光腚就行啦，还要穿什么绫罗绸缎吗？老头老妈子啦，一不赶集，二不上店的，花什么零钱呢？"可这油盐总不能不吃吧，这火柴总不能不用吧，这灯总不能不点吧，这些日常生活必需品从哪儿来呢？儿媳妇又发话了："找你们闺女去，白把她们养活这么大，一走（出嫁）了之，也不养老啦！"于是，女儿们便隔三岔五地给父母送点零花钱过来。每次回娘家，总是鸡鱼肉蛋地多少买一点孝敬父母，须知她们也不宽足呀！能有这份孝心就很难得了。每逢这时，儿子全家便不再做饭了，跟着父母一起吃，把女儿给父母带来的鸡鱼肉蛋等一股脑儿做成了菜。女儿想给父母留点细水长流着吃，儿媳妇总是以人多，菜少了不够吃为由把肉菜全下锅。于是，一顿海吃，像打平伙一样。可怜天下父母心，老两口疼儿疼孙心切，还没舍得尝上一口呢，饭菜便被风卷残云，吃了个精光！饭后，儿媳妇还要怂恿孙子向爷爷奶奶要钱。她们非但不教育孩子孝顺老人，反而教唆他们贪图小便宜，三天两头到爷爷奶奶家里去吃喝、要钱，长此以往，再好的孩子也学坏了。她们要钱自有堂皇的理由，说是你们的小孙子上学又要交书簿费学费了，还不该给掏点钱吗？爷爷奶奶是白喊的吗？就这样，女儿们给的一点零用钱刚装进兜里还没焐热，便又掏给了孙子。女儿们对此只好摇摇头，苦笑笑，一点办法也没有。长此以往，女儿们也学精了，她们平时或节日不再给父母送东西，而是把他们接到家里过上个十天八天的，做些大鱼大肉让他们解解馋，尽尽孝心。时间长了，儿媳妇捞不到吃喝，又生出意见来了。每逢女儿来接父母，儿媳妇总是气鼓鼓地说："这次接过去就不要再送回来了，不放心我们养老，由你们当神供着去吧！省得这样颠来跑去的，烦死人啦！"

　　笔者所写的并非个别例举，而是农村里真实存在的一种普遍现象。当然，也有少部分人养老方面做得很好，不是一律这样。改革开放以来，人们不仅解决了温饱问题，而且逐渐富裕起来了，几乎家家户户盖起了高楼，这应该说是文明进步的标志。但在有的人那里，良心却泯灭了，道德却沦丧了，养老的传统美德也丢掉了。近几年，国家对于六十岁以上的老人按月给予一定的生活补贴，而且全民参加合作医疗，这在一定程度上缓解了养老压力，给农村养老带来了福音。但要把社会养老和个人养老结合起来，使人人都把养老问题重视起来，真正把中华民族养老的传统美德发扬光大，还需要引起重视。

希望大家都来为养老问题献计献策，发表意见。

乡村剃头匠

从我记事时起的二十世纪五十年代中期，便经常看见挑着剃头担子走街串巷专门给人家剃头的剃头匠，他们服务上门。占街的剃头匠每剃一头收一角钱，走街串巷的只收五分钱，比在街上剃头便宜一半。

二十世纪六十年代初，农村出现了包队剃头。所谓包队剃头就是生产队的剃头活由某位剃头师傅包揽下来，由社员出工分剃头或是由生产队集体出工分给全队社员剃头，讲好一年剃十二茬或者十五茬，到时间剃头师傅便自动挑着担子来到生产队的大场上、牛场里或者是大树下有人场的地方，从生产队的大场上抱来柴火，边烧热水边剃头。外地剃头师傅来包活，他在某生产队剃头挣的工分，秋后参加生产队决算，只能分到钱不能分到粮食。因为剃头师傅是外地人，户籍不在此地，当时的人民公社社员，只有在户籍所在地才能分到一份口粮。这种出工分剃头比起拿现钱剃头来方便了许多，因为社员手里没有钱，只有工分票，一分钱憋死英雄汉，但工分票却憋不住社员，这现钱拿不出，工分票拿得出呀！这也是剃头师傅们与时俱进。每个生产队的工分值高低不一，富足的生产队工分值高一些，贫穷的生产队工分值就低一些，由此造成剃头师傅的收入也高低不一。就拿我们生产队来说吧，当时每个工分值是一分五厘钱左右，一个劳动力每天出满工记八个工分，价值一角二分钱。还有更穷的队呢，每个工分值在一分钱以下，社员们每天的收入就更微乎其微了，只够买两盒火柴的。也有相对富足一点的生产队，每个工分值在二分钱以上，每个劳动力一天收入两角钱的样子，这就足以让附近的一些穷队羡慕了。从某种意义上说，包队剃头也是贫穷的产物，是广大社员被贫穷逼出来的无奈之举。

包队剃头开始时，是谁剃头谁出工分票，起初是剃分头三个工分票，刮光头和剃小孩头以及大姑娘削头发，两个工分票。后来发展到剃分头五个工分票，刮光头和剃小孩头以及大姑娘削头发，三个工分票。市面上什么都在涨价，剃头也不例外。再后来，剃头师傅嫌这样收工分票太麻烦，便和生产队长联系，要求生产队出工分包社员剃头，算是集体福利吧。经队委会研究决定，同意了剃头师傅的意见，由生产队里出工分包队剃头，不再由剃头者个人负担。

这种包队剃头一直延续到二十世纪八十年代初农村实行联产承包责任制时方才结束。因为这时生产队解体了，社员已不再集体劳动，而是一家一户在其承包的土地上劳作。没有工分票了，腰包逐渐鼓起来了，人们就都到街上正式的理发店去理发了。

与包队剃头同时的还有另一种剃头匠——村里或生产队里的义务剃头匠。其实，这种义务剃头匠几乎各村各个生产队都有。这种剃头的好处是：一、剃头不收钱，完全是义务服务；二、不分时间和地点，在屋山头、树荫下、墙旮旯，什么地方剃头都可以，没有场地限制；农闲时、午休时、饭前饭后都可以，没有时间限制。就是不能在晚上剃头，据老年人说，晚上剃头是鬼剃头，剃过的头永远都不会再长毛了，这在当地是忌讳的。

我小时候剃头，总是在额头上方留下一小撮头发不剃光，用以盖住额头的中心，美其名曰"护心毛"。刚刚剃过的头，白得发亮，活像个白瓷壶，那盖住额头中心的一撮长毛就像给白瓷壶安了个黑壶嘴。为此，大人们常逗我们小孩子玩儿，揪着我们的一撮毛喊我们"茶壶嘴"。而大人们呢，则是清一色的和尚头，剃得光溜溜的，像是刚摘下来的大葫芦。偶尔也有去街上剃"洋头"的人，那只是屈指可数的几个洋学生或是村里的"小彪子"（爱好时尚打扮的人），他们是宁愿不吃不喝也要出那一角钱的剃头费的。

对于一般的平头百姓来说，那一角钱的剃头费是打死也不愿出的，因为那一角钱几乎够吃一个月的咸盐了。

给人家义务剃头的大多是些没经过专业训练的、没拜过师学过艺的自学成才的"土老帽"，他们唯一的招数便是刮光头。他们从街上买来五分钱一把的土剃头刀子，那剃刀头有半个火柴盒大小，装上一个十厘米左右的刀把，便是剃头刀了。再自制一块杠刀布，便成了剃头匠了。我们生产队的义务剃头匠是外号叫"大老实"的周为理，因为他人非常老实，是远近出名的老实疙瘩，久而久之，人们见面就只喊他"大老实"，而不再喊他周为理的大名了。我就曾亲见他多次给人剃过头，他也曾多次给我剃过头。经他剃过的头，溜光水滑的，用手摸上去，绝没有头茬蹭手的感觉，像抚摸着一个光滑的大葫芦，那头茬都被他刮到"土"底下去了。他的手艺可算是炉火纯青了，加上他又乐于为乡亲们服务，所以自然而然地就成了我们生产队里的义务剃头匠。

剃头大多是在午休时间，这仿佛已成了惯例。吃过午饭，人们总是三三两两地手摇着老蒲扇到狗二家门前的老槐树下乘凉。忽然有人提议："大老实，给俺剃剃头吧。"大老实是个巴不得能为别人做事的人，他听后把腚一拍，答了声"好的"，便赶忙回家去拿剃刀和杠刀布了。需要剃头的人便从家里拎来温罐，温罐里有事先烧好的热水，因剃头必须用热水洗头方可，倘若用冷水洗，不仅剃起来很疼，而且剃不掉头发。只见大老实将杠刀布挂在槐树杈上，又开双腿，一只手拽着杠刀布的下摆，另一只手横握剃刀，往杠刀布上吐几口唾沫，就"剌剌剌"地杠起刀来。只一会儿工夫，刀子便杠得明晃晃的，他又用手指头在刀刃上试试，嘴里咕哝着："行啦！"便旋开剃刀，飞快地在人家头皮上刮起来。这剃头的声音听起来蛮美妙的，像新镰在刈麦，像春蚕在咀嚼桑叶，像细风吹过原野……三下五除二，不消十分钟，一个"白瓷壶"便在他手下诞生了。每次大人剃头，总要带着我们小孩子一起剃的，于是，一群"茶壶嘴"也就应时而生了。

老槐树下剃头，人们或扇着老蒲扇乘凉，或听人讲故事，或烟袋头对着烟袋头地借火抽烟（为的是节省一根火柴）拉呱，拉呱的内容多半是家长里短，年景收成，奇闻逸事……大家说说笑笑，好不热闹，那股浓浓的乡情味着实让人陶醉。

老　街

　　我说的老街就是庙山集，距我们邢楼村三里路，属首集（当地老百姓管离家最近的集市叫"首集"）。庙山集就一条南北走向的老街，有二里多长。老街坐落在半山腰，山顶有一座寺庙，名潭云寺。新中国成立前曾有和尚在此吃斋念佛，一度香火鼎盛。整条老街用青石板铺成，由于经年累月人踩马踏，石板被打磨得异常光滑。雨过天晴，阳光照在水洗过的石板路面上，泛着晶莹的青白色的光芒，像一面镜子，能照出赶集人的影子来。街两旁店铺林立，有印染坊、中药铺、布店、小医院、杂货铺、铁匠铺、木匠铺、家具店等。街两旁的房屋有小瓦房，拱角翘檐，外面走廊用红色廊柱顶着，古色古香。大多数是石墙草房，房顶经长期的雨打雪侵，淋出一道道的淌水沟，淌水沟里又生出许多的蒿草和狗尾草来，当风抖着，讲述着老屋的百年故事。

街道看上去并不宽，大约是给檐牙咬窄了。街道依山势而建，总是弯弯曲曲的，从北头到南头拐了好几道弯，长蛇般盘旋缠绕在半山腰。围着老街筑了一圈石头围墙，墙高两米多，人家多住在围墙里，沿街而居，名曰"围里"。老街的南北头各有一座城门楼，拱形大门用条石砌起，大门两旁有石狮把门。大门是古老的黑漆实木门，外面包上一层铁皮，还有一个个鼓起的比拳头还大的铁疙瘩，两个大铜环上吊着一把老式大铜锁，给人一种古罗马城堡般凛然不可侵犯的感觉。城门的钥匙由集板（管理集市的人）管理。他每天早上天不亮就要去打开城门，晚上还要去关门上锁。夜里，还有更夫在城门楼上轮班站岗巡逻。

庙山集和东面十几里开外的古墩集以及西面十几里开外的龙马集并称"三星集"。因这三个集市在一条东西直线上，且繁华程度也难分轩轾，又都是依山起集；再者，它们的历史都非常久远，在方圆百十里内久负盛名。庙山集处在"三星集"中间，比古墩集和龙马集要繁华。有人曾附会说："庙山集是牛郎星，长长的黄河古堤是一条扁担，牛郎正挑着两个小孩去追织女呢。"

庙山集附近十里八村的人们一提起赶集，从不说去赶庙山集，都说："老街去！"言下之意，人们都以老街为骄傲和自豪。久而久之，"老街"自然而然地成了庙山集的代称，这老街的"老"字，代表历史悠久，资格老，有当之无愧之意；也有首集、距离近、经常去赶集之说。新中国成立前老街一直是农历一、三、六、八日逢集，十天之内逢四个集。又有大集小集之分，隔两天逢集的为大集，隔一天逢集的为小集。

听老辈人讲，二十世纪四五十年代，老街可火爆着呢！方圆几十里之内的人都来老街赶集。老街上不仅商铺林立，店面众多，而且划定了许多摊点区域范围，如牛驴骡马市、蔬菜市、粮市、肉摊、鱼市、鸡鸭鹅兔市、猪羊市、小吃市、瓦罐盆市、饲料市，有唱大鼓的、唱扬琴的等，真是五花八门，应有尽有。每个市都有专人（集板或行人）管理。来赶集的人有推头车的，有赶四轱头太平车的，有驾马车的，有步行的。路近的人则是吃过早饭照样出工干活，一直干到晌午再去赶集。他们并不把劳动工具送回家里，锄地的把锄竖在地里，擦把汗上路；割草的把草箕子扔在地里，拍拍身上的土上路；拾粪的则背着粪箕子上路……老街上真是人头攒动，熙熙攘攘，站在山上往下看，人流如蚁群一般来来往往，川流不息，好一道亮丽的农村集市风景线！

二十世纪五十年代中期，我跟父亲去赶老街，目睹了老街集市贸易的盛况。牛驴骡马市不在老街，而是设在老街北门外偏东北一点的眠山半坡上。山坡上栽满了许多树桩，是给卖牲口的人拴牛驴骡马用的，他们时不时地掰开牛驴骡马的大嘴巴给买者看那一排排大牙。买卖牲口的人边交谈边不停地伸手指，我怎么也听不懂，看不懂。我问父亲他们在干什么，大概父亲觉得即使他说了我也不会懂，便没有告诉我。为此，我纳闷了好长一段时间，后来才听说这是买卖牲口双方的暗语。他们掰开牛驴骡马的嘴是让买者看牙口，从牙口上可看出牲口多大岁数了。伸手指比画是在商讨价钱。有个老头儿用粪耙子往粪箕子里耙牛驴骡马的粪便。听父亲讲，牲口市占用谁家的地盘便由谁家来打扫牲口粪便，那时候没有化学肥料，牲口粪便是宝贵的农家肥料。

我跟父亲自城北门入了老街，青石板铺就的老街上缓缓地移动着穿着各式各样鞋的脚，有穿布鞋的，有穿麻鞋的，有穿草鞋的，竟然还有人用一团破布将脚裹起来。我很好奇，问父亲这人穿的什么鞋呀？父亲说，他是穷人，做不起鞋，只好用破布裹着走路不至于硌破脚。

我跟父亲来到小吃市，什么样的汤水和小吃都有，有卖煎包的，卖煎豆腐的，卖丸子汤的，卖烧饼的，卖油条馓子麻花的，卖糖球的……令人目不暇接。卖煎包的是个黑脸大汉和一个满脸油光光的婆娘，黑脸大汉负责包包子。看那盆里的馅挺有意思的，堆得高高的，上面盖了一层鸡蛋饼，下面尽是韭菜加粉丝。黑脸大汉用调羹专扒鸡蛋饼下面的韭菜往包子皮里放，那层放在韭菜上面的鸡蛋饼几乎是不动的，是专门用来招徕顾客留给顾客看的。他包得极快，两手往中间一挤，一个包子便包好了。他边包包子边拖着长腔喊："煎包喽——才起锅的热包子喽——香掉牙的煎包喽——"那个满脸油光光的婆娘负责煎包，她用特制的带细嘴的小铁壶（油溜子）往平锅里撒了一圈油，把包子一个个放进去，排成一个个圆圈，平锅就成了大圆套小圆的连环圆了。煎了一会儿，她用小铁铲贴着锅麻利地铲了一圈，将包子翻过身来再煎。她的动作十分娴熟，手像绕花线一般，铲得极快，我还没看清楚，包子已翻过身来了。

我们又到了卖煎豆腐的地方，煎豆腐的平锅用两块石头支起来，一个满脸皱纹的老头用左手托起一块豆腐，右手用切豆腐刀打成若干薄片，放在锅里煎，正反两面都煎得黄黄的，香气四溢。他边煎边喊："煎豆腐喽——辣椒酱豆腐，一吊（一角）钱四块，还有不嫌便宜的吗！快来吃喽——"看着那油汪汪黄澄澄的煎豆腐，我馋得直咽唾沫。父亲给我买了一角钱的煎豆腐，装在一个小碟里，我吃得香极了，只是不敢吃那蒜臼子里的红辣椒酱。据父亲说，很多人是专冲着不要钱的辣椒酱才来吃煎豆腐的，吃一吊钱的煎豆腐就要吃掉人家整蒜臼子的辣椒酱，直吃得满头满脸大汗淋漓，心疼得卖豆腐老汉叫苦不迭。

再往前走就到了卖猪饲料的糠市了，簸箕大的一块小平地上竟有十几个卖主。一个满脸麻子的老嬷嬷（糠行人），人称麻婆，穿着老蓝布大襟褂子，褂子也忒大了点儿，竟盖过了膝盖。她头上扎着一块黑布头巾，怀里抱着斗，正在用斗给买主量糠呢。她往斗里扒糠极不地道，斗后面总是落下很多，等把大堆的糠量完了，就剩下底子了，她便把剩下的底子糠用手拢在一起，足剩下半斗多。父亲说，她是故意这么做的。这剩下的半斗糠就成了她的小伙（小费）。一个集结束了，她能赚个几斗糠的钱。

听父亲讲，新中国成立前集市上买卖粮食也是这样，不兴用秤称，一律用斗量，讲好一斗粮食多少钱。粮食又分细粮和粗粮，细粮当然是指小麦啦。粗粮也分几等，黄豆、绿豆、谷子等是高级粗粮；玉米、荞麦、大麦等便是中级粗粮；高粱、山芋干、山芋丁等是低级粗粮。粮食品种、成色不一样，价钱当然千差万别了。买卖讲究个秤平斗满，粮行人一手托两家，一碗水要端平，不能向一家误一家。旧时代的人凭良心做事，粮行人将粮食灌满斗之后，用手从上面抹平，绝不能像卖糠那样里一半外一半的，因为粮食金贵嘛。旧时代一家一户的小农经济，又没有化学肥料，粮食产量十分低下，粮食就是穷人的命根子，岂可儿戏！粮行人不像卖糠人那样有粮可赚，而是帮人家卖粮只收佣钱，相当于现代的服务费。佣钱只有卖者出，买者是从来不出佣钱的，各个集市上都是这样约定俗成的。试想，你如果向买家收佣钱，长此以往，谁还来赶你的集呢？这不是明摆着把人往别的集市上赶吗？

继续往前走就到了铁匠铺。铁匠师傅光着脊梁，腰里勒着一条硬邦邦的皮革一样的围裙。他肩上、胳膊上、背上，块块肌肉隆起，就像现代的拳击运动员。一个小伙计用铁钳夹着一块通红的铁块放在铁砧上，铁匠师傅抡起大锤，虎虎生风，锤锤砸在红铁块上。那铁块竟像面条一样任他摆布，叫它扁它就扁，叫它圆它就圆。我惊叹，这铁匠师傅的力气可真大呀！打铁的风箱特大，比起我们家里烧锅的风箱来可要大得多了。风箱抽得很慢，半天抽一下，但风却大得很，铁炉上的火苗跳跃着往上蹿。原来那通红的铁块是在火里烧出来的。我平生第一次见到打铁，感觉格外新鲜。父亲讲，这位铁匠师傅闻名乡里，他打造的镰刀钢火非常好，刀口甚是锋利，方圆几十里内的集市上都出售他打制的镰刀。他打制镰刀的手艺是祖上传下来的，别人模仿不出来。

不知怎的，父亲竟带我走进酒肆里，我知道他是从来不喝酒的，大概是为了让我长长见识吧。酒肆里冲门横放着一个老式木柜台，里面一拉溜放着五六个大缸，每口大缸上都盖着用布裹起来的盖子。不用说，里面盛的是酒喽。一高挑瘦老头走近柜台，叫道："伙计，来二两。""好的，就来。"只见卖酒人拿起柜台上的小黑碗，掀开缸盖，提起挂在缸沿上的二两酒端，舀了满满一端倒进碗里。那瘦老头接过碗一仰脖子酒便下了肚，连菜也不吃一口（没有菜），还频频地咂着嘴，舔着嘴唇，回味着，好像那酒很香似的。放下碗，这才从怀里掏出小票来付账。父亲说这叫"柜台酒"，是站着喝的，从来不用吃菜的，很多酒瘾大的人赶集时都是这样喝"柜台酒"。穷人家哪有钱坐在酒馆里大吃大喝呢？买二两"柜台酒"聊解酒瘾而已。老街上的老风俗竟然这么多，无怪乎人们叫它"老街"呢。

出了酒肆的门往街对面走去，便是卖瓦罐缸盆的。这里的瓦罐缸盆可真多呀！温罐子、尿罐子、二鼻罐子、四鼻罐子、大盆小盆、大缸小缸摆了一地。一个中年人正用干竹条子挨个敲罐子，还有个人左手拿起温罐子放在耳朵边上，用右手指甲盖一弹一弹的，好像听音乐似的，他们在测试盆罐烧的火候呢。听在场的一位白胡子老先生讲，烧熟透的盆罐敲起来音韵清脆而悠长，且音有尽而意无穷，听起来十分悦耳。而没烧熟的生坯子呢，声音喑哑而短促，听起来噪音聒耳。烧熟透的盆罐经久耐用，只要小心使用不摔破，几辈子也用不坏；而那些没烧熟的生坯子盆罐遇到冬天上大冻时，就会一层层往下脱落，一个冬天没过去就用坏了。没想到老街的买卖还有这么多学问，真是不读哪家书不识哪家字啊！

我和父亲横穿街道往山坡上走去，那儿有一片刺槐树林，是说书讲古的地方。老远就听到大鼓敲得咚咚叫，钢板也叮当作响，说书人正唱得起劲呢。他的两个嘴角都冒出了白沫。他右手敲鼓，左手夹着钢板高高地举起，身子往后仰着，两眼眯成一条线，正全身心地投入故事情节里。正唱到高潮处，不知怎的，在节骨眼上却戛然而止。他将鼓棒和钢板放在大鼓上，点燃一根香烟，说道："老少爷们，捧捧场架架势，凑顿饭钱。"他扔给身边一位五十多岁的老头一根香烟说："麻烦您老给帮帮忙。"那老头也不推辞，兀自站起身，拍拍腚上的土，便干起了筹钱的活。他挨个儿筹钱，有人很自觉，主动掏出票子递给他；有人却不情愿掏钱，非要和他磨嘴皮子；还有的人装作上厕所，趁机溜之大吉……众生百相，什么样的人都有。说书人三五口猛吸完一根香烟，便又唱起来。他要赶紧接着唱，不然人越走越多，这没有人场了，还唱给谁听呢？不过，也不用担心，这些听书人大多是些老听书迷，宁可不吃不喝他们也要坚持听到散场的，有时听到热闹处，他们宁愿憋着尿也不愿上厕所，怕耽误了听书。说书讲古的就有这种本事，凭他的三寸不烂之舌，用曲折离奇的故事情节紧紧地拴住你，让你欲罢不能，非听个水落石出不可。那些临场溜走的大多是些不常听书的临时来凑热闹的人，这样的人毕竟是少数，走了十个八个也无伤大雅。筹钱的人大多是当地的听书迷，每场必到，他给说书人筹钱不仅自己不用掏钱了，白听书，而且还能赚说书人的几根香烟香香嘴。我要去上厕所，父亲说，小孩子家就不用上厕所了，哪儿都能撒尿，不避讳人的，就在这山坡上尿吧。我说这么多人我尿不出来，父亲方才带着我去找厕所。厕所建在半山腰，是用打狗石垒起来的，还没有大人的肩膀高，墙上到处都是大大小小长长短短的缝隙，有的窟窿比拳头还大。靠近厕所门的墙头上有一杆大烟袋拴着一个老蓝布烟包子吊在墙上，厕所里有个三十多岁的壮汉正在蹲坑拉屎。我以为是谁不小心丢了烟袋，父亲告诉我，当时农村很少有识字的，有时一个小村庄里连一个能画黑道子的人也找不出来，厕所写上"男女"字样也无人认得，所以厕所都是男女共用。新中国成立前男主外女主内，女的很少在大场合抛头露面，多在家里烧茶做饭，缝补浆洗，料理家务，赶集上店都是男人的事。谁家女的若是去赶集，会被人家笑话的。偶尔也有女的赶集的，比如男人不在家或者卧床不起的、寡妇或家庭有什么特殊情况的。因此，赶集上店的女人很少，这老街上的厕所也就不用分什么男女了。为防万一，有个约定俗成的规定，男的进厕所大便要将老烟袋吊在厕所的门墙上，以示里面有男的在解手，女的看到了自然就不会进去了；如果女的如厕，便将头巾取下来搭在门墙上，男的看见了，就会自动退回。这是自古以来遗留下来的风俗，至二十世纪五十年代初还偶尔有之。我这才恍然大悟。这次跟父亲赶集，确实增长了不少见识，这在我幼小的心灵里烙下了深深的印记。

　　每年农历四月初八是庙山老古会。庙山老古会可是远近闻名的。为了赶会，周围几十里外的远路人，鸡不叫就上路了。逢会时老街上更是人山人海，摩肩接踵。不仅人多，连眠山坡上的牲口市也像个大牧场一样。树桩上根本拴不完这么多牲口，后来的人只好牵着牲口蹲在角落里等待买家。站在山顶往下看，整个山坡上就像撒满了彩色的珍珠一般，到处都是牲口。时不时有骡马在昂首长嘶，也有驴子在引颈高歌，还有大牛在"哞哞"地叫着……整个牲口市人喊马嘶，就像现代霹雳舞高亢的旋律，卡拉 OK，旋转的音流直冲霄汉。老古会上，要搭戏台请戏班子唱戏，有时还要请两台戏对唱；还有一些玩皮影戏的，唱拉魂腔的，耍猴的，牵骆驼算命的，变魔术的，捏泥人的……其热闹程度不亚于一场现代的春节联欢晚会。

庙山老街这种传统风俗一直延续到"文化大革命"初期，由于"破四旧"，逢集的日期由农历改成了阳历，一切旧风俗通通被取缔。前几年，虽然又重新起集，但已不在原来的老街上，而是搬到了街北头的乡村公路上，只有巴掌大的一片地方，青菜集（当地老百姓称地盘和规模小的集市为青菜集）而已。赶集者寥若晨星，扔八棍子也打不着人，老街当年的繁华和辉煌已一去不复返了。南北城门早已被拆除，石板路上长满青苔，缝隙里满是杂草，就像一个百岁老人的脸上被岁月犁出的皱纹，纵横交错，长满了老年斑。抗日战争时期，新四军曾在这一带打鬼子锄汉奸，有着光荣的革命传统。

人老了就容易怀旧，每当我去赶庙山集，总要到老街上走一走，让那些美好的记忆在我脑海里过电影般一幕幕浮现出来。我想把她们做成花絮，镶嵌在历史的橱窗里，让后来者世世代代都来欣赏。让他们知道，一路走来，老街的历史，曾经穿越千百年的风云烟雨，曾经奔驰过叱咤风云的金戈铁马，曾经绽放过多么灿烂的青春年华！

　　啊，老街，你永远活在历史的记忆里！

老街的陈记染坊

　　陈华章，铜山县单集镇庙山村人，他从十六岁起就在陈记染坊里当伙计，一直干到"文化大革命"时期，染坊被关闭。前后算起来，他一共干了二十多年，是染布的老师傅了，对染坊的掌故亦是颇为熟悉。下面是他讲述的陈记染坊的故事。

　　我的老家方圆几十里，提起老街没有人不知道的。老街即庙山街。庙山街当年是相当红火，在徐州东乡颇有点小名气。我家所在地邢楼村，距离庙山街只有三里路，属首集，也称为"老街"。我从孩提时就经常跟着大人去赶庙山集。当年的老街店铺林立，商贾云集。集市只有一条南北走向的大街，依山势而建，用青石板铺就，逶迤二里多长。陈记染坊是临街的铺面，坐落在街东旁，老板名叫陈耀章。店铺大门朝西开，门楣上书"陈记染坊"四个天蓝色大字。新中国成立前至二十世纪五十年代初，穷人穿衣都是土织布机织出来的大线布（老粗布），线是自家老纺车纺出来的粗棉线。织出来的老粗布线疙瘩摞着线疙瘩，极其粗糙，用手摸上去，有明显蹭手的感觉，不像现代的布料薄而平滑。听老辈人讲，那时也有洋织机织出来的质地优良的好布料，薄如蝉翼，比如"丝光蓝"布，便是进口的洋布，摊开在阳光下一看，有透明感，闪烁着天蓝色的光芒。这种布料极其昂贵，一块大洋一尺，穷人只能看它几眼，饱饱眼福罢了。因此，无论老老少少、男男女女穿的都是清一色的大线布。这大线布是纯白色的，只能做夏衣穿，天凉了可怎么办呢？你总不能整天穿着白袄白棉裤出门吧，于是，大大小小的染坊便应运而生了。

老街上的"陈记染坊"是老式的四合院建制，门面三间，东屋三间，堂屋三间，南屋三间兼做厨房。门面房里紧靠里边三面墙转着圈儿摆着十几条大砂缸，缸高一点八米，卧地下一半，只露出一半在地上，人趴在缸沿上能干活。两缸跟前有一个火洞，烧火用的。缸用盐和的红泥从外面糊上，防止烧火时烧爆。还要时常检查，如发现哪儿出现裂纹或小窟窿，要赶紧补漏。虽然缸的大小差不多，但功用却不一样，有摆水缸、染色缸、酸浆缸等，各司其职。染布要经过八道工序，少一道也染不出布来。这是一项非常细致的活计，稍微粗心一点就会出大纰漏。秋天到了，天凉还早着呢，但四面八方的人们会提前来老街染布，来晚了你可就排不上号了。十几里外的双沟镇亦有几个染坊，但人们多来老街染布，因为陈记染坊在四周出了名，布染得好，所以人们总是舍近求远，来老街染布方能放心。方圆几十里的人们都来老街染布，每集要接几十甚至上百缸，每缸八十尺。老白布尺，一尺接近现在的两小尺。有时要压半个月甚至一个月的号。染坊里七八个伙计白天黑夜连轴转也干不完，逢集还要有专人看管。每天晚上，要往三个圆瓮缸里倒满水，然后投放染料。染料有大鸡牌、牛头膏、红花膏、雄鸡牌等，大多是从美国进口，有蓝色、棕色、鱼肚白色、青色等。妇女们穿的花衣服有猫爪花、方块花、杏花、桃花等。用石灰和成泥浆染布。石灰块事先要用水汞透、晒干，再用箩子箩，然后和成面糊。染什么花要用什么印版印。印版是用硬纸板剪成的。把印版放在白布上漏花字，等石灰面糊干了再去染。布染出来后，除去石灰就是花，这就是所谓的"漏花布"。漏花被面也是大硬纸板剪成的，品种有鲤鱼跳龙门、凤凰戏牡丹、狮子滚绣球等，还印有花边。每天晚上从八点钟开始烧火，要一直烧到天快亮（五点钟左右）方可。甭看这些砂缸是庞然大物，还挺娇气的呢，使用时要特别小心。这些大砂缸既能累死，又能饿死，还能撑死。有些缸不能一直用下去，要让它休息一下再用，不然就累死了；有些缸里面缺货，能饿死；有些缸碱灰下得多一点点，亦能撑死。白布下染缸后，明明早已投放过染料了，拉出来的仍是白布，那是缸"生病"了，货下得不对。要用小白碗（看水碗）舀一口水出来，用手指头点水，放舌尖上尝尝缺碱还是缺灰，有"病"无"病"即可看出。有经验的老师傅用眼不用口，直接往缸里看水即可，不用嘴尝水，就像现在的试热表一样，特准。新中国成立前用人工染的布永不褪色，新中国成立后时兴把白布连同染料一起放在热水里煮，省却了许多工序，但容易褪色。

逢集时收顾客送来待染的白布，一匹白布三丈二尺，用布条签号，团成团包在布角里，下染缸里不上色。交给顾客一张纸号，领布用的。染布颜料不同，工钱也不一样。老蓝布染费五百钱一尺，青布和鱼白布八百钱一尺，被面漏花布一吊二百钱一尺，妇女穿的小花布一吊钱一尺……白布要打成捆，每捆八十尺。用两条大角缸（酸浆缸）盛满清水，将布捆放进去泡，每缸泡五到六捆，泡两个钟头以后捞出来，再把捞出来的布捆放到门口大石上用大棒槌捶打，布捆的四面都要捶到，直到把浆面捶出来，布捆柔软如面条为止。然后用双手绕线，往大撬上放，用大撬拧水，水拧干后用手摆开，一大摞厚的布放在大案板上，以脚踩板凳，把布放在膝盖上，用手将布褶打平，才能下染缸染。染好后，把拉竿子放缸沿上从缸里往外拽布。仍是脚踩板凳，将布放膝盖上，把布褶摆平，再放到摆水缸里漂洗一下，就可以上竿晾晒了。

染坊的四合院里栽满了横七竖八的竿子，上面晾晒的都是染出来的布，连门口街上都是。长长的布匹从高高的竿子上直垂下来，风一吹便飘悠起来，像一道道彩色的流苏，窸窣作响，给繁华的集市平添了一道风景。每逢集日，院里院外便挤满了前来领取布料的人，排队凭号取布，生意甚是红火。正应了染坊黑漆大门上的那副对联：生意兴隆通四海，财源茂盛达三江。

这是一种古老的印染技艺，随着渐行渐远的历史脚步，存世的印染艺人已寥寥无几，不久将湮灭于历史的小巷深处。惜哉！谨记于此，求存于文史，以资后世研究此道者览之。

斗鹌鹑

斗鹌鹑是旧社会农闲时农民时兴的一种游戏娱乐方式，就像蒲松龄先生的名著《聊斋志异》里明代风靡朝野的斗蟋蟀一样，纯属玩乐。至于斗鹌鹑究竟始于何时，我不曾考证过，便是现在也间或有之。

鹌鹑，候鸟，多见于山区，头小，尾短，不善飞行，羽毛赤褐色，间杂暗黄色条纹，性好斗。许多人喜欢看它咬斗，故想方设法捕捉来把玩。捕捉鹌鹑有一套专门的方法，首先要插窝子，用黄蒿插，插有三间屋那么大一片，用网盖上，网后面压上土，前面留门，门上面扎一大捆黄蒿，里面分别挂上公鹌鹑和母鹌鹑笼子。笼子里的母鹌鹑叫"唠子"，会叫，用来吸引公鹌鹑。母鹌鹑只会叫，不咬斗，玩鹌鹑的人只要公鹌鹑。越是天拢明时鹌鹑叫得越欢，母鹌鹑叫曰"喊哨"，其声短促喑哑"追追，追追……"；公鹌鹑叫曰"喊喳"，其声响亮悠扬，"叽咯喳、叽咯喳……"，以吸引母鹌鹑，一里多远都能听得到。头天晚上插好窑子，离鹌窑十几米远再挖一个地窑，第二天天将亮时，吹鹌鹑（逮鹌鹑又叫吹鹌鹑）人便早早地趴在地窑里隐蔽起来吹哨子。哨子是用白果做的。用秫秸做哨筒，安上白果，用鹅翎透开气，插在里面吹鹅翎。吹白果哨的目的是赶鹌鹑进网，吹哨有着严格的时间限制，吹哨以肉眼能看见大线布的布丝亦即天将亮未亮时开始吹，吹早吹晚都会把鹌鹑吓跑。由于鹌鹑的叫声引诱，鹌窑四周停着许多鹌鹑，公的母的都有，它们焦急地在鹌窑前面踱来踱去，只是不敢贸然进去。天将亮时，有些鹌鹑听到白果哨响就会跑进网下的黄蒿棵子里躲起来。这些小精灵异常狡猾，唯恐掉进陷阱里。天大亮时，吹鹌鹑人即从地窑里爬出来，鹌鹑见人即钻进鹌窑里躲起来。吹鹌鹑人要不断地咳嗽，蹲着往前挪动，边用树条子抽打地面，鹌鹑听到动静就不敢从鹌窑里出来。吹鹌鹑人挪到鹌窑跟前把网拉下来盖上窑门，然后钻进网里用树条子撵。鹌窑两边插上捕鱼用的丝网，鹌鹑一起飞便挂在上面，拼命挣扎了一会儿，便再也动不了。吹鹌鹑人便去摘取胜利果实，确是一种乐趣。

"收网喽——"吹鹌鹑人得意地满脸放着红光，将鹌鹑放在木箱里背回家。公鹌鹑拿到街上去卖，挑拣好的留下来训练咬斗。还要选出会"喊喳"的公鹌鹑和会"喊哨"

的母鹌鹑，"熬"好后用笼子挂在鹌鹑窑里，以吸引鹌鹑进窑。再多余的母鹌鹑便是放生了。选出的鹌鹑无论公母都要"熬"，每天晚上要"熬"到十点钟以后。"熬"鹌鹑要用特制的笼子笼起来，笼子上用网盖好，防猫和老鼠偷吃。一只鹌鹑一个笼子，以防他们咬斗。许多鹌鹑笼子摆在桌子四周，桌子中间放一盏灯，鹌鹑看见灯光就会叫，叫累了也不准停下来歇歇，不让鹌鹑打盹，要用小棍不停地拨弄，让它们一直叫下去。差不多要"熬"半年时间，只有经过长期的严格训练，方能"熬"出好鹌鹑来。为了冬季捕鹌鹑，从入夏就开始"熬"，把人也"熬"得"人比黄花瘦"了。玩鹌鹑实在是功夫不浅哪！

留斗的鹌鹑要拣个头大、爪子大的好鹌鹑。鹌鹑的种类很多，如白胡子、红胡子、水红胡、杂毛胡……只有一种叫作"厨子"的鹌鹑没长胡。秋后的鹌鹑无胡，原有的胡子褪掉了，新的还没长出来。新逮来的鹌鹑先要喂熟悉，熟悉的过程叫把鹌鹑，把玩的意思。即是用手攥着，只让鹌鹑露个头，一天到晚地把着才能熟悉。喂熟后才能咬斗。用来喂鹌鹑的食物是谷子。鹌鹑胖瘦皆不行，要不胖不瘦才撑咬。胖鹌鹑咬疼就飞跑了，瘦鹌鹑没力气咬。因此，喂食的时候要掌握住谷子的数量。

斗鹌鹑时要用折子（用芦苇篾子编成的圈粮食的用具）扎成折圈，底下铺上被单子。斗者双方的鹌鹑先用食喂，只能喂十几粒谷子，喂饱了它就不咬了。喂过的鹌鹑打亮翅——跳起来向主人扇翅膀，感谢主人喂食，主要是向主人要谷子，没吃饱哇。见到鹌鹑打亮翅，斗者双方各自将鹌鹑拾在手里，然后一齐松开手将鹌鹑同时放进折圈里，鹌鹑为争食而咬斗。有的鹌鹑不撑咬，只咬十嘴八嘴（一嘴为一回合）便败下阵来。败者缩头敛翅跳出折圈外。有的鹌鹑很厉害，连对方的鹌鹑毛都能撕掉；有的咬了五六十嘴甚至七八十嘴也不败，十分撑咬，这就是善斗的好鹌鹑，要把它笼起来喂。笼鹌鹑要用买就的鹌鹑盆，泥盆亦可，最好是瓷盆，坚硬，鹌鹑能练出嘴来。将盆底四周凿上眼，把秫秸棒插在盆底四周的窟窿眼里，相隔指把远一根，以鹌鹑跑不出来为原则。上面蒙上布，用布条将布口束起来，这样鹌鹑就被笼在用盆制成的笼子里了。将水和食物挂在秫秸棒上，让鹌鹑能够得着吃喝。再将细土铺在盆里，留鹌鹑打哨、喊喳、打滚。鹌鹑热了就打滚，像驴打滚一样。这就给鹌鹑营造了一个温馨的家园，鹌鹑就长期在这里过日子，吃喝拉撒全在里面。笼盆每天早上要提出去挂在高树上，防猫偷吃，让鹌鹑乘凉；晚上提进屋，拴上绳子挂起来，也要防备猫和老鼠袭扰。

鹌鹑秋末褪毛换新毛，等新毛丰满即可斗着玩哩。笼鹌鹑和笼鹌鹑咬斗，未笼过的鹌鹑不敢和笼鹌鹑咬，笼鹌鹑嘴毒。笼鹌鹑整天"叭叭叭"地凿盆沿，练出了硬嘴，十分凶悍。

斗鹌鹑先在村里试斗，胜者才拿到街上去斗，人群围观，甚是热闹好玩。街上设有专门的斗鹌鹑场所，观者往往围得里三层外三层，斗败者主人会脸红，千人万眼看着，就像自己斗输了一样，显得很不好意思，所以鹌鹑又名"红脸鸟"。若论能咬善斗的要数名曰"九点灯"的鹌鹑最牛。此鹌鹑背上有九个白点，故名"九点灯"，黑指甲；其他鹌鹑背上无白点，藜指甲。"九点灯"性格暴躁，高兴了就斗，斗起来没个完，非将对方彻底斗败不可；不高兴就不斗，打死它也不斗。因此，主人要看"九点灯"的脸色行事，要想方设法让它高兴。"九点灯"又叫"早秋"，喜冷，很稀有，有时十个八个集市也见不到一只，因此，卖的价钱也高。咬好的鹌鹑是个宝，好者不惜用重金千方百计搞到手。听说有一个斗鹌鹑迷，竟用一头大黄牛换了一只"九点灯"。这只"九点灯"在方圆几十里之内斗出了名，打遍天下无敌手。这个人也因鹌鹑而闻名乡里，人们送了他个与鹌鹑同名的外号。他手把鹌鹑晃开膀子走在大街上，脸上写满骄傲和自豪，仿佛不是鹌鹑斗胜了而是他自己斗胜了一样。

还有一种善斗的鹌鹑叫"蹬挂子"，这种鹌鹑一旦咬住就不松口，直咬得对方在地上打滚。"蹬挂子"还有一手绝活，就是身子往后仰，用两腿去蹬对方，一下子就将对方蹬到折圈边上去了。如不服输，还要跟住咬，直到对方彻底败下阵来，飞出折圈为止。这种鹌鹑是极少数，也属贵种，一头大绵羊也换不来的。

　　斗鹌鹑斗胜者也无报酬，玩乐而已。有缺钱的穷人玩的好鹌鹑在街上斗胜了，有人当场出高价买走，也能解决一部分生活问题。玩鹌鹑都是好者为乐，不好者是不玩的。

叫 魂

我的家乡有叫魂的习俗。十岁以下的儿童或婴幼儿受了惊吓，迷信说法是孩童的魂儿被吓跑了，丢了魂，魂不守舍了。发病时的孩童一动也不想动，或者干脆躺在床上蒙头睡大觉，特别嗜睡，一天到晚总也睡不醒。也不知道渴和饿，整日里不吃也不喝。刚生下来的婴儿还要忌"响器"。"响器"是各种各样的，只要是比较大的震耳的"响器"都在禁忌之列。像捣碓声，狗吠声，驴马的嘶鸣，开山放炮的声音，打雷的声音……即使是家人说话都要格外小心在意，尽量把声音放到最低，以免惊吓酣睡的婴儿。婴儿一旦受了惊吓，酣睡时便会一惊一乍的，浑身不时猛地哆嗦一下，还会浑身出汗。醒后大哭不止，不喝水也不吃奶。

　　这些孩童或婴幼儿一旦受了某种惊吓，便要请叫魂婆来给叫魂。叫魂婆，顾名思义，全是女性，一般由村里的巫婆（神婆）或年长的妇女担任。叫魂是在正午时，大概十二点左右。叫魂婆拉着一把大扫帚，上面披着受惊吓婴幼儿的衣褂，顺着大路边走边喊着小儿的乳名，拖着长腔叫："毛头喽——吓在哪儿家来吧！"小儿的母亲或奶奶跟在扫帚后面答："回来喽——""狗蛋喽——吓在哪儿家来吧！"答曰："回来喽——""毛头喽——听到叫声家来吧！"答曰："家来喽——""狗蛋喽——听到叫声家来吧！"答曰："家来喽——"……一路走一路喊下来，有时连续要喊好几天的好几个午时，直到把小儿的魂儿喊回家为止。待到小儿病症消失，身体及精神恢复正常，方才停止叫魂。

　　也有成年人惊魂的，这些人多是屈（冤）死的人，旧社会里叫"屈死鬼"。大多是些喝卤上吊跳汪（水）而死的人。在村里的族长或年长的老人确定他准死亡之后，要把停尸床冲着停尸房的正当门放着，大门敞开，死者头朝外，待叫回魂儿来容易找到主人。魂儿回到主人身体里，死者即起死回生。这时要请专门替人家操办丧事的管家和一个年轻后生提着铜锣——没有铜锣便用簸箕代替，爬到停尸房顶上，管家边敲锣边大声喊："赵某某喽——魂游哪儿回家吧！"年轻的后生大声答："回来喽——""钱某某喽——魂游哪儿回家吧！"答曰："回来喽——""孙某某喽——魂游哪儿回家吧！"答曰"回来喽——""李某某喽——"……一声又一声，声音凄凉而悲哀，回声更是绵长而凄厉，一如老鸹的声声长唉。

明知不可为而为之，明知人已走了还要叫魂，这是自古遗留下来的一种习俗，体现了善良的村民对生命的敬重。这种叫魂的习俗于二十世纪六十年代中期开始退出人们的生活。

踩 腰

　　我的家乡曾流传着踩腰的习俗。不论是男人女人，老
人小孩，只要得了腰痛病，就找属虎的少年踩腰，据说虎
能降病魔。当时的农村缺医少药，况且老百姓又进不起医
院，谁有个头痛脑热、腰酸背疼的小毛病，只好硬撑着，
熬过几天自然就好了。要么就是用土办法治疗。

　　我就是属虎的男性，二十世纪五六十年代，正是我从
童年走向少年的时期，邻里百舍的叔叔伯伯、婶子大娘、
爷爷奶奶们得了腰痛病，大多都找我去踩腰。记得有一次，
邻居周家的三婶中午干活回来得了腰痛病，便让我去给她
踩腰。她脸朝下背朝上趴在大床上，两腿稍微分开。我赤
着脚在她的腰部踩来踩去，只一会儿工夫，她脸上便冒出
豆大的汗珠儿，嘴里还哼哼哟哟的，说是感觉挺好受的。

她一边催促我使劲地踩，一边咿咿呀呀地唱起来："老虎老虎张大嘴，专吃妖怪和小鬼。妖怪小鬼你快走，晚了时刻入虎口。入了虎口化脓血，你还作孽不作孽？"这样踩了约莫半小时左右，我已累得浑身是汗了。

踩完腰，三婶没让我回家吃饭，她亲自下厨房，给我做了一碗白面面条，外加两个荷包蛋，说是对我的奖励。之后，我又给她踩了几次，她的腰痛病竟奇迹般地好了起来。

如今，踩腰的习俗在家乡已经看不到了，人们生病都是去医院求医问药。经医生诊治，既科学，病又好得快。但是，踩腰——作为一种乡村习俗，却永远留在我的记忆里。

老人会

　　我的家乡把"人死了"叫作"人老了"，忌讳"死"字，以示对死者的尊重。所谓"老人会"，是民间自发的为死者送葬办的一种会。至于这种老人会源于何时，已无据可考，大概就是人们在长期生活中流传下来的一种乡风民俗吧。谁家死了老年人（父母已离世），就按老人会的规定办理丧葬事宜。有爹娘活着的老年人死了，即使年龄再大，也名之曰"夭寿"或"夭折"，这样的死者是不够资格发丧送殡的，不出三天（最长期限为三天）就要抬出去埋葬。这样的人死了叫作"少亡鬼"。既然少亡鬼死了不需要开丧送殡，自然也就与老人会无缘了。

　　中国几千年来的封建社会是一家一户的小农经济，生产力非常低下，再加上兵荒马乱、旱涝灾害等，广大农民更是吃了上顿没下顿，过了今天不知道明天会在哪里。在这种情况下，一些老年人过世了，发不起丧送不起殡的现象是普遍存在的，但是丧又不能不发，殡也不能不送，虽然明知道有着"穷儿不可富葬"的古训，可作为孝子，要对得起死去的父母啊，总得抬一口薄棺，办几桌酒席，雇几个响手（唢呐班），找一些人来帮忙，把老人送下地，简单地操办一下吧。否则，人家就会戳你的脊梁骨，骂你是个不孝子。如此这般，老人会就应运而生了。

老人会一般都是本村人自发组织起来的，少则十家八家，多则二三十家。老人会不分姓氏，不分近房远房，以自愿为原则。谁家的老年人过世了，送不起殡，大家就都凑一点钱粮帮助他。至于出钱或是出粮，这要看当初的规定。如当时规定为出钱，则每家十块或八块钱，是洋钱（银圆）还是票子，入会各家都要按规定出；如当初规定为出粮，则每家三十斤或五十斤，多少细粮（麦子），多少粗粮（谷子、高粱、玉米等），都要按事先规定的去办。

凡"会"都要有"会头"，这会头要选比较有名望者担任，入会者都是自愿的穷人。入会时在一张契约上署上自己的大名，不识字的便按上自己的红手印立据为证。契约由"会头"保管，就像现在某某协会入会的会员一样，要履行组织手续，只是未发会员证罢了。谁家开丧送殡，前几天都照例要先请会头吃顿饭。吃饭时，由孝子把老人过世以及看好送殡的黄道吉日，还有需要请求乡亲们救助等情况，通通向会头说明。之后，披麻戴孝的孝子手捧哀棍子（哭丧棒），肩上搭条布口袋，由会头领着挨家挨户去"拜门子"，筹集粮款。每到一家，孝子都要双手捧着哀棍子双膝下跪。这时，主人家总是连忙把孝子拉起来，并连声说："快起来，快请起！乡里乡亲的，还用得着这样吗？"说着，就把早已准备好的钱粮如数给了他。入会的人家总是很爽快地出这份钱粮，即使家里穷得揭不开锅，也早已到亲戚邻里家把这份钱粮借好了，就等着孝子来拿呢。在乡亲们眼里，人的一生没有比开丧送殡更大的事啦，眼下的一些困难比起开丧送殡来算得了什么呢？这种纯朴的乡风民俗至今还让一些老人们感慨不已。有了这么多乡亲的帮助，谁家开丧送殡自然就不成多大问题了。

　　老人会在二十世纪六十年代中期完成它的历史使命，彻底销声匿迹了。

家乡的宴席

　　宴者，宴请也；席者，席桌也，二者合起来叫宴席。家乡人把赴宴叫"坐席"，"坐席"取古意是席地而坐的意思。古代没有板凳，人们围在一起饮酒都是把席子铺在地上，人就双腿盘曲坐在席上，故有"坐席"之说。延伸到现代已失去其本意，取其延伸意为出席宴请之类。

　　中华民族素有"礼仪之邦"之称，待人接物颇讲究礼数。特别是在婚丧嫁娶等各种形式的宴席上，更是竭尽地主或东道主之谊，大操大办，自古以来代代相袭，且花样不断翻新。民间宴席有喜宴、丧席（又叫喝丧汤或啃丧虫）、亲朋好友聚会宴、老年人的祝寿宴，近年来时兴的生日宴，还有姑娘出嫁娘家人使人出席"客屋台"的宴会等，名目繁多。这宴席的规格不同，其隆重程度自然也就不同。

比如谁家有老人过世了，要开丧送殡，亲朋好友来奔丧；谁家娶儿媳妇了，亲朋好友来贺喜。来者叫"行来往"，都是要掏礼钱的，中午你总要管人家一顿饭吧，这顿饭就是传统意义上的宴席。事主家必大操大办，竭尽全力而为之。若是亲朋好友聚会或家里平时来了亲戚，则是热情招待即可，不必兴师动众，大摆宴席。

自古以来，人生大事宴请宾客成了一个人或一个家族的人缘或曰人场的重要标志，某种意义上也可以说成了衡量人气的金标准。你操办的事情越大，赴宴的宾客越多，越能说明你人缘好，人气旺；如果你办的事情冷冷清清，没有几个人来坐席，来捧场架势，则说明你不搁人缘，在众人眼里，你就是一个无所谓的可有可无的人。故许多人遇到人生大事宁可砸锅卖铁、倾家荡产也要大操大办，打肿脸充胖子，以赚取好名声。

下面就我家乡的宴席风俗简单作一些介绍。据老辈人讲，这喜宴和丧席在席桌规模上都是一样的，比如八盘八碗啦，一条龙啦，一窝四啦等。某家办大事，总要先请厨师及本族近房，请本族近房是要研究一下事情到底办多大。事由主办，话是这么说，但事主家也不能太过专断，总要听听族人和老长辈的意见。请厨师一是提前通知厨师到时候要来给忙大事，烧菜做饭，二是为了开菜单买菜。事主家除确定用什么规格的席桌，还要大体确定准备一桌席用多少钱买菜，是五百元还是八百元抑或更多或更少，要当着厨师的面定下来，厨师方可按钱开菜单，事主即按菜单买菜。所以席桌的厚与薄是怪不得厨师的，只能看事主家大方还是小气。有的事主家为人大方，珍惜名声，虽然自家并不宽裕，但是为了面子和名声，宁可向亲朋借债，也要把席桌办得风光一些，尽量让宾客满意；有的事主家小气，即使自家很有钱，也舍不得往席桌上花，以至于席桌薄得很，汤汤水水，菜只有盘心里一点点，剩下的全是汤，菜不够，汤来凑。吃饭时，宾客连盘子里的酱油汤都端起来喝光了。有人故意把桌上的空盘碗摞起来，有尺把高，让千人万眼看着，有意给事主难堪。

办大事都是用八仙桌子作席桌，八人一桌，分坐在东西南北四个方向，至二十世纪八十年代初才改用圆桌，是跟城里饭店学来的，十个人一桌。八盘八碗是传统宴席的规格。八盘八碗都是四荤四素，荤素各占一半。这一条龙呢，就是十大碗，没有盘子，也是荤素各半。1959年春天，我有个近房姑奶奶去世了，属近亲应去烧纸。父亲当时是生产队干部，要带领社员搞生产，脱不开身，便到本村学校里找到我（我当时正在上小学二年级），帮我跟老师请了假，并给我两块钱让我去烧纸。记得我是和近房大老爷一起去的。当时吃大食堂，席桌是由生产队主办的，生产队的烟炕一样的一间屋子里放了一张八仙桌，上面摆了四个菜盘子。我记得是一盘老白菜，一盘胡萝卜丝，一盘豆芽菜，还有一盘豆腐，尽是素菜，连一点儿荤腥也没有。四盘牛眼大的小碟子摆在偌大一张八仙桌中央，就像好大一块紫绒地毯上补了一块花手帕，极不协调。亦无酒水，俗话说，无酒不成席。饭是每人半碗烂白芋干汤，清水煮白干，生产队大食堂派人送来的。有人说，这整桌八碗饭连同四盘菜还不够塞满牙缝的，这也叫宴席？真够寒碜人的。这是我平生第一次坐大席，所以记忆特别清楚。

到二十世纪六十年代中期，提倡勤俭节约办婚丧（事）。宴席改革了，每人一碗汤，每桌四个菜盘子。汤是杂烩汤，有丸子、肥猪肉片子、粉丝、白菜、豆腐条等；四个菜盘子亦是两荤两素。每桌一斤大庙酒厂出品的八角五分钱一斤的白芋干酒，这酒是散酒，用大塑料桶打来的，味道很苦。就这样的酒还是按计划供应，想买几斤酒，就要求哥哥拜姐姐，不知托多少关系才能搞到。当时全国各行各业都在闹革命，生产基本陷于停顿状态，故如此。就这托人搞来的几斤苦酒，还要再兑上水，否则，每桌连一斤也分不过来。这酒本来就苦，再几经勾兑，就没有了酒味。这也是没办法的办法，无酒不成席，你总不能尽给人家白开水喝吧。年头所逼，谁也不能说什么。

从二十世纪八十年代末至今，改革开放使广大农民逐渐富裕起来。这传统的宴席也就更上一层楼了，一个看一个，一个比一个，大家都不甘示弱。一向穷惯了的老百姓最怕人家看不起，最喜欢夸富，喜欢大操大办，以此光宗耀祖，显示自己的富有和风光。但也有一部分人讲究勤俭节约办事，有钱不舍得往席桌上投，以致盘碗里都是汤多菜少。

从前的宴席，又叫客席，都是宴请客人的。赴宴的宾客衣帽整齐，温文尔雅，正襟危坐，吃喝颇讲究"文乎"，就是"文吃"。大家坐在一张桌上，彼此有认识也有不认识的，都是文质彬彬。要让长辈或年长者坐上上座，严格按照辈分或者年龄排座次。席间，由晚辈或年龄最小者执壶，要先给上上座的长辈或年长者斟酒，酒只能斟八分盅，不能斟得太满，要留端手，往下以此类推，直至斟完一圈，最后才斟自己的酒。斟完酒的酒壶要将壶嘴对着自己放在眼前的桌上，以备下次再斟。绝不能将壶嘴对着别人，那样是犯忌讳的，人家会耻笑你不懂礼数，缺少教养。上菜也是有讲究的，先凉后热。要先上果碟，后上凉盘，接着上中碗、上炒碗、上大碗……最后上汤盆。汤盆端上来了，就说明席桌要结束了。这其中，上鱼盘是有讲究的：一、将鱼头对着上上座的长辈或年长者，因他是这桌上的头人，以示尊老之意。二、将鱼头对着门放，意为回头朝外。古代男人叫"外人"，女人叫"内人"，男主外女主内，男人是男子汉大丈夫，是打天下在外面干大事业的人；女人则是烧茶煮饭、刷锅洗碗、伺候老幼、料理家务的人。内外有别，男女做事有着明确的分工。鱼头朝外，则预示着男人在外面做事如鱼得水，一帆风顺。吃菜也颇有讲究，不然怎叫"文吃"呢？每上一道菜，必是上上座的人先动筷，其余人才能跟着夹菜，而且每次夹菜只夹两箸。喝酒亦是上上座的人先端起酒盅，其余人才能跟着端起。喝酒时必用右手端酒盅，以左袖掩嘴，其意是不让别人看见自己喝酒的样子，以示文雅。这都是老皇历了，如今的客席已没这么多规矩了。

下面再说"武吃"。通常坐席，男人是不愿与女人坐在一桌的，因为妇女好带小孩子来。年轻的妇女带着儿女，年老的妇女带着孙子，至少每人带一个小孩，大多是带两个，还有带三个的。我有一次去坐席，遇到一个妇女竟带了四个孩子，她怀里抱着一个，背上背着一个，手里领着一个，身后还跟着一个。就跟逃荒讨饭似的，全家出动，成群结队。好像她们不是来出人情的，而是来解馋的，这哪还有什么人情可言，真是人情张张薄如纸呀！这些平日的来往只剩下形式上的外壳，至于实质上的内容，早已馊得变味了。由于每桌只有十个席位，这些小孩没座只能站着。于是，大人坐外圈，小孩站里圈，有的席桌上小孩竟站了两圈，整个席桌就像一朵刚绽开的大莲花，一丛一丛的。八个果碟先端上来了，还没等盘子放稳当，小孩子的手便从四面八方伸上来了，如同千手观音一般，桌子上尽是手。他们从不用筷子，都是用手抓，有人把盘子都抓翻了，干脆一不做二不休，抢了算啦！于是，有的小孩便连盘子端过去，递给母亲或奶奶，往事先准备好的酒盒子或塑料袋里倒。有时几个小孩抢一个盘子，争来夺去，竟将盘子掉到地上，摔碎了，搞得叮当作响，一片狼藉。妇女们只是坐在那里，不吃也不喝（桌上尽是空盘碗吃什么呢），由着小孩们争抢，也不加以阻拦。有人还认为自己的孩子有能耐呢，比别的孩子抢得多。有的孩子小，抢不过年龄大点的孩子，他的母亲或奶奶也学精了，等上菜或跑长盘的人还没来到桌前，老远就迎上前去，将菜盘子端来，往塑料包里一倒，干脆打包算啦。其他妇女都眼睁睁地看着她，大眼瞪小眼，木雕泥塑般地呆坐在那里，谁也不敢多说一句话，怕得罪人哪！这样的抢菜轮番上演，桌子上连一点菜汤也没剩下，盘碗就像洗刷过一般，干干净净的。一桌席坐下来，大人们筷子还没动一下，连一口汤都没喝上，宴席就散了。天下竟有这种不吃不喝不动筷的宴席，真是让人啼笑皆非。这样一来，不仅失掉了宴请的本意，而且坏了宴席的规矩。生活水平提高了，却世风日下，对此看不惯的人们只有长太息了。

再来说说"客屋台"，这是自古以来的旧风俗，也叫"瞧客"，就是闺女出嫁的第二天，娘家的两个人来婆家看看家庭情况，主要是给公婆说说人情话，姑且算作是对出嫁女的一个交代吧。出席"客屋台"必须两个人，鸟成对，喜成双，讨个吉利。一个人选应是女方的伯父、叔叔辈分的人，平辈的兄长也行，这个人只是陪同前往，很少讲话或不用讲话也可；另一个人选是主要的，一切场合都由他来应付，他即全权代表娘家。这个人选起来可就颇有讲究了，必须是识文断字的出口之乎者也之类的老学究，当然秀才是最佳人选，教书先生也可，有名望的社会贤达亦行，以彰显女方娘家的社会地位。女方婆家请人作陪，其中也要请这样一个有知识或有名望者，他们在宴席间会故意刁难娘家来客，说一些艰涩深奥的之乎者也抑或引经据典来考问女方娘家人。这一方面是为了显示男方家庭有学问有地位；另一方面是为了给女方娘家一个下马威，让他们不敢小看了婆家，借此打压他们。说白了，这宴席虽不是鸿门宴，也算是个小擂台，只不过打的是"文擂"罢了。宴席上，双方难免唇枪舌剑，因此，没有两把刷子是不敢轻易登场的。这场宴席的规格自然是最高级别的。菜是一轮一轮地上，桌上摆不下，就又一批一批地往下撤，有的菜连筷子也没动一下，只看了一眼便撤下去了。须知这菜多半是端给女方娘家人看的，"吃"的意思很小，为的是显摆富有和其不凡的社会地位，并非只是为了"吃"。饭后，公婆自然要到"客屋台"和客人说说话，无非说些招待不周敬请原谅和你们家闺女到我们家我们会像亲闺女一样待她的，请你们放心；客人也要客套一番，说孩子还小，不懂事，请你们勤使唤，多指教，教她学会做人做事云云。

　　现在农村办大事，很多人已不在自家操办了，嫌麻烦，也跟城里人学会了，到饭店去订席桌，到日子那天直接用车送宾客去坐席就是了。这样做，事主少操心，又干净卫生，宾客也乐意到饭店去坐席，显得像城里人一样风光。一切都在变革，这传统的宴席文化也在与时俱进。我们期待着它能一路走好。

树不在树底下

俗话说，人不在人眼下，树不在树底下。这句话，我大体只理解了一半，人若在人眼下，就是被人看不起，是个可有可无的无所谓的人。这树不在树底下是什么意思呢？难道树底下就不能长树？为此，我想了好长时间终是想不通，决定亲自验证一下古人这句话的含金量。

说来也巧，家乡的黄堰（黄河古堤）下有一棵硕大无朋的银杏树，树干特粗，五六个人都搂不过来，树冠更是遮天蔽日。树龄少说也在千儿八百年以上。二十世纪六十年代中期，上级考古部门曾专门来考察过，将其定为国宝级古树，任何人都没有权力动它一枝一叶，并以树干为圆心向周围划出亩把地作为它的领地，四周用围栏围起来，俨然一个独立王国。那时候，虽然提倡植树造林，绿化祖国，可那只是在荒山野岭上植树。土地是用来生产粮食的，社员的口粮都不够，哪能用来植树呢。在那个"糠菜代"的年月，连田边地头也不准种树，说是种树影响庄稼生长。因此，方圆亩把平平展展的土地只此一棵树，成了名副其实的"孤家寡树"。

植树的季节到了，东风吹皱一池春水，我的心也荡起了绿波，萌生出在大树下种"试验田"的念头来。我兴冲冲地跑到街上自掏腰包买了十几棵小树苗，找到生产队长，向他表明自己"植树造林，绿化祖国"的决心，并一再声明树长大了归集体所有，我只是义务植树。生产队长笑着说："树下是不能栽树的，树下栽树长不大，不会成材。"我将信将疑，一门心思地想验证一下，便回道："我只在树下栽树，绝不在大树的领地之外栽，你放心好啦，不会影响生产队种地的。"生产队长见我意已决，晃着脑袋说："既然树苗已经买来了，那你就试试吧。"

我开始挖坑栽树。大树上的鸟儿可真多呀！它们藏在密不透风的枝叶里筑巢安家，大树为它们遮风挡雨，它们在此繁衍生息，一代又一代，大树俨然成了鸟的天堂。它们叽叽喳喳地唱着歌，各种鸟儿的叫声都有，好似一场欢乐的音乐大合奏。这来自大自然的天籁之音，美妙绝伦，分外养耳。我心中暗想，这大树竟能和这么多的异类和谐相处，并为它们提供庇护，真乃虚怀若谷，大家风范。但愿我种的小树苗也能在大树的庇佑下健康成长！

之后的日子里，我几乎天天给小树浇水，又用树枝将小树四周围起来。一个月后，我又给小树施肥，喷药防虫。我把大部分业余时间都用在这些小树身上，精心地伺候着它们，不敢有丝毫的疏忽怠慢。转眼到了第二年春天，小树还是那么小不丁点，抽出的枝条细细的，叶片又小又薄又黄，严重的营养不良。可我已经给它们喂足了肥料呀，并三天两头地给它们浇水，怎么就光吃不长呢？我再次给它们施足肥料，浇足水。又一年过去了，仍是老样子；三年过去了，小树还是没有长大，瘦瘦的几根枝条当风抖着，似在泣诉着它们的不幸。生产队长走来了，语重心长地对我说："这些小树苗没渴死饿死就算不错了，还能巴望它们长大成材？营养都被大树吸收了，这小树还怎么长呢？这棵大树千百年来盘根错节，根深叶茂，要多少养分才够它消耗的，才能维持它的伟岸雄姿！俗话说，树怕成林，人怕成神，树若成林就不肯长了，是这个理吧？你还年轻，初涉世事，这些道理以后你会慢慢懂得的。"听了老队长的一番话，我终于明白了，树不在树底下，此言不虚，是古人经过千百次实践的考证才悟出的哲理，用来警醒世人。

又过了十几年，不知怎的，那棵国宝大树无声无息地"寿终正寝"了。生产队的干部社员不敢动它，报告上级处理。有关单位调来挖掘机，将它连根拔起，运回去制成标本馆藏起来，说是具有研究价值。

土地联产承包责任制开始了，生产队长怜我种树，竟把那片种下小树的土地承包给我。孰料自从挖走了那棵死了的国宝大树后，那十几棵侥幸存活下来的小树竟焕发了勃勃生机，像喝足了奶水的娃娃一般，鼓足劲地往上长呢。春风化雨，一天一个样，七八年后，竟都长成了参天大树，成了栋梁之材。

都说"背靠大树好乘凉"，那是人与树之间的关系，若是树与树之间，可就截然不同了。

山里的风儿

　　我的家乡环村皆山，冬凉夏热，一年四季的风儿也和别处不一样。

　　春天的风儿柔。那风儿细细地吹，柔柔地吻着你的面颊，就像婴儿的小手在轻轻地摩挲，令人产生一种痒酥酥的惬意。丝丝缕缕的风儿，其声似有若无，时断时续，就像一支柔美的小夜曲。风儿提着一串绿色的音符，走进春天，在小溪边漫步，邀你去参加春天的大合唱。仿佛你浑身的血液也时时有绿意在涌动。山里的春天比山外来得早。草尖上是看不见风的，风儿正藏在幕后持着画笔给小草描眉画眼呢。鹅黄的色彩阳光一般晕染开来，淡淡的，软软的，波纹般一圈一圈扩大。一只无形的小手轻轻地摇醒草尖宝宝，给它穿上新装，让它去参加春天的舞会。小燕子在空中呢喃穿梭，剪刀似的尾翼把阳光削成一个个碎片，兜着风儿的软羽在滑翔。"一二三四五……十"，小燕子的歌声就是发令员的口令，当"十"字还没落地，蹬在起跑线上的春天就箭一般地飞奔而来，一夜之间就给高山平原拉上了绿绒大幕，万象更新，欣欣向荣，春天正式登上了舞台。

夏天的风儿热，热得人透不过气来。更多的时候是没有风，一丝风儿也没有，树叶趴在枝条上纹丝不动，山窝里热得像蒸笼。田间锄地回来的人们总是拿着一把老蒲扇，坐在门前的老槐树下乘凉。那把老蒲扇扇起来的却是热风，此地曰"火风"，热得烫人，越扇越淌汗。那条搭在肩上的毛巾时不时地就要拧一遍汗水。知了在树上拼命地卡拉OK，此起彼应，一声连一声，它们是太阳公公的啦啦队，狂热地聒噪着给太阳公公捧场加油，编织着一张巨大的播火网，把小山村笼在密封的火罐里。闷热的空气凝固了，火一般燎人，沉沉地有了重量。有个小青年爱搞恶作剧，拿个鸡蛋在阳光暴晒下的大青石上煎着吃，鸡蛋被煎得直冒热气，不一会儿就熟了，竟像在热锅里煎的一样。"这鬼天气，风婆婆都睡死了！"人们恨恨地骂着。有个妇女说："谁让咱们住在山窝窝里呢，风儿都被四面大山挡住了，俺前天走娘家，人家那块风儿嗖嗖的，可凉快啦！"而有经验的老农却喜上眉梢，这天气越热庄稼就越好，漫山遍野的高粱热得发酵，正可着劲地往上疯长呢。风儿烤熟了高梁，从山坡到山下，高粱次第成熟着，褐红、淡红、黄褐、微黄、浅黄、绿黄……熟得颇有层次，只有画家才能画出这么多的色彩来呢。这是太阳在给高粱淬火，要不，熟透的高粱能是紫红色的吗？因为那里蓄满了阳光，放在鼻子上嗅一嗅，满是阳光的味道。这时，高粱地边——不，整个山野，似乎充满了火辣辣的高粱烧味，这味道成为你一生中化不开的情结。

秋天的风儿暖。农人们说，这种暖风是庄稼的催熟剂，上粮食（孕穗和灌浆）呢，不仅使庄稼籽粒饱满，而且成熟得早。那铺天盖地的红高粱在金风里摇曳，整个天空都被烧红了，小山村沐浴在紫褐色的焰火里。一般来说，我们家乡的庄稼要比山外平原地区早成熟早收割十几天，而且成色好，亩产要比他们多收二到三成呢。家乡的秋风是真正意义上的金风，为我们孕育了金子般的粮食，缔造了金子般的生活。晚秋的风儿从石头缝里丝丝缕缕地扯出来，融进阳光里。天空被鸟叫声洗蓝了，显得格外高远，充满诗情画意。天气温和，总有一般浓浓的暖意包裹着你，直把你的整个身心都暖透了。

冬天的风儿凉，即使隆冬数九天，也不似山外的刀子风那般割脸，大山挫败了北风的锐气，剩下只毛片羽飘进山里来，只是有点儿萧瑟的凉意。就像山外晚秋时节霜期的风儿一般，并不给人一种凛冽的感觉。在我童年那些艰苦的年代，男人们冬天多是穿着一件空壳袄，连纽扣也没有，用布腰带或草绳胡乱地捆在腰上，露出毛茸茸的胸毛，下身着一条灯花裤（冬天只穿一条单裤曰"灯花裤"），脚上穿草鞋瓜板，就像现代的某种凉鞋一样，只用几根草绳将鞋底拴在脚上，整个脚板上部都裸露在外面，也没人觉得冷。三九天里，最多只能见到山外深秋那种"昨夜西风凋碧树"的意境，和山外的气候整个儿差了一个季节。即使是下雪天，也不刮风，雪片儿纷纷扬扬，像扯碎的棉絮一般静静地落。雪花儿凉爽爽的，落在脸上痒酥酥的，就像一个个快乐的小天使挽着你走进雪白的童话世界。整个小山村万籁俱寂，融进诗的意蕴，沐浴在一帘透明的梦里。

山里的风一如山里人一样，淳朴平和，温暖如酒，凉爽宜人……

老娘存钱三步曲

我们这一代人管母亲叫"娘"，母亲老了，就叫老娘。老娘年轻时，我们家兄弟姊妹多，又处在生活困难时期，一个工分只值分把钱，甚至几厘钱，家里劳力少，我们兄妹几个都相继上学，我们家因此成为生产队里有名的透支户，家境可说是一贫如洗。老娘长年在生产队里劳动，烧锅做饭，料理家务，连集也从来不赶，买卖与她无缘，可说她基本上就没见过钱是什么样子的。

改革开放后，特别是近十几年来，家境逐渐好起来，手头有了点余钱，老娘便开始琢磨着存起钱来。老娘存钱基本上是分三步走。

一、攒钱。老娘年事已高，且身患几种慢性疾病，行动不便。为了攒钱，老娘一刻也不闲着，一天到晚家前院后田间地头地转悠，手里提着条蛇皮口袋，到处捡破烂。像各种铁丝、钉头、破纸之类的扔货，到了她手里就都成了宝贝疙瘩。收回家后，她会颇有耐心地整理归类，院里院外堆满了大大小小的废品堆，有时连下脚的空当也没有。为此，我们颇有微词，便督促老娘将废品卖掉。村里天天都有走村串巷收破烂的生意人，可老娘从来不愿将破烂卖给他们，说他们是二道贩子，注定是要赚钱的。她让我们给拉到七八里外的废品收购点去卖，能多卖几个钱。我们只好挤出时间用平板车给拉去卖。一年三百六十五天要卖多少次，谁能说得清。老娘天天捡破烂，除了大雨大雪天以外，便是大年初一也不闲着，比平日里捡的还要多。我们都劝她年老要多注意休息，保养身体，没钱我们可以给她，可她哪里听得进去，依然我行我素。她常说："你们的钱用处大着哩，俺如今还能动弹，还能挣点钱，不用花你们的，等以后老娘爬不动了再说吧。"我们再劝她，她又说："俺手里有点钱心里不慌，说不准这些钱聚多了，还能派上大用场呢。"任你怎么劝说也没用，只好由她去了。

每逢初冬时节，人们把田里干枯的棉棵拔下来堆在田间地头，棉花早被摘光了，只剩下一些虫子吃过的或者是没来得及开花的棉桃，被北风和苦霜雕塑成钢铁般坚硬的"铁蛋蛋"，就等着晒干之后当柴烧了。老娘便把它们一一摘下来，背回家里，用锤子将坚硬的外壳砸开，再用手逐个将它们剥开，取出棉瓣。那些未绽开的棉瓣就像一瓣瓣大蒜，硬邦邦的，有的还往外淌水。一冬天下来，老娘的手指甲都抠出血来，实在让人心痛不已。但也无可奈何，老娘总是闲不住，只好由她去。每年冬天，老娘总要抠个十袋八袋棉瓣子，能卖上几百块钱。这对于老娘来说，可是一笔不小的收入！

二、数钱。我们每次把卖破烂或卖棉瓣的钱交到老娘手上时，她总是笑眯眯地接过钱，捧在手心里，双手拢起来，生怕它们长翅膀飞了似的。老娘将钱放在桌子中央，细心地归类。她先把百元和五十元大票（偶尔有之）单独放在一边，再将十元、五元、一元的票子各自归类，然后是角票、硬币。这些红红绿绿、银光闪闪、大小不一的币种摆在桌上，远看像是正在盛开的盆景。老娘不识字，数钱和算账都很慢。她把钱攥在手里，一张一张地拿下来放在桌上数，每拿一张都要蘸点唾沫在手指上，用食指和拇指搓着钱，唯恐两张粘在一起。发现卷角的，她要放在桌面上用手指头按平整；倘有撕破的地方，还要用细纸条粘贴好。最后，她将面值相同的钱归拢在一起，用铁夹子夹起来，将硬币也分门别类地用不同的花布包裹起来，什么样的花布包什么样的钱，她心里一清二楚。零钱积攒得多了，她便催促我们拿到银行里去兑换整钱，以便于收藏。

三、藏钱。老娘有了钱，从来不会送到银行里去储蓄，她认为哗哗响的票子换来一张花纸条，太不划算，也不放心，还是自己藏起来保险，什么时候急用，伸手就来，心里踏实。老娘藏钱自有锦囊妙计，俗话说，一人藏东西，十人难找到，老娘藏的钱，便是让盗贼也干瞪眼。有一次，两个盗贼见只有老娘一个人在家，便骗老娘说，你家老头子出了急事，让你赶快过去。老娘信以为真，其中一个盗贼坐在摩托车上说，快上车，我带你过去。另一个盗贼便将老娘托上车后座。盗贼将老娘带到几里路开外的地方，继续哄骗老娘，你家老头子让你在这儿等他，他一会儿就过来，你可千万别乱走，以免他来了找不到你着急！啊，记住了……老娘感激地点了点头，直夸这个盗贼心眼好。盗贼加大油门，一溜烟地跑了。两个多小时后，老娘越想越不对劲，及至赶回家里，一看，可真傻了眼，家里被翻了个底朝天，床单、被子、衣物扔了一地，箱柜也被翻遍了。老娘顾不得这些破东烂西的家什，赶忙蹲下身子去掏床底下的一堆破烂。结果，两千元钱好好地躺在一只烂棉鞋里。老娘一屁股坐在地上，双手拍地，长吁了一口气。

　　有了这次教训，老娘认为钱还是带在身上保险。于是，她将钱从棉袄的夹缝塞进去，把钱缝在棉袄里，一天到晚带在身上。这下好啦，钱算是进了"保险柜"啦！谁知天有不测风云，初夏到了，天气热起来，老娘将棉袄收进衣柜。三伏天时，老娘将棉袄拿出来晒，哪知老鼠竟从大柜底下咬开三合板，钻进棉袄里下起崽来，并将两千元钱咬了个稀里哗啦，哗哗响的票子被咬出一个个大小不等的破洞，抖开一看，像是剪纸，奇形怪状，老娘心疼得差点没晕过去。她一天没吃饭，看着那一堆"花纸"发呆。我们知道，这时候劝也没用，最好的办法是尽快将钱修补好。我们兄妹几个一齐动手，整整花了两天时间，用糨糊和白纸将破碎的钱一一粘贴好，并拿到银行里兑换成新币，所幸的是钱一分没少，老娘这才破涕为笑。

过了几年，"水泥路村村通工程"开始了。村里的广播一天几遍地播送上级关于修路的政策，说是上级政府只拨款三分之二，其余三分之一要动员群众捐款，实行国家、集体与个人共同修路。要致富，先修路嘛……听到广播后，老娘激动得连觉也睡不着了，天不亮就把我们都喊起来，开了个家庭会。老娘说，修路是政府为咱们老百姓做的一件大好事，那坑坑洼洼的土路早就该换了，俺的脚不就是去年在土路的坑洼里跌倒摔伤的吗？上级号召修路咱们都要支持，有钱出钱，有力出力，合伙把路修好……对于老娘的讲话，我们一百个赞成，都纷纷鼓起掌来。

会后，老娘把多年来积攒的全部家当——颜色各异的几个钱袋子装在一个书包里，亲自送到村委会，数了数，一共是5384.8元。

老娘捐款修路的事迹被村委会用广播一天几遍地宣传表扬，并给所有捐款者树碑铭文，老娘的名字赫然列在第一位。后来，县报来记者采访，给老娘写了篇稿子，题目是"捡破烂捐款修路的老大娘"，发表在县报上。可不是吗，老娘捐款修路，我们全家脸上都有光呢。

原来老娘捡破烂攒钱自有她的用处哩。

母亲的"责任田"

　　我家的两间祖居老屋是用风流石垒砌起来的，墙上如同蜂窝般布满了大大小小的窟窿和缝隙。祖居的老屋也闹不清是哪朝哪代盖的，屋上的苦草也不知道已改朝换代过多少次了，草顶被雨水冲刷出一道道或深或浅的沟坎儿，里边长着稀稀落落的狗尾草，当风抖索着，诉说着它曾经的沧桑。

　　从我记事时起，老屋的南墙（向阳的那面墙）便成了母亲承包的"责任田"，时尚说法，是专属经济区吧。因院落狭小，几乎被阴凉覆盖了，南墙上既得风又得太阳，在南墙上晒东西，便成了母亲的首选。母亲一年到头终日在"责任田"里劳作，收干晒湿，理理这个，翻翻那个。雨天忙着往屋里拾掇，晴日又忙着拿出来晾晒……她几乎把下地干活之外的所有时间都泡在"责任田"里，那里种着她一生的辛酸和希望。赤橙黄绿青蓝紫，一年四季，老屋的南墙不断地变换着色彩，放电影一样不断切换着镜头。

在那些"瓜菜代"的岁月里，春天来了，我们早上都去山野挖野菜。挖来的野菜母亲要趁鲜择净淘洗，然后放进老鳖盖（一种用高粱秸编成的小筐，因酷似龟壳而得名）、小筐头或簸箕里面，在墙缝或墙窟窿里插上两根平行的小木棍，将这些物什放上去，再把刚刚淘洗过的野菜分门别类地稍微晾晒，晾干水汽后中午才好做饭吃。因这些野菜的种类不同，吃法也不同，所以母亲总要将它们一一归类。这样一来，老屋的南墙就整个儿地被野菜"种"满了，像是一层层拉开的抽屉，在阳光下迷离着人的眼睛，蒸腾着淡淡的朦胧，那些个苦日子也被翻晒得有滋有味起来。

盛夏到了，骄阳似火，老屋南墙上的每块石头都被烤得滚烫，有时插根火柴都能自燃。初春时节，母亲在田间地头、家前院后、山界子上种的豆角、扁梅豆等都结出了一串串的果实，母亲便一茬又一茬地将它们采摘下来，用开水焯一下，挂在南墙上晾晒。她将一根根小木棍从墙缝插进去，把焯好的长豆角一根一根搭上去，搭好一排又一排，整个南墙都排满了。远看，就像一支庞大的军队准备策马出征，似乎听到集结号，铺天盖地席卷而来。

金秋时节，南墙上挂满了红红的辣椒串，那是母亲在屋后二分菜园地里种植的。全是朝天椒，用手捏着硬硬的，连芯儿里也长满了椒肉。这种辣椒是非常辣的品种，看上一眼都会让你心里起火，浑身冒汗。熟透的辣椒红红的，似一颗颗红玛瑙，晶莹透亮，又像是水晶做成的糖球，一不小心就会融化了似的。它凝聚了太多的阳光，太多的烈火，能裂变出太多的能量，辐射出太多的红色光焰。整个南墙就像立起了一扇红红的画屏，人站在面前能照出影儿来；若是来回走动，便是人在画中游了。这红红的辣椒串阳光般晕染开来，映红了天，映红了地，映红了小小的院落，成了我家独特的风景——红墙。这些红辣椒在那个生活困难的年代，成了我们全家人吃糠咽菜的最佳调味品，伴随我们度过了一个又一个苦涩的日子。

冬天到了，老人冷得吭吭地咳，小孩冻得瑟瑟地抖。在我童年的记忆里，竟没有穿过一双棉鞋。母亲都是用苇缨（芦花）加上雷邦草给我们兄弟姊妹几个编织老毛翁（草鞋的一种，因其外形笨拙丑陋，像个小老头，故赚此雅号）。这种老毛翁虽然不中看，但里边空隙大，填上麦穰或烂棉絮，穿起来格外暖和。这材料要用水湿一湿晾晒软和了方可编织。大冬天的，由于温度太低，雷邦草和苇缨用水一湿，便很难收潮气，还会结冰。母亲便将雷邦草和苇缨挂在南墙上晾晒。那苇缨当风抖着，那雪一般的白花，特别像白胡子老人脸上布满沧桑的褶纹里兜着的暖暖的笑。

当时实行计划经济，每人六尺布票，做一件衣服都不够，只能做一条大裤头。就这么一点可怜的布票也无钱购买色布，社员们只好穷将就，纷纷买白洋布送到街上染坊里去染色。因白洋布才一角多钱一尺，而最便宜的色布——灰布和蓝布，也要五六角钱一尺。老蓝布从街上染坊里取回来后，要狠狠地洗上几遍，待晾晒干了才能做衣穿。如果不洗干净会印染身体的，把你白嫩的肌肤染成镂花旗袍。于是，母亲的"责任田"——我家老屋的南墙又蒙上了老蓝布，升起一面面蓝色的旗。风儿吹来，老蓝布在南墙上跳起霹雳舞，连阳光也被晕染成蓝色的了。

母亲的"责任田"，种着时代的苦难和辛酸，种着我们全家的温饱和冷暖。她是一本历史教科书，是母亲每天早晨起床后的必修课，也是我童年的启蒙读本，每一页每个字都刻进了我生命的年轮里，伴随着我一路走来，成了我人生的伊甸园。

啊，母亲的"责任田"！

母亲是生活的艺术大师

母亲出身于一个没落的地主家庭。外公是个塾师，在家里开馆启蒙，给三五个弟子传道授业解惑。母亲幼年时受到"之乎者也"的熏陶，跟着外公上了几年私塾，长大了举止言谈颇有点大家闺秀的风度。母亲深谙生活的艺术，无论做什么事都很是认真仔细，不仅秩序井然，有条不紊，而且总能将美的东西融进日常生活里，艺术地对原生态的生活进行再创造。

我家住在一个偏僻的小山村里，家里很穷，母亲嫁过来时只有三间破草房，而母亲的陪嫁却是当时最豪华的"大八件"，大小家具连同日常生活用品一应俱全。母亲把大八件装饰在三间破草房里，不仅摆设得恰到好处，而且摆出了艺术造型，古色古香，十分典雅，顿使满室生辉。

左邻右舍来我家串门，无不啧啧称赞，说母亲给这些不会说话的物什注入了灵魂，活色生香，有了生命的律动。

记得四五岁的时候，母亲给我做了一双"虎头鞋"，刺绣的虎头夸张得变了形，属儿童画的那种。老虎的两只眼睛却比真老虎的眼睛还要亮，似能照见人影放出光来。母亲追求神似而不是形似。我穿着虎头鞋和左邻右舍的小朋友比试，觉得都没有我的好，这让我很是骄傲了一阵子。紧接着，母亲又给姐姐做了一双花鞋。鞋前头绣的是一朵大红花，就像花儿是从姐姐的脚上开出来的。两枚绿叶向红花左右张开，绿叶衬红花，水灵灵的。还有一只蝴蝶在花上采蜜呢。似有微风吹过，蝴蝶翅翼微扇，不小心就会飞了似的。母亲的巧手赋予了这些可爱的小生灵鲜活的生命和飞扬的神采。它们美到极致。

母亲还是剪纸能手。村里的小伙子结婚或大姑娘出嫁，总要找母亲剪"福"剪"喜"剪窗花。在母亲的魔剪下，那些"福"或"喜"字全都变成了艺术品，给人以美的享受，叫人百看不厌，怎么看怎么好看，怎么看怎么舒服。每逢春节，母亲总要剪几幅年画贴在墙上，画面中延展开一条条宽阔的康庄大道，画里的人正微笑着向我们走来。我们欣赏着，拍手欢迎着，如痴如醉，仿佛自己也生活在画里一样。这一幅幅美妙的年画令人顿生五彩缤纷的梦想和肆意张扬的遐思；这一幅幅充满生活情趣的年画把我们充满希望的梦儿带向令人无限神往的未来。

　　村人都来找母亲裁剪衣料，长此以往，母亲便在方圆十里有了名气，连附近村里的大姑娘小媳妇也都抱着布料来找母亲裁剪。母亲裁剪衣料从不用尺子去量，也不用白粉画线，她只需用眼睛瞄你一眼，是的，就瞄那么一眼，比尺子量的还准。母亲剪出来的衣料，不仅大小宽窄正好合体，而且赶时髦，衣服穿上身，就像画里的人物一样，大姑娘桃花含露，芙蓉出水；小伙子玉树临风，格外精神。着衣上身，人也变成艺术品了，走到哪儿都是一幅流动的画。生活的美扶摇直上，幸福的鸟儿歌唱着飞上蓝天。

　　小时候每逢正月十五元宵节，买不起花灯，母亲总是用发酵的白面给我们姐弟俩蒸面灯。母亲给我蒸的是龙灯，那"小白龙"摇头摆尾，像是在盘子里游动，龙头向上昂起，张开大嘴，嘴里含着红烛，红白相映成趣。姐姐的面灯是只大白兔，两只耳朵竖起来，一双眼睛红红的，能放出光芒来。我们姐弟俩骄傲地捧着面灯出门去和小朋友们赛灯，当然啦，我们总是拔头筹，谁也赛不过我们。有个叫二霸的小朋友趁我不注意，一把抢过我的小白龙就咬着吃。我气哭了，非要他赔我的小白龙不可。他说，谁让你的小白龙那么像呢，俺还以为是真的，嘴馋了想吃龙肉啦。我只是一个劲地哭闹。他要把自己的面灯赔给我，我说什么也不愿要，非要他赔我原样的不可。后来，还是母亲出来给二霸解了围，说是回家再给我蒸一个，好说歹说才把我拉回家里去。

改革开放后，富起来的广大农民开始追求精神文化生活。县文化局决定在我们镇搞传统文化试点，初步打算先办两个学习班，一个是剪纸班，一个是刺绣班，传承文化遗产，弘扬传统文化，在全县范围内招收学员。当然啦，教授非母亲莫属。县文化局来了两位工作人员给母亲颁发"委任状"，母亲高兴得孩子似的。为了办好学习班，教好学员，母亲总是披星戴月，风里来雨里去，天天骑着自行车到距家七八里外的乡政府文化站给两个班的学员授课。母亲治学严谨，对艺术精益求精，对每位学员的习作都精心指导，天天晚上还要把学员的习作带回家来修改，并针对每幅习作写出具体的修改意见，光是批语就写了几大本，其间花费的心血可想而知。

辛勤的耕耘终于换来了丰硕的收获，不少学员的作品在县里获了奖，有几幅还得了国家级大奖呢。作品多次在市县文化馆展出，母亲也荣获了"生活艺术大师"的奖匾一块。

母亲在她生活的艺海里汪洋恣肆，尽情发挥。她善于用艺术的眼光去发掘生活中的诗意，把庸常的农家岁月过得充满艺术情调。

我的母亲是唯美的，大爱的，幸福的，她始终生活在艺术世界里。我为我的母亲骄傲和自豪！

母亲的烧烤

　　现代城市的大街小巷里，凡是有小吃的地方总少不了烧烤，它为普罗大众所喜爱，尤其为青年们所钟情。现代烧烤所使用的都是烤炉，有的是用木炭烧烤，有的是用电烧烤，还有的是用液化气烧烤，我把这种烧烤叫作"洋烧烤"。烧烤出来的食物不论是肉类还是果蔬类，由于调料加得多，味道都很不错，在热烘烘的空气中肉香、果蔬香混合着各色香料的味道，让人闻着就口舌生津，恨不得马上去大快朵颐。

　　相对于现代烧烤，我的童年所经历的则是"土烧烤"。何谓土烧烤呢？也就是农家烧锅煮饭时在锅灶底下的烧烤——利用活火或者死火（柴草燃尽了尚未熄灭的红火）进行烧烤。我的童年时值二十世纪五十年代末六十年代初，正是物质极度匮乏的年代，人人都吃不饱，挨饿是平常事。母亲为了给我们增加营养，总是在做饭时烧烤点儿食物给我们弟兄俩。母亲常说，小孩子比不得大人，胃里有化食丹，常吃常饿，要时常补充点儿零食才肯长身体。

烧烤食材要以季节来定。一年下来，烧烤的食物可说是五花八门，可以开一个小型烧烤博览会了。下面仅举几例。

秋天是收红薯的季节。每次做饭，母亲都要偷着给我和弟弟留下两块红薯烧烤着吃。烤红薯那个香甜啊，连形容词都给香死了，反正我是形容不出来。母亲的烤红薯，比现在街头巷尾的烤红薯有过之而无不及，整个红薯烤得软软的，拿不起来，只得用手捧着，甜汁从红薯表皮淌出来，粘在手上洗也洗不掉。红薯不是用牙齿咬着吃的，而是一口一口吸进嘴里的。烤红薯一直可以吃到数九隆冬大雪纷飞的日子，只要将红薯保存在地窖里，便可随时拿来烧烤。

还有一种吃法是将煮熟的红薯切成片晒干，收藏在一个竹筐里，那可是我们弟兄俩第二年春天的口粮啊！为防老鼠偷嘴，用细铁丝将其吊在屋梁上，盖子也用细铁丝固定在筐上。那是我和弟弟的专用食品，别人是不得受用的。春天，可用来烧烤的食材都尚未成熟，母亲便将悬挂在房梁上的红薯片取几片下来。那红薯片经过一个冬天的收藏，竟变得通体莹莹闪亮，金黄金黄的，能照见人影儿，拿在手里把玩，像是一块透明的琥珀。做饭刚熄火，母亲便将锅底下的死火用火棍拨拉成一堆，将红薯片用毛巾一顿抽打，死灰便作鸟兽散，消失得无影无踪。红薯片经过火的淬炼，变成紫红色的了，好像一片经霜的枫叶，简直成了艺术品。母亲捧在手心里，又用嘴吹了吹，便递给我们弟兄俩每人两三片。我迫不及待地咬上一口，又脆又香又甜，我们连口水都流到了下巴上，又用手抹回嘴里，实在是美味到极致。

母亲只是微笑地看着我们弟兄俩馋嘴的吃相，眼睛里闪耀着慈爱的柔光，她是从来也舍不得去吃一点的，哪怕是尝一尝。她总是这样，将所有的好吃的，将所有的爱都奉献给我们。

小满过后，自留地里的麦子即将成熟，金黄色的麦穗儿随风起舞。母亲便去自留地里摘来两小撮麦穗，用青麦秸捆扎起来。我和弟弟每人一捆，每捆大约有五六穗。烧锅做饭时，母亲便将带长梗的麦捆伸到了锅底下，转着圈儿让明火舔舐。麦穗儿被燎得吱吱响，麦芒儿全被烧光了，只剩下一排排黑乎乎的麦粒儿伏在麦穗上，整个厨房都弥漫着麦香。我和弟弟蹲在母亲身边，使劲地抽着鼻子，眼里汪着新麦的香味，立马就要溢出来的样子。仔细地咀嚼着烧烤的新麦，嚼呀嚼呀，总也舍不得咽下，清香灌满身上的每一个细胞，我已经深深地陶醉了，在锅下的火光的映衬下，我的脸上呈现出微醉的酡红。味道究竟有多美，实在无法言说。

端午节过后，新蒜收获了，辣椒也下来了，母亲便将辣椒埋在死火里烧，烧得毕毕剥剥地响，青椒表皮上爆起一个个大白泡，有的还炸裂开了，露出青青的辣椒肉，香味扑鼻。母亲将烤熟的青椒、大蒜和花生米一并放进蒜臼子里，用蒜锤子捣成蒜泥，新蒜青椒和着花生米的味道氤氲在饭桌上，锅屋里，庸常的烟火日子也便有了不同寻常的滋味儿。

进入农历七月中旬以后，春玉米也渐渐成熟了，母亲每天从自留地里掰两个玉米棒子，剥去表皮，用削尖头的小木棍从玉米棒后面插进去，手攥着小木棍将玉米棒送进锅灶底下的明火里烧烤。此时的玉米粒尚未熟透，用指甲一掐，直往外冒白水，这时的玉米棒最适合烧烤。若是熟透的玉米那就太硬了，咬不动，会崩坏牙齿的。只听玉米棒被烧得噼啪作响，母亲手摇着玉米棒不停地转圈儿，只一会儿工夫，白生生的玉米棒就变成了灰姑娘，熟玉米的香气也飘出灶口，弥漫开来。我偷眼看了看弟弟，他两只眼睛里全是香喷喷的玉米棒，那馋虫儿正在瞳仁里亮翅呢。之后，我们弟兄俩每人一个玉米棒捧在手，大快朵颐，直啃得嘴角、腮上全是草木灰，抹成了一个大花脸，唱戏扮小丑也不用化装了。

中秋之后是蚂蚱最肥的时节，我和弟弟从河边、田野里捉到大蚂蚱，装在瓶子里带回家，让母亲给我们烤蚂蚱。

她先从蚂蚱的肚子上掐住一点，轻轻一拉，蚂蚱的内脏便全被抽出来了，再用细铁丝串起来，放在灶间的火焰里烧烤。一会儿，肉香扑鼻，香得让人直咽唾沫，那些烤得酥脆焦黄的蚂蚱，成了我和弟弟的美食，这一年里，我们算是见到了荤腥。

——啊，母亲的烧烤，是我一生最美的乡愁。我的童年是母亲精心烧烤出来的，那是母亲的味道。

母亲的老盐豆

盐豆是我们苏北地区一种极普通的家常小菜，但在农家是一年四季都不可或缺的，可说是我们家乡的一道传统名吃。在农家看来，用盐豆来下饭，比什么样的山珍海味都要解馋。山东人喜欢煎饼卷大葱，我们苏北人最爱煎饼卷盐豆。

下盐豆一般是在春天或秋末冬初，因为天气太热或太冷都不适合。天气太热，温度过高，焐出来的盐豆就会臭不可闻；天气太冷了，温度过低，焐出来的盐豆还会和刚出锅时一样，白白胖胖的，不仅颜色没变，就连一点儿盐豆味也没有。这是温度达不到的缘故。因此，下盐豆一定要选择好季节，掌握好温度。

为什么人们要在盐豆前面冠上一个"老"字呢？这是

有原因的。"老"字，一是代表其历史久远，时间长；二是代表其资格老，比如老辈人、老师傅、老石匠、老先生等，有当之无愧之意。

我们通常把做盐豆叫"下盐豆"。下盐豆是土话，大约"下"是下佐料的意思，咱就土话土说吧。下盐豆先要选好豆子，新豆子打下来了，黄灿灿的，堆在大场上或是庭院里像是一堆金子。这时，母亲便用簸箕颠出一些上等的黄豆来，留着煮盐豆用。母亲用簸箕颠黄豆的技术是很熟练的，她颠出来的黄豆粒粒滚圆，从簸箕嘴往下直滚。那簸箕在她手里颠来颠去的，玩魔术一般，看得人眼花缭乱。

开始煮盐豆了，母亲一大清早就忙着将黄豆泡在大盆里，说是用水泡胖的黄豆容易煮熟。这黄豆须泡一天方能真正泡胖，泡出来的黄豆像小蚕豆粒般大小，一个个像是白胖胖的小娃娃，煞是喜人。晚上，母亲便将泡胖了的黄豆倒在大锅里，锅盖再蒙上几层老粗布，怕是一旦漏气煮不好豆子。听母亲说，这煮盐豆颇要讲究火候，先要用硬料的干木柴大把火烧，等烧开锅后再用文火慢慢熬。熬熟了的黄豆也不能立即起锅，要用锅底下的死火炖上一夜，第二天早晨方可起锅。

刚起锅的盐豆要趁热装在二鼻罐子里焐，这"焐"可也是很重要的一道工序呢。二鼻罐子的口要封严，然后用被子或棉大衣、被套之类的东西裹住，裹得严严实实，里三层外三层，最后在厨房避风的角落里放上一堆麦草，将盐豆罐子放进去，用麦草围严实，让盐豆在罐子里发酵。这焐盐豆也大有学问哩，如果焐的温度不够，盐豆就没有香味，不好吃；如果焐过头了，盐豆便臭不可闻！所以，焐盐豆要严格掌握住时间、温度等，切不可疏忽大意。关于这些，母亲都有自己的经验，能掌握得恰到好处。盐豆焐一星期左右（这要视具体情况而定，诸如天气冷暖、盐豆罐子的保暖程度等），就可以正式开封啦。刚一开封一股香气便扑鼻而来。母亲用锅铲子铲起盐豆，那白白的丝儿从罐子里抽出来，越抽越长，却怎么也抽不断。据母亲说，这丝儿抽得越长，说明盐豆焐得越好。母亲一边用锅铲子将焐好的盐豆扒拉在一个大盆子里，一边吩咐我们赶快放盐，一层盐豆放一层盐。如果盐巴放慢了，那盐豆见了风会发苦的。

可说没有这"选、煮、熬、炖、焐"几般功夫，是休想下好盐豆的。如果马马虎虎下出来了，这盐豆是决计不会好吃的。母亲是远近闻名的下盐豆能手，不少人曾经向她请教过呢。

最后一道工序便是下作料，最主要的作料是辣椒，因为下盐豆最注重一个"辣"字。辣椒要选朝天椒，这些辣椒都是母亲亲自在自家园地里栽培的，那屋檐下挂着一串串晒干的红辣椒，让人看一眼都会浑身冒汗。母亲用拐磨子（一种手摇小石磨）将用水泡胖的红辣椒磨成红红的辣椒酱，再拌上大葱、生姜、茴香、花椒等作料，一起下到盐豆里，这下盐豆的最后一道工序算是完成了。

刚下好的盐豆绵软可口，香味馥郁，半里路之外都能闻到。左邻右舍总是逆着风向抽着鼻子，判断着谁家下了新盐豆。三三两两的人便闻风而至，不少人手里还拿着煎饼呢，他们是串门子"打秋风"来了。不用说，各自用煎饼包了一卷子，没带煎饼的，便到我们屋里去拿。他们大口大口地吃起来，辣椒油顺着嘴角流下来，吃得那个香！每逢这时，家里就像逢年过节一般热闹，大家说说笑笑，家长里短，亲热得如同一家人似的。每逢下了新盐豆，母亲总是东家送一碟，西家送一碗的，让大家尝个新鲜。并且送给城里的亲戚们一些，让他们也品尝品尝乡下的特产。后来，城里的亲戚来乡下做客，临走时什么也不要，专门要带一些盐豆回去，说是吃盐豆能吃出人间至味，唇齿留香，连牙也舍不得刷呢。

如今，我家早已搬到城里去了，母亲也早已仙逝，但我永远忘不了母亲的老盐豆，忘不了老盐豆所洋溢出来的那股浓浓的乡情味。

老家的小拐磨

　　我的老家在苏北一个偏僻的乡村——邢楼村，从我记事起，老家小院西南角的枣树下就支着一盘小拐磨。小拐磨是磨石做成的，式样和大石磨毫无二致，只是比大石磨要小得多，只有饼鏊子大小，是一个人用手工操作的。小拐磨是农家的生活用品之一，主要是用来磨水糊糊烧稀饭的，偶尔也用来磨辣椒酱什么的。磨水糊糊事先要把粮食用水泡一泡，待粮食泡胖后再用小拐磨磨碎。操作时，人要俯下身子，左手握住小拐磨的把儿，右手用勺子舀起水和粮食倒进磨眼里。这时，小拐磨就整个儿地抱在人的怀里，就像怀抱着一轮圆月，手一拉，小拐磨便飞快地转动起来。那拐磨磨水糊糊时发出咿咿呀呀的声音，像唱着一支古老的民谣。水糊糊就顺着磨缝汩汩地流到小磨盘上。

用磨出的水糊糊烧出的稀饭比用面粉烧出的稀饭口感要滋润得多，那味道香喷喷的，甜滋滋的，黏乎乎的，让人一辈子也忘不了。

三年困难时期，小拐磨功不可没！当时吃粮按计划供应，每人每天八两大米，每户发一个购粮本，到乡粮管所去购买。可老百姓哪里总有钱去买呢？只好将买来的大米拿到市场卖掉一半，用卖得的钱再去买。这样一来，每人每天吃到嘴里的只剩下四两大米了。如果把四两大米分成三餐吃，实在是匀不过来，没办法，只得一天吃两顿饭，每人每餐二两大米，那是一点儿也不敢多吃的。那么一点点可怜的粮食用大石磨是无论如何也没法磨的，因为粮食实在是太少了，连磨膛也填不满。这时，小拐磨便派上了用场。每次吃完饭就要把下一餐的大米用水泡上，待泡膀之后用小拐磨磨成水糊糊烧稀饭。所谓的稀饭实际上只是能照见人影的清水汤、大米茶。有什么办法呢，粮食少，就得多添水呀，总得让一家老小把肚子填得差不多吧。就这样，大米茶泡上蒸熟的干山芋叶子或挖来的野菜，每人喝它几海碗，充充饥度度命而已。

当时我们路西两个生产队二三百号人只有五六盘小拐磨，磨水糊糊的婶子大娘姑娘媳妇们总是挤满了我家的小院子。她们有的端着小盆，有的提着瓦罐，里面盛着泡膀的大米。每逢这时，小院子里便热闹起来，大家说说笑笑，你一言我一语，体现出邻里之间亲如一家的真挚情谊。

　　当时我正在七里路外的黄集小学上四年级，只有十岁，由于营养不良，又黑又瘦，个头比小拐磨高不了多少。白天，父母亲都到生产队里劳动去了，这晚饭就由我来做。放晚学后（下午只上两节课），我步行七里路回到家里，气也来不及喘一口，就得着手做晚饭。我首先端出母亲早已泡在小盆里的大米，用小拐磨磨水糊糊。由于力气小，胳膊短，我只好双手抱着磨拐把，半圈半圈地转，慢极了。大人们只需用一只胳膊像绕花线一般，就把小拐磨玩得滴溜转。我真羡慕大人们的力气，真恨我自己，总也长不大。我吃力地半圈半圈地拉动着小拐磨，把吃奶的力气都使出来了，不到半个时辰，早已是大汗淋漓。我当时也和大人们一样，一天吃两顿米茶泡野菜，中午上学是从来也带不起干粮的。放学后，从七里路外跑回家已经饿得头晕眼花了，还怎么能转得动小拐磨呢？清楚地记得有一次，我竟晕倒在小拐磨下了，幸亏邻居家大婶来磨水糊糊，发现了我，连忙把我抱到厨房的柴火上，并往我嘴里塞了几口熟野菜，好半天我才醒过来。后来，母亲再也没有让我磨水糊糊做晚饭，她哪怕干活收工回来得再晚，也是自己亲自上磨。

　　一晃五十余年过去了，老家的小拐磨早已半截埋进黄土里，被岁月尘封了。但封不住的是我对小拐磨的情感，它伴随着我们全家，不，还有那些可爱的乡亲们度过了那段苦难的岁月。每次回到老家，我总要俯下身去，小心地抚摸着小拐磨身上那斑驳而苍老的绿苔，像抚摸着老人脸上的老年斑。磨眼里长出的几棵小草当风抖着，诉说着它那曾经的沧桑。苦难岁月里那支咿咿呀呀的歌谣一直回响在我的记忆里，刻进我生命的年轮，酿成苦涩而又浓烈的乡愁，时时在我的梦里发酵。

啊，老家的小拐磨！

奶奶的红辣椒

　　我家屋后有一片空地，原是石碴窝，奶奶一镢头一镢头地将它开辟出来，大约有二分地那么大一片吧。每年春天到了，奶奶会将这块地全部种上辣椒。奶奶种的是朝天椒，这种辣椒七八个乃至十几个长在一起，一簇一簇的，挤在一个小绿盘上，直直地往上蹿。长成的果实硬硬的，像一颗颗子弹头，用手指都捏不动。未熟透的辣椒青青的，好似一颗颗翡翠；熟透的辣椒红红的，像似一颗颗红玛瑙，玲珑剔透。夏天到了，辣椒不断地改变着色彩，先是绿色，绿得油汪汪的，闪闪发亮；接着变成紫褐色，好似一串串紫葡萄，鼓着肉嘟嘟的小嘴儿；之后不久，穿上了红袍，红得晃眼，像举起一面面赤色的小旗。

　　奶奶几乎天天要到屋后园里去拔草、捉虫、浇水、施肥……侍弄辣椒。奶奶长年穿着一件大襟老蓝布褂子，长过膝盖。每次从园里干活回家，总要兜着或多或少的红辣椒。奶奶用针线将红辣椒穿成一串，挂在老屋的檐下，天长日久，一串接着一串，一排挨着一排，整个老屋前墙都挂满了红红的辣椒串，在阳光照耀下，闪烁着红色的光芒，连小小的院落也被映红了。由此，左邻右舍给我家取了个名字"红墙院"。时间长了，连附近村里的人也知道"红墙院"指的是谁家了。

　　记得四五岁时，我跟着奶奶去园里玩，奶奶只顾着干活，顾不上照看我。我误把一个最大的红辣椒当成大红枣，摘下来就吃，辣得我躺在地上打着滚儿哭。这下，奶奶可着慌了，她连忙放下手中的活儿，抱起我，乖儿心坎地哄着，往我嘴里吹气，但仍不济事，我依旧脚蹬手刨声嘶力竭地哭闹。奶奶用浇水的大瓢舀了一口凉水灌进我嘴里，并嘱咐我只许含着不许咽下。这招管用，辣味顿时减轻了许多。过了一会儿，奶奶让我把凉水吐出来，再换新水。如此多次换水，直到辣味儿消失为止。从此以后，我再也不敢跟奶奶去园里玩了，那园里有"大老虎"，我看见红辣椒就浑身冒火。对此，奶奶看在眼里，急在心里，她担心我因害怕而不吃红辣椒会长不成真正的男子汉。在奶奶看来，红辣椒就是摆在一个人面前的磨难和关口，考验你有无勇气拿下它。如果你看见红辣椒就吓得浑身发抖，你就是个懦夫、可怜虫；如果你能勇敢地面对它，吃掉它，你就是个真正的男子汉、大丈夫，将来是能挑大梁的重量级人物。——为了让我学会吃辣椒，奶奶没少动脑筋。她将红辣椒在锅里炒酥，用碓窝捣成辣椒面，放上盐末，这是我们家人长年食用的家常菜。她留下一部分辣椒面，用细箩箩过，放上红糖拌匀，再调上香油，说是我的专供菜，给我卷煎饼吃的。我初吃只觉得又甜又香，后来，奶奶将辣椒面越放越多，甜味逐渐减弱，香味越来越浓，并伴有不同程度的麻辣味，吃过之后，唇齿留香，那种香甜杂着麻辣的味道一天到晚留在嘴里，让人回味无穷。相比之下，香味比甜味更耐咀嚼，更有魅力，让人吃了还想吃，总也吃不够。从此，我的生活便有了经久不息的不同寻常的滋味儿。

在奶奶的苦心经营下，我学会了吃辣椒——至此，奶奶饱经风霜的脸上终于绽开了菊花般的笑容。

记得吃大食堂时，有天晚上，食堂宣布无饭，原因是每人每餐的二两白芋干没调来。一家人饿得睡不着觉。大人们还能挨得过去，我却饿得直哭。奶奶实在疼不过，便把白天翻遍石头缝（当时野菜都被人们挖光了，方圆几里路之内也难以找出一棵冒芽的野菜）寻来的几棵野菜，放在温罐（当时锅碗瓢勺都被砸碎大炼钢铁去了，每家只给留下一个洗脸用的小温罐）里煮熟，拌上辣椒面（无糖），放点儿盐巴。就这点儿可怜的野菜汤，奶奶只给我吃，大人们是捞不着享用的。我早就站在"锅"前眼巴巴地等

"饭"熟了。奶奶把野菜汤盛给我，我狼吞虎咽地扒拉着，也来不及咀嚼和品味，就像一团团火涌进了胃里。喝完菜汤，我又伸出舌头把清水碗舔了舔，这才回味起菜汤的香来。奶奶说，野菜里拌上辣椒面，是为了去除苦涩味，因为辣味重，把其他味道都盖过了。困难时期，奶奶的红辣椒是功不可没的，我们全家人都指望它来下饭，也帮我们闯过了一道又一道难关。

困难时期过后，为了解决饥饿问题，大面积栽种高产山芋，这山芋便是社员们的主粮，当地人名曰"吃草根"。人们为此编成了"三字经"顺口溜：白叶糠，白芋饭，野菜根，山药蛋，黄连汤，辣椒面。你能吃，俺能咽……一年三百六十五天，天天如此。不是生活在我们家乡的人不知道，长期吃糠咽菜的人嘴馋，长年见不着油星，我们家就用红辣椒做成的各种作料下饭。说来也怪，一旦有了红辣椒佐餐，什么山芋白叶糠，野菜山药蛋，白馍大米饭……全都是一个味道——香和辣。让你怎么也吃不够，吃不饱，嘴里辣得直淌津液，头上直冒汗，还是不依不饶，越吃越想吃。爷爷为了解馋，竟能一口气吃下一大碗炒熟的红辣椒。

在外地上学的几年里，我的背包里总是背着奶奶的红辣椒，它成了我日常生活的必需品。多年来，我已养成了吃辣椒的习惯，虽是大鱼大肉，但一顿没有红辣椒佐餐，也难以下咽，红辣椒成了我日常生活中须臾不可离开的东西。它铸就了我火辣辣的脾气，铸就了我坚毅刚强的性格，铸就了我生命的底色，给了我百折不回的勇气和力量。

啊，奶奶的红辣椒！

水 路

　　东闫人把一条翻山越岭挑水的路叫"水路"。我的老家东闫村环村皆山也，坐落在山旮旯里。据老辈人讲，东闫村是在明朝洪武年间建村的，一家姓闫的官宦人家犯抄，从八十里外的西闫村迁居而来。村里的大多数人家都姓闫，同族同宗，聚族而居。

　　东闫村建在这样一个偏僻的山坳里，山高皇帝远，倒是个避难的好地方，但无大道出入村庄。村里人要去赶集或走亲戚，只有翻过一道道山梁，出行十分困难，是个十足的"憋死猫"之地。不仅如此，东闫人就连日常生活也颇为不便，吃水要到五六里外的羊湖或陈寨去挑。建村几百年来，先人也曾无数次地请风水先生堪舆挖井的龙脉，动员全村劳力挖井，结果地下尽是花岗岩板块，连一滴水也挖不出来，直叫人呼天抢地，徒叹奈何！正应了乾隆那句讥语：穷山恶水。山瘦骨嶙峋，连一滴汗也淌不出来。放眼望去，到处光秃秃的，就连兔子也不在上面拉屎，简直成了不毛之地。

　　人活着，顿顿要吃饭，天天要喝水呀，这就要翻山越岭到山外去取水。取水要翻过两道山梁，大山梁叫大老口，小山梁叫小老口。这老小两口肩上搭着一条崎岖的山道，弯弯曲曲地飘向山外。山道最窄处只有五六十厘米。满山都是炮石蛋，全都长着花岗岩脑袋，比钢铁还硬。最大的有一人多高，四五个人都搂不过来；大的如石磙，如碾盘，如酱缸；小的如陶罐，如蒜臼，如鸡蛋，如鹅卵……这些炮石蛋一个挨一个地蹲守在路两边，虎视眈眈，恰似一个个怪兽张开黑黑的大嘴巴，随时都可能将路上的活物一口吞噬掉。山路九曲十八弯，人走在上面就像进了迷宫，一会儿就转晕了，分不出个东西南北来。这儿倒是个捉迷藏的好地方，可大人们从不让我们小孩子到老小两口山梁上去玩，恐吓我们说，那里有妖怪，红眼绿鼻子，四只毛蹄子，专咬小孩屁股蛋，实则是怕我们进去迷失了方向，找不到回家的路。听老年人讲，这些大小不一的炮石蛋，是张果老游山玩水时骑的驴子拉下的驴屎蛋。我们小孩子都很惊讶，张果老的驴子也忒大了吧，竟能拉下这么多这么大的驴屎蛋。

　　这就是东闫人祖祖辈辈挑水的水路。下面说一说我们一家三代人的挑水经历吧，它就是东闫人挑水的缩影。

听父亲讲，爷爷给地主扛了一辈子长工，他给地主家挑水都是用缸挑，将两个莲蓬壳砂缸用绳子箍起来，用抬大筐的木杠子挑，一次挑来两缸水。爷爷力气大，他能只身抱起一个打场用的碌碡子。他给地主出了一辈子牛马力。

一年秋天，爷爷在地里忙了一天，刚蹲在墙跟前吸袋烟，地主婆便嚷开了，眼瞎了吗，缸里连糊眼毛的水也没有，这一大家子人和几头大牲口还有鸡鸭犬鹅一大群张嘴货明儿个喝尿去！爷爷一听，气呼呼地站起身，将老烟袋插进老蓝布腰带里，嘴里嘟哝着，老子累了一天，就算是牲口也得让喘口气吧。走近一看，大水缸里还有少半缸水。地主婆就是不能见人闲着，只要见你稍微站一站，心里就难受，她是个有名的母老虎，管家严着呢。爷爷二话没说，挑起两个小缸就出发了。他一宿没合眼，只顾来来回回地挑水，直把地主家的大水缸、小水缸、锅碗瓢勺连同碓窝里、蒜臼里都灌满了水，总之各种能盛水的器皿里全盛满了清盈盈的井水，有的已溢到外面。挑完水，天已放亮了，地主婆起床做饭，见家里到处都是水，站在院子里不知所措。爷爷说，这些水是我连夜从山外挑来的，只准吃不准洒，我在这里看着，哪个龟孙子要是敢洒掉一滴水，老子就把他的头拧下来当尿壶！地主婆无奈，只能到邻居家借来几个大盆，将锅碗瓢勺里的水全倒出来，才去做饭。

多少年后，父亲接过了爷爷的水挑子，继续盘旋在水路上。又是许多年过去了，像爷爷教父亲挑水一样，父亲决定要教我挑水了。这是个代代传承的技艺。二十世纪六十年代，我十二岁那年，父亲从街上买来一对小号的二鼻罐子，特地做了根洋槐木扁担，扁担两头钻了两个眼儿，揳进木塞，好挡住罐系（绳），使之不得从扁担上滑落。初学那天，父亲先做示范，手把手地教我。他说，挑水首先要掌握好平衡，将扁担的中间放在肩膀中间，关键要找好两个中间，这是保持身体平衡的前提。扁担放在哪边肩上，哪只手就平放在扁担上，起辅助作用，以免扁担从肩上滑落，另一只手则随着步子前后甩动，放松身心，保持全身平衡，助推两腿前行。注意，眼要向前看，步子要踏稳，腿要抬高，免得绊在石头上摔跤。学会之后速度要逐渐加快，尽量做到步步轻如落花，行走如飞，听不到脚花响。教完后，父亲让我担起空罐子走一段路给他看，并不断地纠正动作，直到他满意为止。

到了大老口跟前，父亲说，挑水上山要注意肩上担子的倾斜度，前面的水罐要根据坡度的陡峭程度不断调整，手要压住扁担，不让它往后滑去，上半身要前倾，但腰不能弯，腰一弯，扁担就到了背上，不是挑水而是背水了。陡坡上挑担变成背担，难免要摔跤了，两个罐子都将被摔碎。记住，这是挑水上坡最忌讳的背水。还有，下坡时要把身子向后仰，扁担向后倾斜，不能前后摇晃，免得水洒出来。每一步都要踩实，脚踏实地嘛，比不得平地上行走如飞，不唯挑水，做任何事情都要这样。

这当儿，父亲成了哲人。

父亲说，挑水还要学会换肩，要两个肩膀轮流挑，路远无轻载，你不会换肩，只用一个肩膀挑，吃不消哇！换肩时身子要稍微前倾，扁担从脖子后面轻轻地绕到另一个肩上去。这期间还是要掌握好平衡，失衡就要摔坏罐子，这要靠你在日常挑水过程中慢慢训练，不断琢磨，才能做到熟练地换肩。

平衡，平衡，挑水需要平衡，日常生活也需要平衡，整个人生都需要平衡，这就是我跟父亲学挑水时悟出的道理。父亲又告诫我，俗话说，路远不背书，虽然两小灌水不算太重，但路远嘛，还要爬坡，自始至终要让扁担稳稳地扎在肩上，才是挑担的最高功夫，这也是我们东闫人的看家本领，你以后常挑水就知道了，哪个东闫人都是泰山挑夫，都是挑山人。

夜里，我睡在床上久久不能入眠，仔细琢磨着父亲的话，突然觉得，自己竟然一夜之间长大了，成了一个顶天立地的男子汉，一个真正的东闫人。许多年之后才知道，我是东闫最后一代挑水人。

这条水路就是东闫人祖祖辈辈的生命线，在这条水路上，水波开成花，汗水流成河，绽开了多少水菹和汗花，开了又谢，谢了又开。日月交替，斗转星移，挑出了多少日出日落，月缺月圆，挑弯了沧桑，挑老了时光，毫不夸张地说，东闫人的挑水史是一部长长的史诗。

二十世纪八十年代，自来水终于走进了东闫村，哗啦啦，哗啦啦，流进了东闫人的生活。幸福的阳光泻满大地，东风柔柔地吹，阳光暖暖地照，东闫人的脸上绽开的笑颜，比三月的春阳还要灿烂。原来的那条水路已铺成五米宽的水泥路，路上终日熙熙攘攘，车水马龙，东闫人终于走出了大山，融入了外面的大世界。

会唱歌的老屋

　　一个四面环山的小山村，连风儿都刮不进来，像一个密封的铁罐。只有一条崎岖的东西山道腰带般从山梁上飘出山外，交通很是闭塞。这就是我的故乡——石旮旯村。方圆几十里地没人不知道这个村庄的名字，实在是因为闭塞出的"彩"。

　　我家的两间老屋坐落在南山脚下，坐北朝南，在村庄最南边，石墙草顶。这是两间祖居的老屋，屋子低矮，用荆条编成的柴门很是窄小，只能勉强容一个人进出。屋虽简陋，却是祖上传下来的祖产。石墙是用从山上捡来的风流石垒砌起来的。墙上布满大大小小、形状各异的窟窿，远看像是马蜂窝，大点的窟窿已用干草或烂棉絮堵塞住。屋顶的苫草被风雨剥蚀成一绺一绺的小沟壑，夹杂着一个个突兀的小疙瘩，这是时光老人刻下的印记。老屋像一头老掉毛的骆驼，艰难地跋涉在历史的小巷深处。

老屋面对高高的南山，这是相对而言，其实南山名不见经传，是山中的侏儒，几乎可以忽视其海拔高度。若把时光拉回到一千六百多年前，五柳先生住在我家老屋里，他定会油然而生一种"采菊东篱下，悠然见南山"的闲适韵味；而我的祖祖辈辈住在这里，感受更多的是酸甜苦辣、五味杂陈的人生况味。

老屋已是老态龙钟了，它蹒跚着脚步走进了我的童年。在我恍惚记事的时候，早上拉开大门，爷爷会对着南山吼几嗓子拉魂腔："太阳出来呦——红又红，谁骑毛驴呦——戴席棚？新媳妇回门呦（接回门月）——花枝摇，荷花出浴呦——水灵灵……"不知怎的，一连串的连锁反应，爷爷唱过南山唱，南山唱过老屋唱，一个一个紧追着尾音，而且唱的都是一模一样的声调，就像一个模具铸出来的。无论是爷爷版、南山版还是老屋版，版权都是爷爷所有。幸亏那时没有版权的说法，若是摆在现在，爷爷肯定要跟南山和老屋打一场文字官司了，版权所有，翻印必究嘛。有时我也会跟着爷爷往南山吼几声，那清脆的童音从南山折回来，一头撞在老屋的后墙上，发出脆生生的金属音质，似一面小铜锣在晨曦中亮嗓。

太阳从东山上露出半边脸来，一纵一纵地往上跳，像是顶着红盖头在舞蹈，一副羞羞答答的俊俏模样儿，让人爱怜。水汽渐渐浓起来，氤氲着东方的天空，大山头顶一轮红日慢慢向上爬升，一痕淡淡的水墨线宛如少女的眉黛，弯弯的有了韵致。渐渐地，阳光锦缎般铺展开来，蒸腾着朦胧的诗意，山乡醒在一帘透明的梦里……从各个路口出牧的羊儿，似一朵朵浮动的白云，给刚刚醒来的村庄挂上了一串串珍珠项链；牛耕图——一幅玄色剪影，一艘游走的快艇，牛鞭抽响，抽绽了几多花苞，赶着水淋淋的日出。悠扬的喝牛号——带韵的舞蹈，长翅膀的精灵，在青山绿水间徜徉；犁铧翻开土层，沃土肥得流油，香气袅袅地上升着，浓浓地沁入心脾，一坛新开封的陈年老窖，把整个村庄醺得诗意盎然。

悠悠喝牛号滑进老屋里，似从大山里淌来的小溪水，响着岁月的銮铃，曲曲折折，起起伏伏，疏密有致，抑扬顿挫……一根美玉做成的琴弦，弹奏着美妙的乐章。我总是在睡眼蒙胧中享受这自天而降的仙乐。悠悠喝牛号，声声故乡情，在老屋里反复播放，一年又一年，一代又一代，成了祖祖辈辈生活的主旋律，必读的教科书。

老屋门前有两棵粗壮的老古槐，两个人对搂都抱不过来。两棵古槐枝叶繁茂，各自占据偌大一片地盘。那是鸟儿的天堂，各种各样的鸟儿都喜欢在上面做窝，一年四季，可坐听百鸟的喧声。鸟叫声滑进老屋里，演奏着一曲老屋版的《百鸟朝凤》。美妙的音流从绿叶的缝隙间挤出来，溅起一串串长羽毛的音符，在家乡的蓝天上悠悠滑翔。那一个个音符又是一粒粒春的种子，在父老乡亲们的梦里发了芽。

十五的月亮又大又圆，挂在高高的南天上。奶奶指着月亮对我说，嫦娥姑娘正在桂树下捣药呢。我趴在门前的老槐树上静静地谛听，好像真的听到了嫦娥捣药的声音。月光泻地如海潮拍岸，似能听到哗哗的月光涌进屋子里，在床前凝结成莫名的想象，抽丝般扯出长长的思绪。这轮唐朝的明月，也和老屋的年龄差不多大吧？奶奶教我唱起童谣：月姥姥，八丈高。骑白马，带洋刀。洋刀快，切白菜。白菜老，切红袄。红袄红，切紫绫。紫绫紫，切麻籽。麻籽麻，切豆芽。豆芽豆，切腊肉。腊肉腊，切苦瓜。苦瓜苦，切老虎。老虎一翻眼，四个盘子八个碗……

家里穷点不起油灯，睡在秫秸和干草铺起的地铺上。奶奶倚坐在四面透风的石墙上，我就坐在奶奶怀里，打发这似乎没有尽头的冬夜。这时，从四面墙缝里挤出细长的蟋蟀的歌声，此起彼伏，不绝于耳。奶奶说，这是蛐蛐在讨眼睛呢。实际上蛐蛐就是蟋蟀，此地方言把蚯蚓叫作蛐蛐，奶奶错把蟋蟀的叫声当成蚯蚓叫了。奶奶的故事总是像天上的星星那么多。她说，在久远的从前，蛐蛐（蚯蚓）是有眼睛的，而江河湖海里的虾却没长眼睛。虾在水里游没眼是不行的，到处鬼打墙（碰壁）。它便设法去向蛐蛐（蚯蚓）借眼睛。它哄骗蛐蛐说，你住在地宫里，到处黑咕隆咚的，要眼睛也没用，等于没有，不如借给我用，我

试试你的眼睛好不好使，过几天就还给你。蛐蛐为朋友两
肋插刀，便爽快地把眼睛借给了虾。哪知虾借了眼睛之后，
就畅游江河周游列国去了，早把还眼睛的事忘得一干二净。
于是，每到晚上，蛐蛐看不见回家的路了，便唱起讨眼睛
的歌子来：虾，虾，送眼来。虾，虾，送眼来……其声哀
婉凄绝，彻夜彻夜地吟唱。这泣血的歌唱呦，连人的骨头
都唱酥了。仔细听来，声音像极了。我真佩服奶奶，竟有
这么多的知识！听着听着，我的眼睛迷糊了，奶奶的手臂
兜着蛐蛐的歌声摇篮曲般在漫长的冬夜里拍我入眠。

　　啊，会唱歌的老屋，你是游子心中永远化不开的情结，
是我今生今世抹不去剪不断的乡愁。

山红草

山红草是产在山区的一种野草，芽尖儿拱破地表时就是红色的，一直红到老死，仍不改其色，故名"山红草"。山红草总是一簇一簇地长在一起，圆圆的茎秆儿直往上挑，叶片儿红得亮眼。夏天里，山红草长得比小麦还高，举起一面面小红旗，乘着风的翅膀快乐地飞翔。每枚叶片抱着一个红红的谷穗，谷穗上排满籽粒。茎秆是实心的，硬硬的，吸收了过多的太阳光，淬过火一般，用手都捏不动。太多的阳光铸就了它火辣辣的性格，狂风暴雨摧不倒它，电闪雷鸣轰不垮它，冰雹霜雪吓不退它，它始终站在时光的前沿笑傲江湖。

山红草的繁衍能力极强。穗头上的籽粒挤得严严实实，一排一排的，像是子弹夹。风儿吹来，成熟的谷穗随风起伏，将饱满的籽粒一一弹射出去，繁衍着它的子孙。春天来了，山上长满了一簇一簇的山红草。从我记事时起，我家就住在红山村里，村子正东约莫半里路就是小红山，村子因山而得名。听奶奶讲小红山名字的来历，就是因为山上长满了山红草，把整座山都染红了，人们就给它取名"小红山"。每当太阳升起，金色的阳光就成了在山坳这口大锅里调制的梳头油。风儿饱蘸金红色的梳头油，用她的酥手自下而上柔柔地、一遍一遍地梳理着满坡的山红草。漫山遍野的山红草益发红亮起来，红得分外妩媚，亮得分外耀眼，美得分外妖娆。满山都在放飞焰火一般，把整个小山村都映红了，洗亮了。似能听到阳光燃烧的声音，一路毕毕剥剥响起，饱和着山红草的气息弥漫开来，氤氲在时空里。于是，村民的生活也融进了阳光和山红草的味道，咀嚼出甜丝丝暖融融的滋味儿。

山红草能编织各种各样的生活用品及装饰品，老家的乡亲们，无论男女老少都会用山红草编织草帽，编出来的草帽红红的，戴在头上连脸儿也映得红扑扑的，像涂了一层胭脂。少女们用它编织同心结，送给心上人；孩子们用它编织鸟笼子、红灯笼、扇子等各式各样的玩具；老人则用它编成蓑衣，披在身上既暖和又能遮风挡雨。近几年，用山红草编织的工艺品不仅畅销国内，还漂洋过海远销海外呢。我的父老乡亲因山红草富起来了。在过去穷苦年代，红山村的人们都是用山红草来苫屋。山红草苫的屋结实耐用，冬暖夏凉，能连续用上十年八年也不漏雨。奶奶讲，山红草就是红山村人天然的苫草。谁家要盖房子，只需推着车子到小红山去割山红草，一分钱也不用花，纯是大自然的馈赠。

山红草阳光一般流进山村的每个日子，照亮了山民的生活，写意出一幅火红的山水画，张贴在小小的山坳里。

我的父老乡亲也和山红草一样，朴实无华，默默无闻，甘于奉献，把温暖送给别人，把寒冷留给自己，用大爱的光芒穿透那些阴晦幽暗的岁月，照亮人生。不知是山红草的灵光给了乡亲们颖悟，还是乡亲们的品德给了山红草启迪。应该说，是家乡这块厚重淳朴的热土孕育了人草合一的乡魂。

山红草，你是家乡的乡魂草，有了你，庸常的日子才长了翅膀，幽冷的岁月才有了暖色，平淡的生活才有了希望。我的父老乡亲啊，你们每个人都是一棵山红草，创造着美丽，诗化着生活，点亮了岁月，把那些个风雨如晦的日子烘烤得红红火火！

梦里，我也变成了一棵山红草。

老家的小院

大凡农家，都有一个院落。院落的大小以宅基地的多少而定。宅基地多的，院落就大些，宅基地少的，院落就小些。这些大大小小的农家院不规则地排列着，将偌大一个村庄划分成许多"豆腐块"。

农家院不仅有大有小，而且种类也不少，有篱笆院、土墙院、石墙院、砖墙院等。单从院落的种类上就可以看出这家人的家境如何。"院"是"屋"的延伸，如果有屋无院，就不像个农家，而且鸡鸭牛羊、大型农具也无处安放。院落还给人一种温馨安全的感觉。有院落的人家，合家老小夜里睡觉做梦也香甜。

我的老家在一个偏僻的小山村里，祖居的三间老屋，打狗石垒成的小院落，荆条编制的柴门，十分简朴。春天来了，三三两两的小燕子在院墙上叽叽喳喳地唱歌，平静的小院跳跃着春天的音符。奶奶颠着小脚在院墙跟前种下许多梅豆、南瓜、葫芦、丝瓜的种子，施上肥料，三天两头地浇水，破土的秧苗一个劲儿地疯长。夏天到了，它们绿绿地爬满院墙，那些翠绿的叶片连墙窟窿也填满了。整个院墙竖起一道绿色的画屏。小院东北角搭了个牛棚，牛和驴安闲地吃着草料。牛儿偶尔抬起头来"哞哞"叫几声。驴子受了牛的感染，也抬起头来引颈长嘶，惊得院墙上隐在绿叶间的鸟儿扑棱棱飞起，箭一般射向高天流云。盛夏到了，院墙上挂满一个个圆滚滚的葫芦，一条条长长的丝瓜，一嘟噜一嘟噜的梅豆……像一面面绿色的旗，在金灿灿的阳光里，在蓝天白云下快乐地舞蹈。晚上，爷爷蹲在院墙跟前，一遍遍地掏着老蓝布烟包。我便缠着爷爷讲故事，爷爷的故事和天上的星星一样多，和星星一样俏皮，总是那么逗人。奶奶拿把老蒲扇，坐在老槐树下的石墩上乘凉。我又缠着奶奶唱歌谣。奶奶一边忽悠着老蒲扇，替我扇凉打蚊蝇，一边干咳两声，清清嗓门，然后轻轻地吟唱道：小巴狗，上南堰。割辣条，打鸡蛋。老头吃，老嬷看，馋得小孩啃锅沿……我昂着头对着奶奶的脸正听得入神，冷不防，奶奶弯起右手食指刮我的小鼻梁。一边说，小馋嘴，馋坏了吧，馋了就去啃锅沿吧。我不情愿地摇摇头。奶奶最疼我，是不会让我啃锅沿的。她拍拍我的小脑袋说，奶奶逗你玩呢，等会儿奶奶给你煎鸡蛋吃。每晚睡觉前，为了给我增加营养，奶奶总是用铁勺煎一个鸡蛋给我吃。那可是奶奶对我的特殊优待，家里其他人是享受不到的。奶奶在小院的西墙跟前一拉溜垒了七八个鸡窝，专留母鸡下蛋用的。鸡窝被密密的藤蔓和繁茂的枝叶遮严了，母鸡是从绿叶丛里钻进窝里下蛋的，时不时地从绿叶丛里挤出母鸡"咯咯——哒""咯咯——哒"的报功的叫声。公鸡四处瞅不着母鸡，急得飞上院墙引吭高歌。

　　一曲终了，我兴犹未尽，仍然摇着奶奶的胳膊央她再唱。奶奶拗不过我，又唱起来：月姥姥，亮灯台，咯噔咯噔爬古槐。爬上去，下不来，急得两脚乱蹬鞋……我抬头望着老槐树，一轮银盘似的圆月就挂在老槐树上，月光从枝叶的缝隙间泻下来，点亮了小院。风儿吹来，槐树叶兴奋地鼓起掌来，飒飒的响声摇落一院银币，恍恍惚惚，迷离着人的眼睛。我惊奇地叫起来：奶奶，奶奶，你看，月姥姥的鞋儿蹬掉地上来了！我忙着跑去捡拾，奇怪，却怎么也捡不起来。蝈蝈和蟋蟀的歌声从密密匝匝的绿叶里溢出来，伴着老槐树上蝉儿的叫声，在小院里上演了一场音乐大合唱。我聆听着这天籁之音，身上的每个细胞都在亢奋地起舞，都在和着节拍歌唱，整个儿陶醉得一塌糊涂。

　　爬墙虎把三间老屋从下到上缠绕得结结实实，绿蔓儿将小院从里到外包裹得严丝合缝，连风儿也挤不进来。天空蓝成一汪水，小院绿成一块翡翠，我家就住在这种美玉堆砌的房屋里，住在这种玉树琼枝搭建的小院里，连一呼一吸也流淌出绿色的汁液，连梦里也蹦出秧蔓儿拔节的声响。美哉，我的老家，我的小院，这分明是仙人居住的地方。

早晨的阳光从东山头上斜射下来，氤氲着淡淡的岚气，绿意渐渐浓起来，直到浓得化不开。绿色的光晕一圈圈扩大，四处蔓延，似一幅徐徐展开的水墨，绿得颇有层次。新一天的生活也亮开了翅膀，诗意和浪漫起来。小院敞开怀抱尽情地拥抱一切：阳光是绿的，亮汪汪的绿；人是绿的，活泼泼的绿；空气是绿的，水灵灵的绿；鸡鸭牛驴的鸣叫是绿的，脆生生的绿；欢声笑语是绿的，甜蜜蜜的绿；这一天的日子也是绿的，香喷喷的绿……这满盈盈的绿，时不时被飞来的鸟语咬破，滴下一串串发芽的音符，落在小院这塘绿水里，长出一颗颗绿宝石般的童谣，绚烂了一个又一个如诗如画的童年岁月。

我家的小院是唯美的。它是一支绿色乐曲，它是一首韵律十足的诗，它是一帧远古的画。

秋天来了，小院结满了沉甸甸的果实，院墙上挂着一个个或圆或长的老南瓜，骑着一排排金黄的玉米棒，吊着一串串红嘟嘟的辣椒串，小院沉浸在丰收的喜悦里，放射出金红色的光芒，像喝了二两老酒，满脸微醉的酡红。

冬天，大雪将小院装扮成雪白的童话世界。屋檐下挂着一个个大冰凌，阳光下流光溢彩，晃得人眼睛也睁不开。我常常扯下它当喇叭吹，奇怪，怎么也吹不响，倒把我的小手冻成了红萝卜。奶奶心疼我，解开棉袄纽扣，把我的小手拽进怀里焐暖，并将嘴凑近我的耳朵神秘地小声说，那些冰喇叭是水晶宫里龙王爷的龙牙，拔不得的。这是哄小孩的话，因拔下冰喇叭会扯掉屋草。我听得眼睛一眨一眨的，奶奶的话句句是真理，我当然信以为真。雪后晨起的第一件事，便是招呼左邻右舍的玩伴们到我家小院里堆雪人，掷雪球，打雪仗，那一串串银铃般的笑声从小院里飞扬出去，漫山遍野地撒欢。

老家的小院——一辆古老的纺车，经年累月地旋转着一块巴掌大的乾坤，将那些个寻寻常常的烟火岁月纺成一条长长的绳儿，上面挂着赤橙黄绿青蓝紫各色风铃，牵着爷爷的故事，兜着奶奶的歌谣，拴着我童年的太阳和月亮，系着左邻右舍的鸡鸣犬吠，时时在游子的梦中摇响，沧桑着越走越远的年轮，凝结着越老越浓的情结。这条长长的绳儿就是故乡联结游子的剪不断的脐带，时时把游子拉回故乡，拉回老家的小院，去品那杯未饮先醉的乡愁。

我家的麦囤

　　我们苏北地区把小麦叫细粮，其他五谷杂粮叫粗粮。细粮由于产量低，收得少，一般情况下舍不得吃，留着细水长流呢。每年收的那点小麦除留足种粮外，多是留着抢收抢种农忙时改善生活，留着招待亲戚朋友，留着过年过节吃。一年之中的绝大部分时间都是粗粮加上糠菜度日。

　　由于小麦金贵，自古以来农家都是用缸或囤盛放，认为只有这样才算保险，才能防猪拉狗嚼老鼠咬。穷户用缸盆盛，一般户多是用囤盛。囤有大有小，是用荆条编织的像大砂缸一样的容器，用麦糠和泥将里外面糊上，把缝糊严，晾干后很光滑。我刚记事的时候，我家种了十几亩地，每年收的小麦全都装进一口大砂缸里。这口大砂缸还是大表舅送给我家的。大表舅家是穷户，一大家子人只有两三

142

亩山荒地，收入微薄，常常揭不开锅，生活很是窘迫，只得在古墩街上开了一家染坊，挣点钱糊口。新中国成立后，他家分了地，便回家种地了。见我家没有麦囤，便把染缸送一口给我们。这口大染缸有一米多高，能盛下好几石粮食呢。大染缸里外面光溜溜的，阳光下，玻璃一样闪着橙黄色的光芒，比起泥糊的麦囤可要好看多了。老鼠根本爬不上去，用来盛放小麦可保险了。我们一家人自是喜不自胜，感谢大表舅给我们送来了"及时雨"。从此，我们一家人都称呼大染缸为"麦囤"。那时候都是靠天吃饭，小麦产量低得可怜。没有化肥农药，没有优良品种，更无科学管理，每亩地产量四五十斤，好年景能收个七八十斤，顶天了。我家收下的小麦全部装进麦囤里，丰收年能装满囤，若是歉收年只能装大半囤，人均一年几十斤小麦而已。

　　1958 年成立人民公社，土地归公，吃大食堂。我家的麦囤派不上用场，便闲置下来了，默默地蹲在墙角里。吃了三年大食堂，到了 1961 年大食堂解散，人们又回到了各家各户的小锅灶。生产队按人口和工分分粮食。我们生产队二百多口人，每年只能收几千斤小麦，除了交公粮和筛选种粮外每人还要预留几斤过节粮。三下五除二，所剩无几。记得有一年受了水灾，我们生产队每个社员只分了 13 斤小麦，还是从水里捞出来的生了芽的黑尾巴麦子。这 13 斤麦子要分在八十多天里吃，因为麦季的口粮标准天数是从每年的 6 月 10 日至 8 月 31 日，这 13 斤麦子是广大社员数着麦粒吃完的。即使是好年景，生产队里分的小麦也用不上麦囤盛。社员们去生产队领麦子，大家庭用大筅子，小家庭用小筅子，挎回家后装在小缸小盆小坛小罐里。在那"瓜菜代"的岁月里，生产队长将几天内要刨的白芋按人口分给各家各户去捋白芋叶，捋来的白芋叶，落地的老槐花，挖来的野菜，还有刨来的翻白草（一种晒干后能磨面吃的野草，有难闻的中草药味，苦不堪言），通通晒干后，收藏在麦囤里，上面用摺子圈上，这就是我家也是整个生产队的社员们熬度整个冬春季的食粮。麦囤变成了糠囤。我家的糠囤上面圈了好几挂摺子，顶上屋笆高。一年又一年，我家的糠囤总是这样居高不下，一直持续到改革开放土地承包到户。

实行联产承包责任制后，我家分得十几亩地，一头牛，还分了一些简单的农具。那时买不起手扶拖拉机，只得几家合伙使用牛耕。庄稼也是人工收割。割麦子的活又苦又累，真是"足蒸暑土气，背灼炎天光"。收下来的麦子还要用平车拉到大场上，吃奶的劲儿都使出来了。麦子拉到大场上要用牲口脱粒，碌石碡子一天到晚转得吱扭扭响，打了一场又一场，堆积如山的麦子总也打不完。如遇雨天还要抢场，将脱过粒的小麦打成堆，抢回屋里去；将摊晒未脱粒的麦子码起来盖上塑料布，以防雨淋。再加上抢种，田间管理，农活都扎堆了，有时忙得饭也没得吃，觉也没得睡，一个麦季下来，人能累个半死。但收获是喜人的，由于有了化肥农药，有了优良品种，有了农技员的技术指导，每亩地至少要收七八百斤小麦。随着科技的不断进步，小麦品种的不断改良，如今亩产竟能达到一千多斤。改革开放以来，我家每年的小麦总产将近两万斤，麦囤连它的零头也装不下。国家鼓励农民种好田，以优惠价收购小麦，绝不让农民吃亏。我和父亲商量着将小麦卖给国家，可父亲挨饿挨怕了，非要坚持留下一麦囤上面圈摺子的小麦不卖，说是丰年要把歉年想，囤里有粮，心里不慌。再说，家里没有粮食算什么过日子人家。我说服不了父亲，只好由着他。这一囤圈摺子小麦过冬可就成了问题，春天掀开摺子顶上的塑料布一看，里边生满了黑压压的蚰子（一种跳蚤样的小虫），将麦粒打眼蛀蚀空了，只剩下麸皮。父亲这下傻了眼。他四处打听，从街上买来蚰子药。可这种药毒性太大，熏得人头痛，严重影响人的身体健康。我向父亲反复说明，父亲才同意不使用。再收麦子，父亲只留一麦囤给自己欣赏，上面不圈摺子了，其余的就都卖给国家了。他一有空闲就端着老烟袋到麦囤跟前去坐着抽烟，每根胡须里都兜满笑意，他说天天看着满囤粮食心里舒坦、高兴。

2012 年，我们村实行土地流转承包，以 100 亩为最小承包单位，便于实行机械化操作。我曾参加过农业科技知识培训，就承包了 100 亩土地。我们村的年轻人以前都外出打工，现在大部分都回家来了，因为工厂办到了家门口，还有不少中外合资企业呢，年轻人都就近进工厂上班了，不用南跑北奔外出打工挣钱了。他们原有的承包地无暇耕种，就又流转承包给种地大户了。

我现在种地特别轻松，"胜似闲庭信步"。各种现代化机械一应俱全，拖拉机、播种机、插秧机、联合收割机组成了现代化农业的"大合唱"。我坐在机器上在自己的土地上劳作，感到无比的自豪。我把满满的自豪感写在脸上，写满大地，这都是党的改革开放好政策给我们农民带来的实实在在的利益。我每年要收十几万斤小麦呢。收下的粮食没出地头就卖给国家变现（现金）了。只是我家里连一粒小麦也没有了，我家的麦囤又成了空囤，孤零零地躺在墙角里，往昔的风光不再，该走进历史博物馆了。

我家的麦囤不断地更换着名号，由麦囤到空囤到糠囤再回到麦囤，最后再到空囤，一路走来，走出了沧桑巨变，我们广大农民正在党的领导下向着农业现代化的康庄大道阔步前进！

旧时的私塾

　　现年八十三岁的陈昭慎，是铜山区单集镇庙山村人，给笔者讲了他旧时上私塾的情景。

　　陈昭慎家境殷实，新中国成立前是庙山街上数一数二的富户，祖居庙山老街东旁临街的店铺。朝街门面房四间，做果品和食盐买卖。家里雇了七八个伙计（长工），有十几头牲口从东海盐场往街上贩盐。食盐不仅供应本地居民，还经常有涡阳、蒙城的贩夫走卒前来倒二把盐。院里六间堂屋，是家人生活的地方。两间石墙草顶的南屋开办学堂，先生陈树德是陈昭慎本家叔叔，也是庙山村人，由他家包吃住（全家人的吃住）。工钱多是以粮代替，讲好一年几石粮食，多少粗粮，多少细粮，也有给钱的。其余学生所交学费视家庭穷富而定，富者多出，穷者少出，有一年出四五斗粮食的，也有出一二斗的，太穷的出不起，就只交书簿钱，剩下所欠部分皆由请先生的陈昭慎家包揽。陈昭慎家人热心办学，乐善好施，村人有口皆碑。

全班共有陈昭慎、陈昭景、陈昭运、陈选章、陈兆章五个学生。每年都是过了正月十五元宵节开学。各人自带课桌凳，桌子是马乌（形似大乌龟），多是自家老娘过门时娘家陪送的嫁妆；板凳多是地趴小凳子，矮矮的，也有坐木墩或蒲团（麦秸编成的圆柱形的蒲墩）的。

上私塾无星期天，一年只放两次假——麦假和年假。麦假十天，年假一个月左右，其余时间天天上课。那时候没有钟表，上课都是看太阳，约莫着时间。一天分两个时间段上学，吃过早饭大约九点钟光景开始上课，中午太阳正南时放学，下午大约一点多钟至两点钟到校，太阳落放学。若是阴雨天，则全凭先生估摸了，他老夫子想什么时候放学就什么时候放学，时间随着心情跟着感觉走。先生颇像走街串巷挑货郎担的老者，一天几遍摇校铃（手摇的铜铃铛）。第一遍是预备铃，让学生出去解手，做好上课准备。摇第二遍铃才正式上课。上午只上一节课，下午亦然。除了上课中间给学生放一次风外，课上任何人不准出去解手。有的学生早上喝的稀饭多，脸都憋成了紫茄子，也不准出去撒尿。由此可见私塾的学风和纪律严格的程度。

上课前，学生从拜盒（点心盒）里（那时候没有书包）端出老砚台，先磨墨，磨好墨汁，只等着老师来上课。

陈昭慎上的私塾只开设两门课程，国文和珠算。私塾上学不分年级，只看你念到了哪本书。坐在同一个班级里的学生，有的已读到《中庸》《大学》，有的才刚刚启蒙，开念《百家姓》《三字经》。先生因材施教，一个一个分别教。好在这个班里五个学生都是一块儿上学的，念的是同一本书，先生可以一起教了。上课铃响了，先生走进学堂，一声"上课"，学生起立，腰弯成九十度向先生鞠躬。先生说"坐下"，学生方可入座。先生没有讲台，学生不用排座。学生将五张课桌围成半月形，先生端条小凳子坐在"月牙"里，将书本翻开放在大腿上，教棍放在一边。教棍是用一米左右的细竹竿做成的，前头安上子弹壳（俗称炮皮）。若是哪个学生胆敢调皮捣蛋，炮皮就会结结实实地磕在他头上，有的学生头上还被敲起过鹌鹑蛋大小的肉疙瘩。

先生教念书，先是一个字一个字地指着念，学生也指着字跟着念。先生念书比唱歌还好听，抑扬顿挫，极有韵律，如珠落玉盘，又像是吟诗作对，溪水一般叮咚作响。一样的书，他老夫子念起来就格外养耳，有一种甜甜的感觉。开学头十天，先生每天只教两句："赵钱孙李，周吴郑王。"后十天教四句，往后越教越多，待学至上下论，每天教将近一页，先易后难，循序渐进。学生会念后，便开始教写。先生先讲写字的要求，首先，人要坐端正，笔杆对鼻梁，整个身体只有手能动弹，但不能抖，从手腕往上部分要稳如泰山，云尔。先生先做示范，那形象美极了，手持大毛笔直直地坐着，就像在照标准像，一脸的学究气，纹丝不动，似乎泰山压顶也不会弯腰。真是撼山易，撼先生难矣！之后，一个学生一个学生地依次教写，手把手地教。并谆谆告诫弟子，一定要记清楚先写哪一笔后写哪一笔。诸如先上后下，先左后右，先进人后关门等写字规则要牢记于心。并且说，祖先造的文字是方块字，横平竖直，方方正正，和做人一样。撇撇似刀，点点如桃，写字和作画是一个道理。先生是个治学严谨的人，挨个学生教写之后，让你自己仿影。仿影只用大毛笔，要仿得和先生写的字一模一样，稍微有一笔写长了或是写歪斜出格了，不合规范，轻则扭脸皮，扭耳朵，重则打戒尺，只打左手，不打右手，如把右手打肿了，就不能写字了。先生如果生小气，打几下也就算了；如果生大气，就一下连一下使劲地打，直到打消气方休。有的笨学生经常挨打，手肿得像发面馍。

开初上学时，先生给每个学生备一个字签盒，盒上放着两本书，盒里所有的字都在这两本书里，以此进行辅助识字教学。字签盒就像魔术师的魔盒，也不知能变幻出几百几千张字签来。字签就像现在的扑克牌一般大小，一面是画，另一面是文字。那时候没有拼音字母作识字拐棍，用此直观而形象的教学方法帮助学生识字，效果很好。比如，一张字签一面画个男人，另一面的文字则是"男"；一面画个女人，另一面的文字则是"女"，画牛画羊者亦如是。待字签认完了，两本书自然也就会念了。这个方法在现代教学中还在使用。

先生每天只在上午教一课，下午让你自己念书写字，相当于现在的自习课，留给学生复习巩固消化当天的学习内容。先生则坐在办公室里办公或看书，时不时地去学堂里巡视一番。其实也没有敢于调皮不学习的学生，一则如果你背不会课文或不会默字，第二天上午先生检查时将要挨打受罚。二则慑于先生的"淫威"，谁还敢胡乱造次呢？大家都专心致志，一心向学。如有不会认写的字，先是问学兄或学弟，再不会就去办公室请教先生，先生总是乐意指教的。一本书学完了，要考试。考试没有试卷，先生翻开书，随便提哪一段，你都要能熟练地背诵；随便提哪个字，你都要能熟练地默写。考试通过后可以换另一本书念，也就是我们现在所说的升年级。

先生教书从不开讲，也就是从不解释字词，也不讲解课文里蕴含的意思。先生只管教读，学生只管念背、默写。学生读书如同鸭子吞蜗牛，食而不知其味。陈昭慎从启蒙读物《百家姓》读起，依次是《三字经》《千字文》《上论》《下论》《上孟》《中孟》《下孟》直到《诗经》，也未开讲。后来，父亲不幸病故，陈昭慎只好辍学务农，挑起家庭生活的重担，从此与诗书无缘。至于念到驴年马月或是念到什么书才能开讲，陈昭慎便是现在也不知道。由今天的现代教育看来，这应该是不可思议的事情了。

跑　会

　　"跑会"又名"玩会"，因其演出时演员皆打扮得花枝招展，再加上旱船、花车、狮子等道具，煞是好玩而得名。"跑"就是拉开腿赶路，通常一天要"跑"十几个村庄，少则要赶七八十里路，多则要赶一百多里地；"玩"就是演出，一天要演出十几场。跑会由来已久，究竟起源于什么朝代，不曾考证过，只知这是一种民俗文化，几千年来一直在民间传承不衰，有着极其旺盛的生命力。现在每逢节日，有些地方还时有演出，比如狮子会、龙灯会、踩高跷等，只是日渐式微了。

　　跑会的内容有些是听我父亲讲的，他从十几岁时就跟着人家跑会，一直跑到二十多岁，是个"老跑会"。我虽然没有跑过会，但我从小就看会，所以多少了解一点关于跑会的门道。

在中国几千年的封建社会，以家庭为生产单位的小农经济占主导地位，日出而作、日落而息，代代相袭，生产力十分低下，文化生活特别匮乏。在这种情况下，一些传统的文艺形式，如唱大鼓、说评书、唱扬琴、讲白讲等便大行其道，深受人们欢迎。每逢冬天农闲的日子，茶余饭后，人们总是蹲在柴垛跟前晒太阳，唠些家长里短，老烟袋抽得嘶啦嘶啦响。人们实在闲得无聊了，便想搞点儿什么娱乐活动。每年农历腊月，正是一年中难得的农闲时节，各村的文化娱乐活动——跑会便开始了。各村有各村的拿手好戏，可谓百花齐放，像旱船会、狮子会、花鼓会、龙灯会、花车会、踩高跷等都是比较传统的会目。各村都在暗暗较劲，力争比别的村演得更精彩，争取在正月十五的黄集庙会上拔头筹。这种自发组织的民间民俗文艺演出都是全体村民共同出资，购买道具、请导演、添置乐器等，村民出资要视每户情况而定，对于一般的户头则减半收取费用，对于那些家境比较殷实的户头则多收，对于那些连稀饭也喝不上的特困户则分文不取。这种淳朴的民风真是让人感慨不已。待跑会结束后，会头（会的组织者）要把这年春节期间跑会的所有开支张榜公布，让全村人知道他们的钱都用在了什么地方，接受全体村民的监督。至于演员，还有那些乐器班的跑龙套的，则是分文报酬都不取的，连吃饭都是自费的。这种奉献精神实在难能可贵，令人肃然起敬。

有一年进了农历腊月，我们村的会头闫长佩、闫锦佩等人从邳县的山庄请来了有名的戏迷张秀担任导演。张秀是清朝的秀才，颇有几分文墨。开始排练前，要先用木棒搭好驾屋，驾屋里供着土地神的画像，足见前人对赖以生存的土地的敬奉。排练场地就设在驾屋里。由于玩友们大都不识字，张秀才只好先教唱词，待他们牢牢记住唱词再唱。他手里拿着指挥棒，一句一句教得十分费力，以致嗓子都唱哑了。他唱得字正腔圆，有板有眼，玩友们学得也挺认真。有时玩友们学走了调，唱得驴唇不对马嘴，人们哄笑起来，他便严肃地进行纠正。他是个治学严谨的人，从不放过一个词一句唱腔，总是不厌其烦地逐一反复纠正，直到满意为止。之后再教走步子及舞台造型等，这似乎比教唱词更难，因这些玩友都是清一色的庄稼汉，平日里只会往地里推大粪，哪里会推花车呢？张秀才直累得满头大汗，他把瓜壳帽摘下来，明亮亮的头顶直冒热气，他用手挠着光滑的头皮，自言自语道："朽木不可雕也！粪土之墙不可圬也！这些土老爷们儿，站没站相，走没走相，真真愁煞我也！"玩友们直愣愣地望着他，不知他在说什么洋文，是在发怒呢抑或是在责怪他们，一个个大气也不敢出。张秀才毕竟是秀才出身，生气归生气，涵养还是有的。他很快平静下来，仍然认真地一招一式地教着，纠正着，亲自示范着。

这样一直排练到大年三十，大年三十下午在本村彩排，大年初一让玩友们在家过大年，年初二开始正式跑会。玩友们以及跑龙套人员在驾屋前的大场上集合，由会头做出师讲话。两个会头一个带队出发，一个留在村里专门照顾别的村子来跑会的人，准备茶水、香烟、果品等。全村所有的驴马骡子等大牲口都要无偿使用，主人喂足草料后由跑龙套的或专门牵牲口的人从各家牵走，给玩友们骑。只有玩友才能享受这种特殊待遇，其他的如乐器班、扛大旗的、抬道具的等均无资格骑。一方面是为了特别奖励玩友们付出的辛劳；另一方面是因玩友们都打扮得红红绿绿的，高高地骑在牲口上，能够彰显会的威风。在会头做出师讲话的当口，脖子上插着信香旗（一种小三角旗，黄色镶红边）的十五六岁的童子首先在驾屋里点燃香烛，给土地神三叩头，让土地神保佑他们出师吉利，后出门燃放爆竹，以敬天地。然后会头一声令下："出发！"队伍就浩浩荡荡地出发了。会旗是一杆队伍中最大的红旗，旗杆有对把粗，旗子抖开后随风呼啦啦作响，一般人是挑不动的，须选出全村最有力气的"大力士"挑着。旗上用黄丝绒线绣的"闫山村花车会"几个金黄色大字，在冬日的阳光下熠熠生辉。会旗前导，后面紧跟着挑着各色彩旗的队伍，赤橙黄绿青蓝紫，像一道彩虹罩在大队人马前面。再后面是骑着驴马骡的玩友们，每头牲口的脖子上都系着各色丝绸带子，一条条流苏直垂下来，有的牲口脖子上还拴着铜铃铛，走起来叮当作响，仿佛在奏着一支美妙的进行曲。每头牲口都有专人牵着。最后是鼓乐班子，由大铜锣领头，咣咣咣咣的锣声响彻山谷四野。整个队伍好比皇帝出巡，声势浩大，威风八面。

每到一村，插信香旗的童子要率先到土庙子、驾屋土地神那儿插上信香旗，然后烧香、放炮、磕头。信香旗即是信号旗，既是昭告神灵又是通知人们，信香旗到了就是会到了，谁先插上信香旗谁先演出。如一村有两个或更多的会同时到达，那么先去土庙子或驾屋插上信香旗的会先演出，这是必须遵守的会规。因此，插信香旗的童子要选跑得快、动作麻利的小伙子，否则，先到还要后演出。

跑会的大队人马到了，会头老远就迎上去，双手抱拳表示欢迎，并一一递上香烟。跑会的人因为急着赶场子，是不愿意稍事休息的，一般都是边吸烟边布置演出。一天下来要演出多少个村庄，是头天晚上就规划好的，如果动作慢了，就会完不成预定的任务。

除了跑会，还要"勾会"。所谓"勾会"，即是将附近或几十里外都比较有名气的会，"勾引"到自己村里来上演。这属于人之常情，老驴蹭痒，一来一往嘛，你不来，我怎么往呢？同时也是为了显摆，让他们看看我们的会也挺棒的，相互取长补短，促进文化交流。由于场子里常常挤满了乱跑的妇女和小孩，影响演出，正式演出前，会头首先要去打开场子，把抱小孩的妇女和乱跑的小孩子们赶到场边上去，并给他们画上线，不准越"雷池"一步。演出开始后，鼓乐奏起来，花车出现在场子里。推花车的人头戴黄丝巾，上身穿着银白色的丝绸小褂，较为紧身；下身穿着肥大的黑裤子，裤腿有口袋那么粗，用绿丝带扎紧，脚蹬青布鞋。他故意把屁股高高地撅起，东磨一下，西磨一下，好像他的屁股比孔雀开屏还要美丽，有意摆弄给人看似的。他一副很用力地推着花车的样子，实则一点力气也不费，故意摆个花架子，卖弄风骚罢了。花车很像花轿，装饰得五彩缤纷。轿帘掀开着，新娘子打扮得如花似玉，是我伯父邢印堂饰演的。他长着一副白净的瓜子脸，很适合饰演新嫁娘。他脸上搽着白粉，嘴唇涂着口红，眉毛画得漆黑而修长。上身着红褂子，下身着红裤子，脚穿红鞋，鞋面上绣着荷花，浑身上下红得晃眼。他双手扶着轿杆，腰肢一扭一扭的，走起路来像风摆柳，活脱脱一个新嫁娘。花车前面是打晴伞的人，他头扎红巾，一边指挥花车前进，一边手摇晴伞，指挥乐器班子伴奏。花车后面跟着风婆婆，是由闫泗密饰演的。他生就一副老妈子脸，连唱歌也酷似老妈子腔调。他头扎黑毛巾，上身着老蓝布大襟褂子，大襟褂子很大，几乎长到膝盖。他将两个驴蒙眼罩（驴子推磨时用的眼罩，用秫秸皮编成）罩在胸前，鼓鼓的，把大襟褂子顶起老高。手里拿着一把老蒲扇，边走边扇着风凉。他走起路来前走走后退退，就像要被风刮倒一样，他一会儿歪到这边，一会儿又歪到那边，专拣人多的地方歪，专往小孩和妇女们身上歪，小孩和妇女们都吓得连忙往后躲，呼啦啦竟倒了一大片；又像喝醉酒一样，踉踉跄跄的，人们都大笑起来。他边扭边唱道："俺老妈子脸焦黄，那年坐月子受的凉。老头子好赌博，他不给俺称姜糖。俺一百钱买个红糖球，光有仁没有瓤。俺张开大嘴吞下去，卡在嗓子眼正当央。三个男人一起掏，疼得俺不叫爹来光喊娘。哎哟哟，疼得俺不叫爹来——光——喊——娘……"到了演出高潮的当儿，当地会头用托盘端来几样果品，摆在四个果碟里，劝玩友们休息一下，吸烟喝茶吃果品。这些果品是专门慰劳玩友们的，其他参会人员无法享受得到。

这样一场赶一场的跑会，一天要赶十几场呢。有些跑龙套、牵牲口的小伙子家里穷得做不起鞋，穿着山草编的鞋，几天跑下来，有的把脚磨破了，有的脚上打起了血泡。从正月初二一直要演到正月十五元宵节，算下来，每个人要跑一千多里路呢，真是名副其实的"跑"会。苦则苦矣，但没有一个人叫苦，大家都很乐观。我想这是一种精神，是一种民族血脉里的文化传承因子在支撑着他们。

农历正月十五是黄集赶庙会的日子，黄集庙会是周围二三十里之内的一个大庙会，赶会的人特别多，可谓人山人海，摩肩接踵。黄集大庙更是香火鼎盛，香客络绎不绝。这一天，也是各路跑会大军大显身手的日子，周围二三十里之内的村会都要到这儿集中演出，用现在的话说叫"文艺会演"，以此拔出头筹，评出奖次，庙里拿出香火钱进行奖励。按规定是先插信香旗者先演出，于是，二三十里内的村会鸡不叫就忙着往黄集庙会赶。鼓乐班子要跟在插信香旗的小伙子后边进大殿，奏乐、烧香、磕头、放炮……信香旗是依次往后排着插的，演出也是按照插信香旗的顺序排着演的。演出在庙前的大戏台上举行，评委由庙里的住持、社会各界知名人士和各村会头组成，演出结束拔完头筹颁发奖品后即宣告当年的跑会结束。

　　这样的跑会年年在农村的春节期间上演，极大地丰富了人们的精神文化生活，愉悦了人们的身心。随着科技和多元文化的发展，跑会这种古老的文艺形式已日渐式微，但它所具有的价值与意义值得人们重视与思考。

关于邢楼村

起　源

　　关于邢楼村的起源，我曾听父亲和村里一些老年人讲过，并根据《邢氏族谱》进行了核对。二十世纪九十年代我曾参与了《邢氏族谱》的修订工作，为探究邢楼村的起源曾经走访了不少地方，并多次和族人研讨、考证，相信具有一定的权威性和可信度。现整理记录下来，以备有意考证者借鉴。

　　据民国六年所撰的《邢氏族谱》记载，邢氏族人起源于周封邢国，始祖姬苴。西周初，周成王即位时年幼，由文王四子周公姬旦辅佐，为感谢周公的恩德，周成王封周公姬旦四子姬苴靖渊于邢国，姬苴是第一代邢侯，其后又传了十九世。邢国是严格遵照周公之礼制建立起来的侯国，建都于今河北省邢台市，封国的北边是燕国，南边是卫国，东边是齐国。当时位于邢国西北方的戎狄多次骚扰周疆，邢国严守中原门户，抗衡戎狄达四百余年，使其不能踏入中原一步，由此可见邢国对于周王朝的重要性，也更显示出邢国对于周王朝的忠心耿耿。公元前661年，戎狄再次侵犯中原，这一次邢国战败了。但由于邢国与齐国关系很好，邢侯夫人多是齐国的公主，有姻亲关系，因此齐桓公联合曹宋两国，赶走戎狄，帮助邢国在夷仪复国。邢国特意将新建都城东面的城门命名为"望齐门"，以感念齐国的恩德。公元前635年，卫国进攻邢国，用阴谋挟持邢国太子，邢国城破国亡，享国祚四百余年的邢国自此退出历史舞台。邢国由于列国纷争，迁徙至山西洪洞县。明成化十七年，呈皇命仕徐州邳地者，始迁祖子忠公，居邳建邢家楼，衍袭守业，富贵冠于一方。清顺治年间朝廷颁旨，勒剿吾族。祖为所迫，暂避衡集，夫邢楼衡集不暇避差，是以七世祖闻诗公迁睢宁境内，建邢圩、大户、汪南。七世祖闻经公徙铜山境内，复立邢楼，亦有砀山、五河、南京者，星布国东，至今邳州置乡仍以邢楼冠名，存志可考，楼址场迹赫然存焉。民国六年，绍彦公、兴隆公奉谱往示衡集族众，遂就邢衡合谱，乃为同支同脉。

　　家族辈分二十字：伦绍兴宗印、敦思永泰成、自修宜法宪、振世启文明。

邢氏家族延续至今只有二十余世，笔者为十九世。邢氏家族一世祖自子忠公始，子忠公是明成化十七年从山西洪洞迁来的，之上无谱记载或谱已失传，无从可考。二世祖兄弟三人，老大邢均宝，老二邢均礼，老三邢均让。邢均让为我族人嫡系祖宗，明朝进士，入翰林院，为云南、贵州、湖南、湖北、江西五省总督，也有说是督察官的，总督府设在湖北黄冈。朝廷颁旨赐邢均让堂号"文昭堂"。

明朝时中原地区人口稠密，农业和商业经济发达，边疆和沿海地区相对落后，人口稀少。为开发这些落后地区，也为了疏散人口，明朝先后实行六次人口大迁徙。我们邢氏家族据说是第三次大移民时从山西洪洞县迁到今江苏邳县境内的。我们邢氏家族老家在山西省洪洞县喜鹊窝大槐树附近，移民时洪洞县县长姓邢。百姓留恋乡土，不愿离开自己亲手建好的家园，这也难怪，日子过得好好的，谁愿意迁到一个荒凉的地方去重新开发安家呢？建一个新家谈何容易！于是，许多人开始造谣说谁跑到大槐树下就不迁谁，上面有邢县长扛着。一时间，方圆百八十里之内的人们都纷纷拖老带少地往大槐树下跑。有人将此事禀报朝廷，朝廷责问县长，但这是人们私下里造的谣，县长并不知情。朝廷下令逮捕造谣者，并用绳子将跑到大槐树下的老百姓拴在一起，由负责迁民的官员和兵丁押解，强行迁移。据说解手的典故就是出自于那时候。

邢氏族人迁到邳地安家后，村名取为邢楼，即原邢楼公社，现邢楼镇。到七世祖时，族人仓皇出逃。邢氏族七世祖弟兄俩，老大名叫邢闻诗，清顺治二年从邳县邢楼逃往现睢宁县境内建了个村庄，村名邢圩子。老二名叫邢闻经，清顺治二年从邳县邢楼逃到黄河北岸河北头张伯亮的地盘上。弟兄俩之所以分头逃跑，是为了避免被官府赶尽杀绝。邢闻诗和邢闻经弟兄俩出逃原因是他们的近房"高能强"弟兄仨犯抄。老大邢高，老二邢能，老三邢强，他们弟兄仨有钱有势，为一方恶霸，经常强行抢占穷人的土地。不仅如此，他们还年年打响场，即把一大片土地从底下掏空，架上木棒，木棒上拴铜铃铛，上面覆上土，用骡马拉石磙子打空场。骡马脖子上亦拴有铜铃铛，跑起来连上带下一齐响，像是美妙的交响乐，数里路外亦可听到，以此炫耀自己的富有。周围百八十里之内的人提起他们弟兄仨就如谈虎色变般，甭说得罪他们了，就是背地里说他们一句坏话，传到他们耳朵里，也定叫你活不过当天晚上。尤其是老二邢能，更是能得头上长角，坏得脚下流脓。有一天，他在庭院里溜达，忽然心血来潮，让其母上楼往远处看，说母亲能看到哪里，哪里的土地就都是他的了，姓邢了。其母见他如此黑心，为富不仁，便笑笑说："俺如今年纪大了，老眼昏花，只能看到楼下三尺远。"他听后勃然大怒，跳着脚喊："好你个老不死的，不知好歹，俺好吃好穿地供着你，你竟然胳膊肘往外拐，俺算是白孝敬你了！

你既然只能看到楼下三尺远，那这三尺土就是你的葬身之地！"说完，他顺手将其母推下楼摔死了。

在封建社会里，子弑父母那可是弥天大罪，按律要灭九族的。其舅舅将邢能告上衙门，官府要抓他，灭其九族。邢闻诗和邢闻经弟兄俩因是邢能的近房，在九族之列，故闻讯后连夜分头出逃。老二邢闻经逃至黄河北岸黄河大堤下安家，若干年后发大水，黄河决堤，冲出张庄湖，湖北头成了一片汪洋，不能居住了，只好搬到距此二里多地的湖东小闵庄去住。

邢氏家族十一世祖从湖北头搬出，弟兄六人，世称"小六房"。老大邢洪佑，老二邢洪贝，老三邢洪璐，弟兄仨搬到现邢楼村（原湖东小闵庄）；老四邢洪元、老五邢洪桃、老六邢洪宣搬到现张庄村（湖西）张伯亮仓库处。前后两排几十间仓库皆用小瓦砌成，仓库边上有一口水井（伯亮井）供看粮库人吃水。邢楼村前楼在现李锦坤住处，李锦坤盖楼时挖地基，曾挖出许多大条石（楼基石）。邢楼村后楼楼址在现邢敦辉宅基上。前楼和后楼皆为邢氏家族十一世祖所建，楼房盖得很是高大，据老年人说，坐在楼上能看到十八里外的双沟后堰（黄河南岸古堤）。因是邢姓盖的楼，故名邢楼。取名邢楼，分明有怀念故土邳县邢楼老家之意，乡愁总是每个人心中最美丽的忧伤。及至邢氏家族十四世祖邢伦洋，人称邢老五，更是有钱有势，在徐州东乡百把里地闻名。当时徐州东部有五个五最出名，号称"五只虎"，有邢五、闫五、赵五……县官上任，巡视乡里，路过邢楼村，都要下轿拜望邢五，邢五当年的威风可想而知。

由此算来，邢楼自建村到现在已有三百多年历史了。斗转星移，沧海桑田，截至 2018 年，邢楼村已有三百余户人家，一千五百多口人，成为一个聚族而居的大村庄。

十里长堰

邢楼村地处黄河故道边，坐落在十里长堰下，属黄泛区。古时候，因黄河水经常泛滥成灾，便修了这道拦水大坝——十里长堰。当地流传的民谣是：(秦始皇)南修黄堰挡黄水，北修长城挡鞑兵。就是说，十里长堰和万里长城是秦始皇时期修筑的两项大工程，年龄相仿，已有两千多岁了。后来历朝历代都曾多次进行维修，还委托专人进行护堰管理。离我们村西二里路有个水口村，相传是清朝时派来护堰的一对姓李的夫妇传下的后代，现已有三四百口人。村里一律为李姓人家。

我在孩提时就曾听老年人讲，三牛单，二牛盘，一辈一辈往下传。祖祖辈辈的传说是，秦始皇是个大暴君，残酷地剥削和压迫天下百姓。修黄堰时，强征民夫，横征暴敛，搞得怨声载道，民不聊生。那时候挖土运土没有车拉马驮，都是人工肩担背扛，还有当官的手持皮鞭监工，动作稍微慢了非打即骂，民工们因累饿而死者不计其数。土头活这么重，每人每餐却只发给两个烧饼，连盐豆咸菜也没有，用白开水下饭。官家绞尽脑汁剥削老百姓，发工钱的方法颇有创意，他们用一个长方形簸箕装铜钱（制钱），将铜钱一行行睡倒，像摞瓦片一样一个紧挨着一个挤得严严实实，从下往上能摞七八行，从左往右能摞几十行，偌大一个簸箕里塞得满满登登，就像是一个写满了甲骨文的大龟壳。当官的手持皮鞭站在簸箕边上，运土的民工经过簸箕时只准动手抓一下。但铜钱挤压得那么紧，有劲使不上，任谁也休想抓走一个子儿，即使是大力士也徒叹奈何。如果抓钱的动作稍微慢了点儿，皮鞭就会落到头上。民工们成了名副其实的"杨白劳"，工钱等于零，可怜的老百姓有泪只能往肚里咽。然而工地的劳动强度却是惊人的，整个工地似一锅沸腾的水，民工们蚂蚁搬家一般从几十米外的护堤河里挖土抬上大坝，铺一层土还要打一遍夯。若从黄堰挖土，切开后会发现土一层一层的，像页岩一样层层叠起来，这便是古代打夯的痕迹。打夯时，八个壮汉喝着号子用绳子拽起石磨。繁重的体力劳动再加上挨大饿，有人打夯时被别人的绳子拽趴在地上，便再也没有爬起来。

由于黄河是地上河，汹涌的黄河水从黄土高原奔涌而下，冲下来的黄土越积越厚，河床越抬越高，因此，黄堰要修得十分高大，十分坚固，才有可能挡住肆虐的黄河水，使之不至泛滥成灾，危害沿岸百姓。修筑好的黄堰十分巍峨，高十几丈，宽七八丈，在邢楼村南面立起一扇巨大的屏风，为故乡遮风挡雨。听老年人口口相传，初修好的黄堰比山还高，拉庄稼的太平车从黄堰上下来，要好几个人用粗木棍别住车辘轳，一点一点慢慢放行，稍有不慎，就有车翻人亡的危险。早上起来，家家户户拉开大门，第一眼看见的便是高高的黄堰，从而油然而生一种平安踏实的感觉。初升的太阳爬上黄堰，送来万道金光，也带给人一种暖融融痒酥酥的惬意，这一天的心情便晴朗起来。在家乡人心里，巍巍黄堰就是万里长城，就是挂在脖子上的平安佛，为他们构筑一方平安。

黄堰连接着东山和西山，像一条长龙蜿蜒盘旋在两山之间的大平原上，号称"十里长堰"。在我小的时候，十里长堰种满了刺槐树，每逢谷雨前后，堰上开满了刺槐花，便像是下了一场铺天盖地的大雪，锦缎似的阳光波浪般涌过来，无边无际的槐花分明是被阳光炒熟的香料，花香淹没了整个村庄，成群结队的蜜蜂和蝴蝶在花海里舞蹈。我整日和小伙伴们在花海里藏猫猫，捉蝴蝶，疯得昏天黑地，天黑透了也不愿回家，直到家人千呼万唤，才意犹未尽地回家吃晚饭。我们经常用竹竿打槐花，回家让娘亲做槐花粥喝。那槐花粥嫩嫩的，裹着青涩和芬芳，花苞尚未完全绽开，青白里含着芳蕊，喝到嘴里，甜里带着香，柔里包着润，实乃人间一大美味。在二十世纪五六十年代"瓜菜代"的岁月里，人们将落地的老槐花扫起来，晒干后收藏起来，作为熬度漫长冬季的食粮。槐花啊，曾帮助家乡的父老乡亲度过一个又一个苦难的日子。

我曾和一帮小伙伴们在黄堰上分国打仗。毛头、铁蛋、狗抢、山荒等七八个人扮演日本鬼子，我和几个小伙伴扮演八路军。我们端着"长枪"（秫秸棒子）在黄堰顶上一拉溜趴下来，眯起一只眼，瞄准正在爬堰的"日本鬼子"，嘴里"叭——勾，叭——勾"地嘟囔着，还不时地扔"手榴弹"（土坷垃）。"日本鬼子"纷纷应声倒地，往黄堰下滚去。我们跃出"战壕"拼"刺刀"，还活捉了几个俘虏，"日本鬼子"跪在地上举双手投降，直把我们乐得一蹦八丈高，一齐举"枪"高喊"小日本投降了，我们胜利了……"

二十世纪八十年代初，联产承包责任制开始实施，十里长堰也承包给了千家万户。有人刨掉刺槐树，将黄堰推平，种上庄稼；有人将承包的黄堰挖去垫宅基，盖上小高楼。十里长堰已是千疮百孔，昔日巍峨高大的形象已不复存在，但十里长堰永远高高矗立在邢楼人心里。

土地庙

老家邢楼村东南角有一座土地庙，离村庄约有百余米。庙高不过三米，占地面积不过四平方米。庙属实心的方形建筑，庙门凹进去，正中端坐着土地爷，也就是土地神。庙檐前伸，为土地爷遮风挡雨。这座庙不知建于哪个朝代，大概自从有了我们邢楼村便有了土地庙吧。土地是人们赖以生存的基础，人们年年要到土地庙前烧香摆供，磕头作揖，祈求土地神开恩，降福人间，祈祷天下太平，五谷丰登，人们安居乐业，合家团圆。土地庙也是供村人祭祀、祈福、许愿的地方。谁家老年人仙逝了，开丧送殡，由儿子捧着哀棍子（哭丧棒），妇女们抬着汤罐子，披麻戴孝，一条白龙般逶迤而来，围着土地庙转三圈，响手（唢呐）班子则吹得震天价响。孝队一拉溜排开，人少的排一两队，人多的排四五队。整个孝队齐刷刷跪拜，烧香摆供，磕头作揖，祈求土地神敞开胸怀，接纳死者安眠。跪拜者极其虔诚，场面甚为隆重。我小时候曾多次见过这种场面。

听老辈人讲，旧社会时经常有人去庙上祈求平安，那年代缺医少药，老人孩子有个头疼脑热的，便去庙上祷告，祈求土地神保佑。

土地庙在"文革"中被红卫兵推倒，原址上已建起高楼大院，成为村民委员会办公的场所。

大柳树

邢楼村正南方的黄堰南坡下有一棵大柳树。听村里的老年人说，这棵大柳树几乎和邢楼村同龄，已有好几百岁了。树干特粗，三个大人手扯手都搂不过来，树冠更是遮天蔽日。它是我们邢楼村的一棵神树，更是邢楼村的一张名片，村子因树而闻名乡里。

　　各种各样的鸟儿纷纷在树上做窝，大柳树俨然成了鸟的天堂。"万条垂下绿丝绦"，大柳树似在舞着长袖，招呼劳动归来的村民到它的裙下乘凉歇脚，又似在呼唤远方的游子回归故里。烈日里，大柳树撑开一把巨大的绿伞为人们遮阳；雨天，大柳树撑开一方晴朗，敞开怀抱，为人们挡雨。炎热的夏夜，大柳树下成了人们避暑的圣地。吃过晚饭，大老爷们儿多是头顶着芦席，手摇老蒲扇，成群结队地聚到大柳树下，天南地北，家长里短，似有唠不完的嗑，更有"古辞先生"给大家讲故事。"古辞先生"是个故事篓子，他讲起故事就像老母猪下崽，生了一窝又一窝，似乎永远也讲不完。讲到高兴处，人们开怀大笑，笑声热烈而粗犷，浑厚而深沉，融合了泥土的芬芳，点亮了远远近近的风景。长长的柳条一层层垂下来，仿佛墨绿色的瀑布。蝉儿在树上一声声地歌唱，上演着一台多声部音乐会，把个闷热的夏夜撩拨得一路升温，人们不闹到"夜半钟声"是不会入眠的，老爷们儿多是穿着大裤头，仰面躺在地上。下半夜时不时地"竹露滴清响"。露珠儿滴在身上，传递着一种凉飕飕痒酥酥的快感。东方刚泛鱼肚白，鸟儿的大合唱就开始了，百鸟亮开歌喉。大柳树成了天然的大舞台，鸟儿的歌声从繁密的枝叶间挤出来。大柳树下的人们再也睡不着了，他们以手支撑着头，眯着眼睛，支起耳朵，卧听百鸟的喧声，尽情地享受这来自大自然的天籁。

　　我和一群儿时的玩伴夜里在大柳树下睡觉，白天经常上树玩耍。大柳树太粗，我们抱不过来，自然也爬不上去，只好"接竹竿"，就是一个顶着一个往上爬。我们在大柳树上攀缘，追逐嬉戏，藏猫猫、种南瓜、登天梯……我们像猴儿一样攀着树枝，熟练地钻来钻去，天长日久，我们在大柳树上走出许多条"路"来，悠来荡去，好玩极了。大柳树是我们成长的摇篮，我们也像树上的鸟儿一样，在大柳树的怀抱里长大，然后飞向四面八方。

　　我们村里有个年轻后生，只知他小名叫毛蛋，从小就会吹竹笛，无师自通，一管竹笛吹得出神入化，韵律悠扬，似鸟儿在天地间飞翔。村里有个叫二妮的姑娘，天生一副好嗓门，她唱起歌来银铃般脆响。毛蛋背靠大柳树吹笛，二妮在村里和唱，唱着吹着，吹着唱着，他们便走到了一起，并且经常在大柳树下约会，大柳树成了他们的红娘。他们在大柳树下跪拜起誓，此生永结秦晋之好，风雨同舟，白头偕老，并在大柳树上系上红布条。像这样的自由恋爱，自主婚姻，大柳树不知见证了多少。

　　自从土地庙被推倒之后，大柳树便代替了土地庙。人们祈福、许愿、求子、烧香磕头都到大柳树下。大柳树的枝枝丫丫都系上了红绸带，打扮得花枝招展，益发显得年轻。

　　前几年我回故乡，首先去找大柳树，眼前的景象却令我惊讶得老半天合不拢嘴，大柳树竟然没有了，只剩下一个比碾盘还粗的树疙瘩平平地躺在地上，它的血已经流干，表面黑乎乎的，结满大大小小的血痂。我无法接受眼前的事实，更无法控制自己的感情，我想跳，我想叫，我的心在流血，说不出有多难受。

……

美西湖

一提起西湖，人们很自然地联想到杭州西湖，其实本文所写的西湖与杭州西湖一点儿关系也没有，纯属名字巧合而已。

西湖，在我的老家邢楼村西面，距村庄约莫半里路光景。西湖是黄河水冲决十里长堰而形成的一个大水潭，原名张庄湖，因湖西北的张庄村而得名。因为张庄湖地处邢楼村西边，所以我们邢楼村人便称张庄湖为"西湖"。

说起张庄湖的美，游览过的人没有不跷大拇哥的。我们村里一个曾去过河北白洋淀的人说，西湖就是个名副其实的小白洋淀。他说，若要问西湖与白洋淀孰美？只能说是难分伯仲。白洋淀美得大气，辽阔而恣肆；西湖则显得小巧玲珑，外柔而内秀。相较之下，白洋淀好比七尺男儿，西湖则是小家碧玉。

西湖南北长约二公里，东西宽约一公里，偌大一块水面，长满一片一片的芦苇和蒲草。没长芦苇和蒲草的地方则被隔成一个个或大或小的汪塘，我们管它叫"明水塘"。仿佛一块块玻璃镜面镶嵌在一个个翡翠镜框里，摇荡着蓝天白云，青山绿村。细小的波纹卷着锦缎般的阳光层层展开，闪闪烁烁，明明灭灭，碧波荡漾，迷离着人的眼睛。西湖东岸自南到北有三个码头，木做的小舟两头翘起，用竹篙撑着，在湖面上悠悠地荡，荡出一首美妙的《梦里水乡》。儿时，我经常和小伙伴们撑着小船在湖里捞菱角。菱角又大又黑，只是皮太硬，不小心，那两根尖刺还会刺破你的手，用嘴使劲咬开黑皮，里面便是白白的脆甜的菱肉。我们很少生吃菱角，多是拿回家用水煮了吃，煮熟的菱肉面面的，确是一道美食。我们小朋友经常将煮熟的菱角装在衣兜里当零食吃，有时还装在书包里带到学校里去吃。在生活困难的年代里，菱肉确实挡饿呢。湖水里还生长着许多芋草，这种水草长出很长的秧蔓，可食用；叶子圆圆的，叶片厚厚的，亦可食用。二十世纪五六十年代吃大食堂那几年，生产队里曾派人去湖里捞芋草，切碎后蒸菜窝头吃，救了不少急呢。芦苇棵里有许多种水鸟，像獐鸡子、芦喳子、野鸭等，偶尔也有天鹅、鸬鹚，更多的是各种叫不出名字的水鸟，它们在芦苇棵里叽叽喳喳地唱歌。这美妙的歌声在湖岸上是听不到的，只有深入到芦苇棵里才能享受到。这些天才的歌唱家给我的童年带来了无穷无尽的乐趣。

西湖是这些小生灵的美好家园，它们在芦苇棵里筑巢做窝，生儿育女。我和小伙伴们曾去芦苇棵里捡过鸟蛋。

野鸭蛋青青的皮，和家鸭生的蛋无异；獐鸡蛋也和家鸡蛋一般大小，只是蛋壳上有许多黑褐色或黄褐色的斑点，乍一看上去像生了铁锈一般。獐鸡蛋和野鸭蛋吃起来格外鲜美，味道可要比起家养的鸡蛋和鸭蛋好得多。

春天来了，芦芽和蒲草从水里冒出来，一夜之间就冒出老高一截。站在十里长堰上往下看，银盘似的西湖被芦芽和蒲草雕刻出一块一块的美玉，摇曳着，拂动着，昭示着顽强的生命力。每逢这种季节，我和小伙伴们就到湖沿无水的芦苇地里拔芦芽吹芦笛。芦笛含在嘴里，有一种润润的清甜的感觉。芦笛能模仿各种鸟叫，我们一群小伙伴经常在一起比赛，看谁吹得响，看谁学得像，看谁吹的鸟声种类多，有时玩得忘乎所以，竟忘记了回家吃饭。

俗话说得好，靠山吃山，靠湖吃湖，西湖里丰富的物产滋养了家乡的人民。夏日的西湖，蓊蓊郁郁地生长着各种植物，有芦苇、蒲草、水葫芦、菱角、水抓秧、水杂草等，此外还有丰富的鱼类资源。我和小伙伴们常到西湖里捋蒲黄吃。蒲黄是从蒲草中心长出来的，外形很像蜡烛，呈金黄色。蒲黄长在茎的上端，用手一捋，便整个儿地捋在手心里了，往嘴里一送，甜中带香，香中带面，还透出些许青涩，吃过之后，嘴唇也染成金黄的了。这种东西挡饿着呢，是西湖出产的又一道天然美食。在那个年代，不少人去西湖捋蒲黄回家和少量粮食掺在一起摊煎饼吃。蒲黄成熟后叫蒲棒，是不能吃的，外表是紫红色的，用手剥开，里面尽是蒲公英一样的绒毛。

邢楼村里有几十个捕鱼为生的渔民，他们多在夏秋季节捕鱼，春冬时节为休渔期，让鱼儿休养生息，产卵繁殖。他们懂得珍惜大自然的馈赠，绝不赶尽杀绝。渔民中有个最有名的捕鱼能手，外号"五老头"，人们多称呼他"鱼鹰"。他能根据水面冒出的泡，知道水底下藏着什么种类的鱼。令人惊奇的是，他并不到冒水泡的地方去捕鱼，而是到离水泡五六米或十几米远的地方去下罩或网，并且一逮一个准。他还能根据水波的大小判断出鱼的大小。小鱼他是不捉的，说是捉了太可惜，正长着呢，等长大了再捉也不迟。人们都说，西湖就是他家的水缸，鱼虾就生活在他家的水缸里，他想什么时候捉，手到擒来，从不失手。有一次，我亲见他的两个儿子用扁担抬着一条大鲤鱼，他自己扛着渔网跟在后面，吆喝着在村里卖鱼。这条大鲤鱼红红的尾巴，太漂亮了，二人抬着，尾巴还拖在地上，让人啧啧称奇。我们一群小伙伴跟着看稀奇，这条鱼少说也有三四十斤重，五老头边吆喝边用刀子割肉卖。有人拿着大碗或小钢盆来买鱼，五老头便用刀子给他们割一大碗或一钢盆鱼肉。他卖鱼不用秤，乡里乡亲的，随便给点钱就成。五老头是个大好人，人们都喜欢买他的鱼。

深秋时节，一夜之间，芦苇全都白了头，西湖仿佛穿上了白色的纱裙，在西风的吹拂下翩翩起舞。芦花随风飘荡，落在地上，滚成一团一团的，整个村庄都罩在柔软的芦花里。芦花可用来编织老毛翁，也叫毛窝子，底下钉上鞋瓜板（竹板），里边再铺上麦穰、旧棉絮等，保暖得很，走起路来呱嗒呱嗒响，就像打瓜板一样，所以又叫鞋瓜板。在那个困难的年代里，村民冬天做不起棉鞋，大人小孩男女老少几乎都是穿着老毛翁过冬的。这种老毛翁虽然外表难看，像个小老头，但穿在脚上格外暖和，不怕泥泞和雪窟。严冬时节，你就听吧，村里到处都是"呱嗒嗒、呱嗒嗒"的老毛翁敲击地面的声音，成为邢楼村里的一道风景。

每年下过苦霜之后，湖里的芦苇和蒲草才能成熟，每到这时，生产队便组织男劳力前去收割。深秋季节，天气颇冷，为防止下水后脚被苇茬扎破，生产队长从集市上买来用筒编织的筒鞋，鞋底和鞋帮都编织得厚厚的，每个下水割芦苇和蒲草的男劳力发一双筒鞋，一把新镰刀。生产队会计又从集市上买来一坛大庙酒厂出品的八角五分钱一斤的白芋干子酿的酒，在下水之前，每人抱坛饮几口，不是以壮行色，而是为了串活血液，心里暖和，以抵御刺骨的冷水的侵袭。1969年暑假，我从卢套中学毕业后，于当年深秋，参加了生产队里的割芦苇劳动。初下至齐腰深的水里，冷得全身打战，那种钻心的凉意用语言是无法形容的。约莫半个小时后就不冷了，两腿麻木了，好像腿已不在自己身上了，这样一直割到夕阳西下才准上岸。每个生产队只有一只小木船，由熟练的舵工往岸上来回搬运芦苇和蒲草。运上岸的芦苇摞成一大垛，蒲草则要铺在地上晒干。芦苇用来盖房子做苇笆用，也是苫屋的好材料，但价格太贵，一角多钱一斤，社员没钱苫不起，只能少买一点作屋笆用，苫屋则用麦穰、茅草等比较廉价的材料。芦苇也可用来切折子（一种圈粮食用的东西）或编睡觉的芦席、遮阳光的席棚子。编的丈五席多卖给国家，国家用它来遮盖粮食或那些既怕晒又怕雨淋的物品。蒲草多用来编织蒲包、蒲扇等物品，编织的蒲席多卖给国家，作为包装袋使用。三年困难时期，我们邢楼村家家户户老老少少都编蒲席卖，挣点钱买救济粮。我直到现在还会编蒲席呢，那曾经救过命的手艺至今未敢忘记，它已刻进岁月的年轮，恐怕这辈子也不会忘记了。二十世纪五六十年代，我们邢楼村每个生产队每年要出售好几万斤芦苇和蒲草，社员分配下来，是一笔不小的收入哩，是西湖养育了我们！

　　冬天到了，冰冻三尺，西湖似一块硕大的明镜在阳光下折射出耀眼的银白。西湖成了我们小朋友天然的游乐场，我们在上面溜冰、玩耍，笑声在湖面上回荡。

　　数九天，正是拾冻柴的大好时机，因为割过的苇茬只有在上大冻时节才能刨，不上冻的时候土地黏糊，刨起来容易伤到芦根，影响来年芦苇生长。每天鸡一叫社员便起床去湖上拾冻柴。他们推着土车子，更多的是挑着箩筐、畚箕，扛着扫帚、竹耙或铁耙，全家出动，只有走不动路的小孩和七八十岁的老年人留在家里"享福"。每到这时，村子里鸡鸣犬吠，通往湖堤的路上挤满了拾冻柴的人群。他们在浅滩上刨芦茬，一镢头下去刨出一个白印子，器物碰撞声叮叮当当连环响。湖滩上到处都是人，男女劳力刨，小孩子用竹耙或铁耙、扫帚将刨下的芦茬归拢在一堆。数九寒冬，北风刺骨，很多人直干得脸上冒汗，他们要趁冻加紧干。太阳出来之前，他们还要赶回家参加生产队劳动呢。人民公社时期，生产队里只分粮食，不分柴草，柴草全靠自己去拾，所以才会出现冬天拾冻柴秋天扫树叶的情况。

西湖孕育了丰富的物产，湖水更为宝贵。每逢旱季，两岸各条船路上都安装上抽水机，清澈的湖水便沿着一条条大渠道输送到两岸的大田里，灌溉周围十几个村庄的几万亩良田，庄稼年年旱涝保收。二十世纪七十年代家乡实行旱改水之后，两岸人民又用西湖水灌溉稻田，真可谓"一条大河波浪宽，风吹稻花香两岸"。西湖用她甘甜的乳汁哺育了家乡人民，不愧为家乡人民的"母亲湖"。

西湖的美，美在家乡每个人心里，把家乡人民的生活点缀得多姿多彩，养育了世世代代的父老乡亲。请让我再一次虔诚地祝愿：美丽的西湖永葆青春，永远是这样美，美得醉人！

南大沟

传说古代修黄堰时，在黄堰南面三十多米远处挖了一道护堤河取土，两千多年过去了，这条河仍然在缓缓流淌，我们邢楼人管这条河叫南大沟。南大沟不是笔直的，而是顺着绵延的十里长堰逶迤而去。河宽二十余米，河面上横跨着一座五孔石拱桥。这座桥无文字记载，不知始建于哪个朝代。经年累月的风剥雨蚀，雪压霜侵，车轧人踩，驴踢马踏，桥面已是千疮百孔，凹凸不平，桥孔的每块石头都已变成了黑褐色，密密麻麻长满了老年斑。石头缝里黑乎乎的青苔宛如老人脸上隆起的褶皱，叙说着时光的斑驳。虽然石拱桥已是老态龙钟，但身子骨依然硬朗，任身上车水马龙，仍是坚如磐石，挺腰负重。

小时候，有一年黄河发大水时，我和一群小伙伴正在石桥上玩耍。黄褐色的浪头从南大沟里汹涌而来，扑上桥栏，竟有一条红尾大鲤鱼跳过桥栏，落在了桥面上，我一把将鱼按住抱回家，竟有五六斤重呢。家里人说这是鲤鱼跃龙门，预示着我的命运，直乐得我夜里睡觉时还合不拢嘴。

冬天干河的时候，我常和小伙伴们在桥下捉迷藏，一会儿从桥下转到桥上，一会儿从这个桥孔钻进那个桥孔，跑来跑去，直追得气喘吁吁，汗流浃背，却总也追不上那个"猫猫"。欢声笑语从桥孔里兜着风儿飞出去，传得很远很远，整条南大沟都灌满了笑声，发大水一般一浪接一浪地向远方流淌……

南大沟两岸矗立着两排古柳，宛如两道绿色长城夹护着南大沟。夏日发大水时，有三三两两的小木舟系在古柳上，那是渔人捕鱼用的小船。我常和小伙伴们解开缆绳，撑着小木舟，在南大沟里游荡，并随口哼起"一条大河波浪宽……"河水、古柳、歌声、渔舟，再配上鸟语花香、蓝天白云，真有点江南水乡的韵味儿，美得叫人如痴如醉。

夏日的晚上，南大沟便成了大老爷们儿天然的澡堂。暑热难当，吃完晚饭，劳累了一天的大老爷们儿便只穿着大裤头，肩上搭条毛巾，相互招呼着三五成群地去南大沟洗澡。天气闷热，一丝风也没有，知了在两岸的大柳树上敞开嗓门开展拉歌比赛，给灼热的空气再度加温。大老爷们儿甩掉大裤头，赤条条地跳进河里游泳，不泡上两个时辰是不会上岸的。村里有些三四十岁的半老徐娘坐在大槐树下手摇老蒲扇乘凉，有人恨恨地说，这南大沟成大老爷们儿的天下了，咱们连沾都没法沾，他们花多少钱买的专利？真气人！有人说，咱们也去洗吧，兴他们大老爷们儿洗，就不兴咱老娘儿们洗？这南大沟是公共的，人人有份，又不是他们大老爷们儿花钱买的。一听这话，几个娘儿们咻咻地笑，有人还往说这话的娘儿们身上捶了一拳，打诨道，回去把你家男人的"家伙"借来安在你身上再去洗吧。几个老娘儿们捞不着到南大沟洗澡，心生妒意，便搞起恶作剧来，教唆小孩子们去偷老爷们儿的大裤头。于是，几个不谙世事的小孩子便一溜烟地跑去堰南河岸上偷大裤头，回来后用竹竿挑着挂在大槐树上，只等着大老爷们儿上岸来取。大老爷们儿在水里浪够了，一个个爬上岸来。有几个人发现自己的大裤头不见了，左找右找总也找不着，便知道是村里的老娘儿们搞的鬼，因为这种事情已不止一次地发生过，没办法，他们只好选一个代表到黄堰上对着村里喊话。代表一只手拿着毛巾遮住羞处，另一只手围成喇叭状向村里喊话："喂，偷大裤头的骚娘儿们听着，赶快叫小孩子送过来，不然，我们可要光着屁股去你家取啦！"有个外号叫"泼二嫂"的回道："裤头在俺这儿呢，挂在大槐树上晾臊气呢，有本事你就光着屁股来取吧！"哈哈哈……几个老娘儿们笑得前仰后合，几个丢了裤头的大老爷们儿气得跳着脚骂娘。闹腾一阵后，妇女们便叫小孩子用竹竿将裤头从大槐树上挑下来给他们送回去，并对着黄堰大声说："大老爷们儿听着，你们明晚不要再去南大沟洗澡啦，也让俺们妇联尝尝河水洗澡的滋味！"大老爷们儿答道："欢迎你们来和我们一块儿下饺子吃，哈哈哈……"这一系列的恶作剧与玩笑给炎热的夏夜降了温，也解除了人们劳作一天的疲劳。

结束语

如今，我的家乡邢楼村已是户户起高楼，家家奔小康，每个人的脸上都写满了幸福感，勤劳善良的邢楼人正昂首阔步地奔向更加美好的明天。

我爱我的家乡邢楼村！

大福帽

　　五岁那年冬天，姥姥把我接回家里去，要给我做顶大福帽。姥姥说着话，竟唱起了童谣：姑家鞋，姨家帽，不骑马来就坐轿。意思是穿着姑姑做的鞋子，姨缝的帽子，将来可以出将入相，不是文官，就是武将，有前途，有出息，有福气，带有祝福之意。三岁时，姑姑就给我做了一双虎头鞋，红红的鞋面上绣了一只花老虎，穿起来威风八面。可这帽子怎么做呢？我没有姨呀！只好由姥姥越俎代庖了。

　　姥姥颠着小脚亲自到街上选购做帽子的材料，别人去买她老人家不放心。她买了二尺青直贡呢帽面，二尺花牡丹绒布衬里，一块约一寸长半寸宽的银纽饰品，银片上面鼓起一个个小疙瘩，还买了一对金黄金黄的小铜铃铛。姥姥早就留好夏季伏天时精心挑拣的棉花（夏季伏天绽开的棉花保暖性能好），用手小心翼翼地挤出棉籽，用弓弦（一种用荆条弯成的两端拴上几根棉线的弹棉弓）纺棉絮，并亲手缝制。那针脚细密匀称，比芝麻粒还小，横竖成行。姥姥是大家闺秀，女红可是小有名气。

我是早也盼，晚也盼，大约用了一星期的时间，大福帽终于做成了。啧啧，戴在头上好漂亮哟！太阳光下，额头上方的银纽亮晃晃地闪着光；两个猫耳朵尖尖的矮矮的，竖起来似在倾听周围的风吹草动；额头正中是一个用红丝线绣成的大大的"福"字，衬在黑布底上十分耀眼；一对镶了金边的黑飘带从帽子下摆直垂到屁股上，末端各缝上一只铜铃铛，跑起路来叮叮当当连环响，其声清脆悦耳，抑扬顿挫；大福帽长长的，垂至双肩，遮住双腮，只露出五官，像极了现代女郎的披肩发。戴上大福帽，我在门前的大场上疯跑了几圈，左邻右舍误认为是唱大戏的来了，纷纷跑来观看，直把我美得像要飘起来一般。姥姥高兴得将我一把拥在怀里，亲了又亲，眼睛里满是柔柔的泪光。

我明白姥姥的意思，她给我精心地缝制大福帽，一方面是为了我冬天保暖，更主要的是为我一生祈福。迄今六十年过去了，整整一个甲子啊！夜里睡在床上，我屈指盘点着自己曾经的"大福"，却不禁讶然，哪里有什么大福呢？草芥一个，平平凡凡就如路边的一棵小草，实在没有一丁点儿出彩的地方。我的心开始不安起来，这岂不是辜负了姥姥的一片心意吗？我这潦潦草草没心没肺的一生怎么对得住九泉之下的姥姥？呜呼，我的出息呢？我的大福呢？但转念一想，细细数来，我这还没画上句号的一生"大福"也还真的不少呢。

1958年秋，八岁的我就走进了学校大门，这可是祖祖辈辈朝思暮想也没能圆的梦啊！像我这样穷苦人家出身的孩子，若在旧社会，不知到哪儿戳狗牙去了，还想去上学，美的你！我沐浴着共和国的阳光，坐在教室里接受启蒙，学习新鲜的知识，无边无际的幸福向我铺天盖地地涌来，直把我陶醉得热血沸腾。1970年夏天，已初中毕业三年在家劳动的我，突然捡到天上掉下的馅饼，经大队革委会研究决定，让我去学校担任民办教师。我喜极而泣，来不及擦干泪水就一路小跑着赶去上任。1980年，恢复高考的第三个年头，我考取了师范学校。好事成双，我的新诗处女作《春鸟绕着育秧田》也在同年《雨花》杂志第一期上发表，直把我高兴得手舞之，足蹈之，口歌之，辗转反侧，彻夜难眠。

有人说，苦和甜是孪生兄弟；也有人说，甜是苦生出来的子孙，没有苦，哪有甜呢？先苦后甜嘛。苦和甜都不是绝对的，而是甜中有苦，苦中有甜，酸甜苦辣，五味杂陈，关键取决于对生活认识的深度和广度，取决于对待生活的态度。怎么说呢，再甜的日子，也有人把它当苦酒喝，身在福中不知福；再苦的日子，有人却能品出甜味来，当蜜吃，且过得有滋有味，优哉游哉。

　　三年困难时期，我在七里路外的黄集中心小学读书。那时农村社员也和城里工人一样，每户发一个购粮本，每人每天四两大米的口粮救济标准。社员连买咸盐的钱也抠不出来，只好到集上黑市（那时候到处打击投机倒把，黑市是对私人之间的集市贸易的贬称）去卖掉一半口粮，再拿卖得的钱去粮管所购买另一半大米。这样一来，每人每天只剩下二两大米了，分在一日三餐里吃，不够烧稀粥，只得用小拐磨磨成水糊糊，添上一大锅清水烧米茶，再将秋天生产队里分来的干白芋叶轧成糠，用大锅蒸熟，泡大米茶喝，美其名曰"泡茶叶"。每人喝上几海碗大米茶泡白叶糠，哄哄肚皮而已，不消半个时辰，几泡尿就尿瘪了肚子，肚皮贴上了后脊梁，饿得淌急汗。三年间，学生上学中午从来都不带饭，你总不能把大米茶端到七八里外的学校里去喝吧，只好忍饥挨大饿，晚上放学回家再喝几碗大米茶哄哄肚子。时间久了，大部分学生都饿得不上学了，有的还跟着家人去外地逃荒讨饭，而我却始终坚持上学不动摇，无数次的自我鼓励：咬牙挺住，坚持就是胜利，只要还有一口气，就是爬也要爬到学校去上课。因为我热爱读书，书里有无穷无尽的新鲜知识满足我的渴求，它像是具有魔力，只要能读上书，再饿也不觉得饿了，那一个个鲜活的文字就像是一块块香喷喷的面包喂饱了我。我像是一头长年累月跋涉在沙漠里的骆驼，心里有块绿洲，就永远不会迷航，就会义无反顾，一往无前。我把这暂时的困难当成是一种磨炼和考验，是对我初涉人生的一次考试。在我看来，这是一种难得的人生经历，磨砺出我坚毅的性格，塑造出我百折不回的品质。现在回想起这三年困难时期的求学经历，无疑是一笔大财富，大收获，大福气。

家常过日子，柴米油盐酱醋茶，老婆孩子热炕头，更多的是琐碎和平淡。人可以甘于平淡，但不能甘于平庸，要让生命之水活起来，于平凡的生活中创造出不平凡的业绩。大福在哪里？就在每一个平常的日子里，就在踏出的每一个步子里。心中有一个既定的目标，找准自己的人生定位，走好人生的每一步，心情愉快地去开拓每一天，实现自己的人生价值，这就是我所理解的大福。

可以这么说，平平淡淡是福，艰难困苦是福，坎坷和挫折也同样是福，都是人生的阅历和财富。我衷心地祝愿每个生命，为了这个美丽而多彩的世界，释放自己的能量，放飞生命的音符，吹响你人生的号角。

如此看来，我可以告慰九泉之下的姥姥了：姥姥，我没有辜负您的期望，我是个百分之百的大福之人。

我的中小学时代

算起来，我前后上了十几年学，毕业后又当上了光荣的人民教师，一生的大部分时间是在学校度过的。对学生生活是比较了解的，我想以自己的亲身经历从学生生活这方面来谈谈几十年来的巨大变化。

在学校吃大食堂

1958 年初秋，暑气还没有褪尽，蝉儿在树上直着嗓子叫。时近正午，我和几个光屁股蛋在门前的大柳树下玩耍，只见左邻右舍的大槐（乳名）姐和二改（乳名）姐兴冲冲地跑来，说是老师让她们动员邻居家的小孩去报名上学。当时我刚好八岁，她们便领着我去见父母亲。父亲是生产队干部，刚干活回家，母亲正忙着做饭，父亲对母亲说："这孩子都这么大啦，也该去念书了。"母亲听后一脸的愁容，隔了老半天才说："你让他去念书，咱俩都去干活，小三子谁带？"父亲沉思了老半天，说："那也不能老是让他带小孩呀！咱们是从旧社会过来的人，都不识字，因此吃了不少苦头，还能再让孩子一辈子当睁眼瞎吗？"母亲无奈，只好点头同意了。

第二天一大早，大槐姐和二改姐又跑来了。母亲对她们说："大孩（我的乳名）还没起床呢，你俩快去喊他起来吃饭上学去吧！"其实，我早就激动得睡不着觉了，只是背带裤怎么也穿不上，我之前穿的都是开裆裤，没穿过这种背带裤。我急出了一头汗，而背带却总是横在裤裆里，两条腿怎么也插不进去。这条背带裤是母亲连夜将几件破衣服剪开，东一块西一块拼凑起来的"百衲衣"，说是学生不比小孩子，不能穿着开裆裤露着屁股蛋去上学。她们俩见我着急的样子，大笑起来。二改姐边笑边说："你咋这么没用呢，连裤子也不会穿！"然后，她俩扯开裤子，很顺利地把我的光屁股蛋装了进去。

草草地吃了早饭，我便抱着母亲给我准备好的点心盒子去上学。那时候，十个上学的孩子八九个没有书包，因为穷得买不起。许多孩子就用母亲出嫁时娘家陪嫁的红包袱皮或镂花布包袱皮将课本及学习用品包起来，夹在腋下去上学。更多的学生则是直接抱着书本去上学。母亲给我

的点心盒子便是我的书包。点心盒子是用薄木板做成的长
方形小盒子，紫褐色的，很好看，里边放着二改姐送给我
的两支半截粉笔头，算是学习用品，一跑起来稀里哗啦连
环响，放鞭炮一般，就这样一直响到学校里。

学校坐落在村子中央，四面环水，是新中国成立前财
主家挖的园沟。学校一共五间半草房，由于年久失修，屋
顶上被雨水淋出了一条一条的小沟壑，并且长满了狗尾巴
草。两间堂屋是二三年级复式班教室，两小间东屋是一年
级教室，一间半南屋又窄又矮，算是办公室兼教师宿舍。
公办教师的厨房是芦苇搭的草棚子，风一吹苇叶哗哗作响，
给人一种风雨飘摇之感。学校周围的土校墙总共没有一米
高，像蜿蜒起伏的长城，垛口连着垛口，因被一些调皮的
学生爬来爬去当马骑，磨得光溜溜的。

男厕所设在堂屋东头，用秫秸搭起来的，经过长期的
风吹日晒，雨打雪侵，厕所早已破烂不堪，只剩下不到半
尺高的秫秸茬子。女厕所设在堂屋西边的小巷里，正对着
学校的大操场。据二三年级的学生讲，女厕所原是用芦苇
扎的围门围起来的，经年累月，围门已荡然无存，如厕时
可以"悠然见南山"。

蔡荣培老师的课讲得声情并茂，我入学第一天就听得
着了迷。下课铃响了，我才意识到憋了一肚子的尿，便一
溜烟地往厕所跑。进了厕所脱下背带便撒起尿来，谁知这
竟是女厕所，有几个二三年级的女生惊恐地叫起来，提起

裤子便去报告老师了。我当时并不知道这世界上的厕所还要分男女，家里的厕所不都是共用的吗？管他呢，我当时只知道厕所就是用来拉屎撒尿的。报告老师的女学生们回来了，我的裤子还没提上，便被她们前拉后拥地拖去见老师了。我当时眼都吓直了，不知闯下了什么弥天大祸！哪知蔡老师竟俯下身子把我的背带挂上，又抚摸着我的头说："这小家伙，怪可爱的！以后你要解手就到东边的男厕所去，西边这个是女厕所，你是男子汉呀！"说完，他又弯起食指刮了一下我的鼻梁，哈哈大笑起来。

刚开学不到一个月，学校便通知要搬迁，据说是小学校要并入大学校。于是，我们搬到了五里路外的拐山小学上学。

附近好几所学校的学生都集中到这所学校里来了。学校是一处三间草房教室围成的一个小院，南面是一个简易的门楼，安着老式木门。这是土改时没收的地主家的房子。教室太少，只好借用民房。学生较多，光我们一年级就分为甲乙丙丁四个班，我被分在甲班里，借用富农的两间草房当教室。教室的窗户只有一尺见方，木格窗棂。窗户这样小，再加上积年累月的烟熏火燎，屋里的光线自然就暗了，大白天在墙角处读书连字也看不清。

学生的课桌凳都是从自己家里带来的，有的是母亲陪嫁的小桌子、坐床子（一种方形的小板凳），有的是二凳子（一种长条形板凳），有的实在没有桌凳，老师便只好亲自动手，用几块石头支起，覆上秫秸抹上泥巴，搞个土台子。当时学校里流传着这样的顺口溜：黑屋子，土台子，里边坐着泥孩子。因为许多孩子带不起桌子，所以不得不几个人围着一张桌子坐，像坐大席一样，还有背对黑板脸朝后坐的呢。老师上课时用的小黑板就挂在南山墙上，小黑板缺边少角的，只剩下当中巴掌大的一块了。

我们中午就在学校里吃食堂。食堂煮的是大白芋。放学的钟声一响，学生们便一窝蜂似的跑到食堂门口，虽然负责维持秩序的人让学生排队领饭，可几百号学生怎么个排法呢？大家蜂拥而上，高年级学生个头大，力气也大，一般都能挤到前面去领饭，这可苦了我们这些低年级的学生了，个头小，没力气，挤不过人家，领不到熟白芋，只好挨饿。在拐山小学上学期间，我经常因领不到饭而挨饿，后来也就习以为常了，偶尔领到一次饭，能高兴得一蹦八丈高。

有一次，放学的钟声刚响，我和二哑巴（我的同桌）就飞一般跑出教室，向食堂奔去，可我们怎么也跑不过高年级的学生们，等我们跑到食堂门口，已经挤了黑压压的一群人了。只见姜宪文校长站在高高的石板台阶上，一只手举着老鳖盖（一种高粱秸编成的盛东西的小筐，形状酷似龟壳），一只手拿着熟白芋往下发。学生们纷纷伸手去抢，我和二哑巴个头小，怎么也够不到，我还被人挤倒在地上，我们俩难过得哭了，心想今天中午又要挨饿了。擦干眼泪，我们俩商量着去向高年级的学生们要一点白芋挡挡饥，可高年级的学生们总是用双手罩着白芋，害怕地说："俺就抢了这几个白芋，自己都不够吃，哪能给你们呢？谁让你们这么没用，再去赶个门吧！"他把我们当成了讨饭的叫花子。无奈，我俩只得去捡拾其他学生扔在地上的白芋头吃，只听一个高年级的学生对另一个学生说："瞧这两个小家伙，狗一样地捡拾地上的白芋头啃呢，嘻嘻……"令人没想到的是，他竟送给我们俩每人一个熟白芋，这使我们非常感动。

到了 1958 年底，白芋吃完了，食堂只好将烂白芋干用笼屉蒸熟，一餐几片地发给学生吃。更多的学生领不到饭了，便拿着空碗到校长室门口用筷子敲，边敲边唱：大食堂，办得好，鸡鱼肉蛋吃不了；大食堂，垮得快，一顿两个白干片；白开水，泡野菜，糠窝头，驴屎蛋……姜校长出来了，学生们便四散着跑了。

就这样，许多学生饿得不来上学了。我们一年级原来四个班的学生不得不合并成两个班。往往下午只上完一节课，学生们便饿得相继逃跑了，且都是高年级学生带头跑，我们低年级学生跟在后面跑。每每这个时候，姜校长便让代体育课的陈文道老师去追。陈文道老师是从部队复员回来的，跑起来特别快，几米宽的小沟壑，他一抬腿就过去了。逃跑的学生很快被赶到校长室门前，出乎意料，姜校长并没有责怪我们，而是给我们讲红军爬雪山过草地吃皮带吃棉套子的故事。

喝大米茶

我是 1961 年暑后进入黄集小学上四年级的。当时黄集中心小学五六年级实行双班制，学生大多来自周围三五里乃至七八里外的自然村。等到我上五年级时，五六年级便都缩编为一个班级了，原因是不少学生饿得不愿去上学了，有的已跟着家人逃荒讨饭去了。

1963 年春天，国家实行救济制，每人每天四两大米，每户发一个购粮本，凭购粮本到当地粮管所买救济粮。社员连吃咸盐的钱都没有，哪里有钱去粮管所买粮呢？万般无奈，只得先买一半粮食去黑市场卖高价，然后用卖得的钱去买剩下的一半粮食。这样一来，每人每天的口粮就只剩下二两大米了。这区区二两大米分成一日三餐就只能烧大米茶了。烧出来的大米茶仍然是清水，每人喝它几海碗，泡点儿糠菜，只能算是哄哄肚皮，几泡尿过后，前肚皮就贴上了后脊梁。在这种严峻的情况下，学校经研究决定，上课时，一定要允许学生上厕所。学生的小便情况在上午一二节课时居多，往后便渐渐少了，肚子尿瘪了，接踵而来的便是难挨的饥饿，而且一直要忍饥到放晚学。学生上厕所总是一路小跑，边跑边解裤带，因为不憋急了是不会课上打报告的。那时的厕所只是个名号而已，是用打狗石垒起来的，墙头总共不到一米高，而且墙上窟窿摞窟窿，有些窟窿比拳头还大。男女厕所只隔着这样的一处墙头。

下课时，学生挤满了厕所，连厕所外边也挤满了人，有的实在等不及了，就在厕所外边对着墙头尿起来。由于人满为患，有一次厕所的墙头竟被挤倒了一大截，幸亏没伤着学生。由于尿太多，厕所离教室太近，尿水竟然流到教室门前了，臊气冲天，影响上课。学校便联系附近生产队送了十几个大马桶来，生产队委派专人每天早上在学生未到校之前用平板车把马桶送到厕所里，中午放学后把尿拉回去浇麦苗，下午再送来，晚学后再拉回去，每天十几个大马桶都装得满满的。这样一举两得，既给生产队积攒了肥料，又解决了学生的尿"灾"问题。

我在黄集中心小学上了三年学，在我的记忆中，从来没带过午饭，都是忍饥挨饿咬牙坚持到放晚学再步行六七里路回家吃饭。

我在卢套中学的衣食

我是 1964 年暑后进入卢套中学的。报名那天，母亲特地给我做了一身老蓝布衣服。当时是计划经济时期，物资匮乏，紧缺商品都是凭票供应，每人每年六尺布票，个子矮的勉强能做件衣服，个子高的只够做条大裤头。因为我要去上中学，父母亲特地省下布票给我做了身新衣服。

父亲从庙山商店里买来一丈二尺白洋布，送到染坊里染成老蓝布。为什么不买现成的色布而偏要买白洋布去染色呢？还不是因为家里穷嘛。报名缴学费的钱，还是求哥哥拜姐姐地向亲戚告帮（请求帮助）告来的。当时最便宜的蓝布也要四五毛钱一尺，而白洋布才一毛二分钱一尺，在当时的情况下，不精打细算这日子还怎么过啊！这种从染缸里拽出来的老蓝布，做好衣服后要狠狠地洗上几遍，才能尽量地洗去颜色。但即便如此，穿在身上只要稍微出汗，还会把皮肤染成镂花旗袍一般。脱光衣服一看，身上白一块、青一块、蓝一块、黄一块的，颜色深浅不一，形状五花八门。因买不起裤带，母亲熬了两个晚上用那架祖传的纺车，纺了两个线穗子，给我织了一根粗棉线裤带。新衣服上身，配上洁白的裤带，无镜可览，临水而立，曬，光彩照人！活像稻草人披袈裟，鼓一块瘪一块的，浑身的骨骼突兀嶙峋，颇有层次。新衣服洇蓝了一汪清水，粼粼的波纹把我摇荡成一幅动态水墨画，好美啊！还真有点儿飘飘欲仙了，直喜得我"花枝乱颤"！这身衣服穿了好几年，膝盖破了补膝盖，屁股破了补屁股，裤腰破了补裤腰，直补得面目全非了，还是顶班上岗无衣替换。小褂更是"万花纷谢一时稀"，大洞连小洞，小花摞大花，破得像乞丐装。只有裤带还算尽职尽责，日复一日年复一年地履行着它的束腰使命。可问题偏偏就出在这尽职尽责的腰带上，它光荣下岗得不是时候。记得一堂数学课上，孙统彩老师叫我到黑板前板演数学题，正在做题的当儿，我忍不住咳嗽一声，这下可闯了大祸，"嘣"的一声闷响，裤带断了，和裤子一起迅速下滑，幸亏我天天吃白芋还没呆到憨白芋的程度，一只手捏着粉笔在黑板上写算式，另一只手死命抵住裤腰，制止其往下滑落。那时候，人人只穿着一条单裤子，并无内裤，若是当着老师和全班六十多个同学的面，裤子"飞流直下三千尺"，那将情何以堪！谢天谢地！裤子还吊在我大腿上，终于没有落地开花。有惊无险，我急中生智，一只手捂着肚子，大喊肚子痛，孙老师便挥手让我回座位去。偏偏我和女生同桌，我趴在位上，一节课没敢抬头，真真羞煞我也！

下课后，我赶忙跑到校外一个背人的旮旯去接裤带，岂知棉线织的裤带被汗水长期侵蚀，沤烂了，接了就断，怎么也接不好，一条长长的裤带竟然一截截地断成了寸把长的小段子，如同一截截蛇皮被撕碎了扔在地上一样。此情此景，用上"肝肠寸断"这个成语应该比较恰切吧。我含泪四处搜寻着，竟然连个绳头或者布条也找不到，我不禁仰天长叹："天亡我也！"这一仰天不要紧，视野开阔了，我发现不远处有一块白芋地，便飞跑过去捋下几根白芋秧，摘掉叶子，将芋梗踩扁，胡乱捆在腰上，竟然管用呢！我终于长长地舒了一口气。

我们在卢套中学上学时都是自己带饭吃，每星期带一次饭。从家里徒步十几里甚至几十里路背来白芋或白芋干片。白芋用绳子结网套装起来放在笼屉里蒸熟吃，白芋干片则用手掰碎后放在碗里用笼屉蒸着吃。有的同学连白芋、白芋干片也带不起，只得带些干白芋叶子充饥。吃粮要有计划，从家里背来的白芋或白芋干片要按每星期在学校里吃饭的次数大体分配一下，做到心中有数。大白芋和小白芋要搭配着吃，均匀分配，如果这顿吃多了下顿就要少吃。俗话说得好：囤尖好省，囤底难省。同学们苦日子过惯了，都懂得细水长流的道理。这少得可怜的食物对于正处在身体发育期的学生来说，只能打打牙祭，如果实在饿极了，也只能多喝几碗白开水哄哄肚皮。

那个年代，食堂连下饭的咸菜盐豆这些家常小菜也没有，盐星不见，再加上从食堂抬到教室时已凉透，烂白芋干加上凉开水，整个儿把人的胃吃坏了。五十多年过去了，我至今还犯有学生时代落下的胃酸病，稍微沾点儿凉就往外吐酸水，翻肠倒肚，茅草搓心一般难受，连发面馍和米饭都不敢吃，只可吃些煎饼之类的食物。

现在的学校生活

改革开放以来，党和国家将教育列在优先发展的战略地位，对教育的投入逐年增加。"再穷不能穷教育，再苦不能苦孩子"已经成为社会共识，教育事业得到飞速发展。现在，各个学校都盖起了教学楼，并建有图书室、仪器室、阅览室、体育器材室等基础设施。老师每人一部电脑，一律使用电脑备课。学生统一着装，穿着鲜艳的校服。在我们当地，学校设有专门的学生餐厅，每天的饭菜由徐州市统一配送。这些饭菜都是请专门的营养师配给的，符合国家规定的中小学生营养标准。现在的青少年学生生于一个伟大而美好的时代，该是何等的幸福啊！和我的学生时代相比，真乃天壤之别啊！

我报考铜山师范及在校经历

一

　　我是初中老三届的中间一届——1967 届初中毕业生，三年的初中文化课只上完两年，最后一年遇上了"文革"。初中毕业后在家务农两年，1970 年夏，经大队推荐任本村邢楼小学民办教师。

　　这样顺风顺水地干了十年，到 1980 年麦收前夕，本家族的弟弟，同是邢楼小学的民办教师邢敦淦（化名）很高兴地对我说："大哥，告诉你个天大的好消息，我上午去中心校开教研会，中心校王校长在会上宣读了铜山师范学校的招生简章，要各校的民办教师去报名应考呢，咱俩也去应试吧。"我当是什么天大的好消息哩，原来是去报名考学，我不假思索地反问他："我这都快到而立之年了，还能去考学？谁会收这么老的学生呢？开什么国际玩笑。"他说："王校长说啦，考生年龄限制在三十周岁之内。年龄上限之所以放得这么宽，主要是照顾那些老三届的学生，为他们重圆考学梦。婚否不限，学历不限，工作年限也不限，不超龄的民办教师皆可报考，这个条件够优惠的吧。"他摊开两手，得意之情溢于言表。说句心里话，未能考学，一直是我心里隐隐的痛，我昼思夜想，连做梦也想到大中专校园里继续深造，可如今的家庭情况已不允许我再去上学，第一个孩子已经三岁，第二个孩子也即将降生，家属还要参加生产队劳动，我是家里的顶梁柱，我去上学，这个家怎么办呢？退一步说，我即使去报考，十有八九也考不上，因为我的初中文化课尚未学完，怎么去和那些高中毕业的考生竞争呢？想到这里，我对敦淦说："你去报名吧，我就不去了，我实在脱不了身。"敦淦一听说我不愿意去报考，眼泪就要下来了，他说："大哥，你知道我的家庭情况，兄弟姊妹多，劳力少，家里穷，常年透支，至今连婚姻问题都尚未解决，考学是唯一跳出农门的机会，舍此，你看我还有别的办法吗？"我也很同情他，沉吟了一会儿，说："你还是自己去报考吧，我就不去了。我想了一下，无论是我的家庭情况还是我的文化水平都不允许我去报考。"一听这话，敦淦拉着我的手说："大哥，咱俩从小就在一起上学，现在又在一起工作，这学校里就咱俩能去报考，你不愿去，我自己怎么好意思去呢？这次你陪绑也要陪我一道去！"他边说边使劲地摇着我的手。话说到这个份儿上，我的心就软了，笑着安慰他："你怎么还做贼攀满牢呀！这考试嘛，你考你的，我考我的，谁也不能代替谁，又不是去打架，还要跟个拾帽子的。"为了不使他难过，我采用了缓兵之计，拍着他的肩膀说："好吧，我考虑考虑再说。"

第二天下午，敦淦在办公室里兴冲冲地对我说："大哥，你不用再考虑了，我已经给你报上名啦，就缺两张一寸黑白照片，一张填表用，一张贴准考证用，你晚上回家准备吧，三天之内去中心校填表。""真有你的，先斩后奏，替我当家做主啦！"我笑着揽了他一拳。他拍着双手说："这下可好啦，放麦假咱俩就在学校里复习迎考，有不懂的问题就在一起讨论研究，取长补短，互相帮助，全力迎战考试！"我的缓兵之计彻底破产，他硬是把鸭子赶上架，我只好硬着头皮去尽力做好复习迎考工作。

记不清从哪儿找来了一大摞复习资料，麦假期间，我和敦淦就宅在学校办公室里看复习资料。我们俩制订了一个复习计划，基本上是上午复习语文知识和政治学讲义，下午复习数学、演算习题。我喜欢读书，多年来养成了一种习惯，喜欢躺在床上看书。办公室里没有床铺，只有办公桌，无奈何，我只好将一大摞复习资料垫着当枕头，躺在办公桌上读书。但这样读书容易犯困，读着读着就睡着了。敦淦不时地喊我，提醒我不要睡着了，要我坐起来读。可我依然我行我素，多年来形成的读书习惯，岂是说改就能改的？敦淦读书总是正襟危坐，他从小就养成了良好的读书习惯。

当时还是生产队大集体时代，因我是民办教师，属于人民公社社员，记着生产队的工分，吃着生产队的粮食，端谁的碗属谁管。生产队长见放假几天我没去生产队干农活，一天早上，他便主动登门"拜访"我，要我去生产队参加麦收劳动。我自知理亏，没有辩白，便去生产队干了几天农活，抢收麦子。后来，我向生产队长说明我报名考学急需复习的情况，生产队长还一迭声地向我道歉，说是不了解情况，早知如此，农活再吃紧也不会让我去。他说，年轻人前途是大事，要我原谅他的不知情，并要我尽管放心地去复习，考试之前绝不会再让我去参加劳动。我很感动，笑着说，这不怪你，怪我没向你说明情况。他拍着我的肩膀说："一定考上，替咱们邢楼争光！"就这样，我肩上又添了一重压力地回到学校里复习去了。

考试在暑假里进行，考场设在侯集中学。去时坐的公共汽车，第二天回来时天色已晚，无班车可乘，只好先坐火车赶到大许家。下车后已是夜晚，离家还有五六十里路要赶，各饭铺早已关门打烊，晚饭也无望了。我们俩又饥又渴，这可如何是好呢？敦淦适时地鼓励我："我就不信这区区五六十里夜路能难倒咱们两个男子汉？走！"他带头

迈开大步踏上归程，我只好跟在他后面紧一阵慢一阵地赶
着夜路。当时的公路不是现在的水泥路，全是石碴子铺的
石子路，穿着鞋走在上面还硌得脚生疼。我们一鼓作气走
了二三十里路，路两旁的村庄黑黢黢地蹲伏着，一点灯光
也没有，人们早已进入梦乡。目前的问题不是走路累得不
行，而是饥渴难耐，我们俩只吃了中午饭，晚上水米没沾
牙，肚里无饭，浑身无力，嗓门冒火，路两旁的沟干到底，
想喝口脏水都没有，我几乎绝望了。敦淦不停地给我鼓劲
打气，我咬着牙一步一步地往前挨，几乎是数着步子走的。
后来，敦淦想出一个办法来，一段路一段路地定目标，哪
怕再苦再累也要走到前边某某村、某某桥等既定目标才能
稍事休息。就这样，我们俩走走歇歇，歇歇走走，到鸡叫
头遍才走到邢楼北边二里路外与北闫山搭界的大桥上。我
累得"哎哟"一声瘫倒在地，胳膊腿好像已不在自己身上
了，整个儿软成了一摊泥，再也爬不起来了。我少气无力
地说："敦淦，你先回家吧，我在这里睡一觉，天亮了再回
家。"敦淦看再劝也无用，就垂着头不再吱声。歇了大约十
几分钟，敦淦忽然发现大桥北边的高地上有一片白芋地，
那是闫山村栽种的春白芋。他像溺水的人突然抓住了一根
救命稻草，喜出望外地对我说："大哥，你等着，我去弄
点……"话没说完，他便向白芋地跑去。不大一会儿，他
捧来几根黑乎乎的东西放在我面前，然后不停地搓着手上
的黑沙泥，笑着说："大哥，吃吧，这东西既挡渴又挡饿，

可救了我们的急啦！"我一看，最大的白芋也没有胡萝卜粗，上面糊满黑沙泥。春白芋才栽下不到两个月，正在生长期呢，又遇上卡脖子大旱，自然是只长筋不长肉。我为难地皱了皱眉头，对敦淦说："能有点水洗洗就好了。"敦淦说："你净说梦话，这一路上你找到一滴水了吗？在衣服上擦一擦，凑合着吃吧。"我照此去做，没想到这几根春白芋是那么香甜，世界上再也没有比这更好吃的东西了。

考试分数不久就发榜了，我竟然高出录取分数线三十多分，这大大出乎我的意料，我长长地吁了一口气，激动得在原地乱转圈儿，两个多月的耕耘终于有了意想不到的收获。敦淦的考试分数也很优异，我这么多天以来第一次见他有了笑脸。几天后，中心校通知我们去大庙医院体检。很不幸，不知是哪个部件出了问题，敦淦体检不合格。他一米八的个头，身体壮得像头牛，怎么会不合格呢？这对他的打击不啻晴天霹雳。我只好一再安慰他，鼓励他好好复习，明年再来。之后的一年时间里，敦淦除了教学之外，几乎把所有的业余时间都泡在了应考复习上。翌年，他以更优异的成绩再次被师范学校录取，他的理想终于实现了。

凭着一纸录取通知书，我去粮管所办理了粮油转移关系。这意味着我从此跳出农门，从农村户口正式转为城镇定量户口，成了国家工作人员，生活开了新生面，这是我做梦也没敢想过的事。

二

记得是十月上旬开的学，推迟开学一个月左右，原因是旧教室已扒掉，新教学楼尚在建设，这是班主任陈复礼老师告诉我们的。报到当天，午饭已开过，陈复礼老师发给我们新同学每人一张油印的临时就餐票。凭着这张就餐票，我吃到了国家免费提供的第一顿饭。当时还是计划经济时代，大中专学生一律实行供用制，包吃包住包分配，所有费用统一由国家承担。我领到一个大卷，一份洋芋炒肉片。这可是我们只有在逢年过节时才能享受到的美食啊！我不禁感慨："旧时王谢堂前燕，飞入寻常百姓家。"

我被分在一（3）班，新宿舍尚未盖好，住宿临时安排在老铜师的旧伙房里。伙房已被打扫过，消过毒，但因屋子低矮潮湿，人住在里面还是会感到气闷。墙面虽然已用大扫帚扫过，但经过长年累月的烟熏火燎，仍残留着一块一块的黑斑，黑漆漆地闪着油光。床是双人木板床，上下铺，床柱上已用白纸条贴好每个新生的名字。我住上铺，下铺是东海县的一个学生。虽已进入十月份，但夜里还是不时地有蚊虫骚扰，搅得人难以入眠。

新教学楼共分四层，一、二年级连同幼师班，还有特招的英语班、体育班、美术班都在这栋楼上课。我们一（3）班的教室在三层楼梯口右边第一间。教室里一切都是新的，桌椅条凳包括讲台都新得能照见人影儿，墙壁白得有了透明感，还挂上了伟人的名言条幅。我在心里暗想：能在这样的教室里学习，该是哪辈子修来的福气呀！

大操场上堆积如山的建筑垃圾急需清理，以便给学生腾出活动场所。单昌荣校长泡在大操场上和工人们一起没日没夜地干，他一边指挥一边挥舞铁锹，和工人一样，头戴安全帽，身穿工作服，完完全全成了一名普通建筑工人。听二年级的学生讲，单昌荣校长是具体负责建校的，在建造教学楼的过程中，他没睡过一个囫囵觉，没吃过一顿安生饭，建筑工地、后勤保障、外跑联系、上下协调等一大堆工作都压在他一个人的肩上。整个人累得变了形，又黑又瘦，不走到跟前仔细打量，几乎认不出来了。学生们给他取了个外号"老黄牛校长"，他可是一心扑在工作上的好校长啊！

我们学生也曾组织过几次校内劳动，各年级各班轮流进行，包括清除建筑垃圾、铲锄校园杂草、打扫校内卫生等，最终整出了一个整洁美观的学习环境，使得师生们都能心情舒畅地学习和工作。

三

学校没有餐厅，学生就在宿舍用餐，用餐时八人一组，由值日组长安排八人轮流值日。轮到谁，即由谁负责去食堂领取当日三餐，再由组长将菜舀到每人碗里。食堂里共十几口二十四沿大锅。大师傅们围着大围裙，手持的小铁锹（锅铲子）。大师傅一只脚踏在锅台上，两手抄起铁锹，挖战壕一般在大锅里翻来搅去，一会儿便炒出了大锅菜的味道。

　　大师傅都是从学校驻地李井村雇用的村民。有的大师傅不讲究卫生，用围裙擦汗，更有甚者，把围裙当毛巾用，用围裙擦鼻涕，直到把白围裙擦成黑围裙也不清洗。还有的大师傅手持小铁锹炒菜，嘴里却叼着烟棒，烟灰时不时地掉在菜锅里。这也无伤大雅，因为炒的菜太多了，一星半点烟灰权当下作料了，令人不能容忍的是我们几乎天天吃到老鼠屎。1981年秋天，学校后勤部不知从哪儿采购来两大汽车粉丝，储存在仓库里。这些储存的粉丝成了老鼠的游乐园，成群结队的鼠辈们在粉丝堆里钻来钻去，追逐嬉戏，乐得吱吱叫。鼠辈们有的是从野外迁徙来的，有的是从村里旅游来的，还有的是从厕所里搬来的。它们在此安居乐业，肆无忌惮地在粉丝堆里拉屎、撒尿、下崽……鼠族还特别喜欢咬嚼干硬的粉丝来磨牙，仓库最下面一层的粉丝已被它们咬成不足寸长的"钉头"，有的竟咬得比米粒还小，捧起来一看，还掺杂了许许多多的老鼠屎。大师傅们做菜时并不剔除老鼠屎，而是将粉丝和老鼠屎一并下到锅里，烩上茄子和肉片，这样一锅带有老鼠屎的大杂烩便做成了。学生吃饭时，经常有"啊呀、啊呀"的惊叫声，那定是发现碗里有老鼠屎了。他们端着菜碗用筷子挑着老鼠屎在正吃饭的同学中间乱转圈儿，让大家都来瞧瞧这稀罕物儿。他们边转圈儿边说："看看看，食堂的大师傅让我们吃上了从鼠国运来的黑大米，这个食品加工厂出产的黑大米营养可丰富了！"有的同学伸长脖子去看，有的同学用两只手将眼捂起来不愿看，更多的同学选择停止进食，坐在那里唉声叹气。同学们围在一起吃饭，时不时地有人从菜里挑出老鼠屎来，当时还没时兴垃圾桶，这碗菜便倒在菜园地里喂菜去了，由此便出现了连锁反应，那些未发现老鼠屎的同学也恶心得直想呕吐，通通将菜倒掉了，还有的同学气得连碗也摔了，更有甚者，杵在那里骂娘。这样三天五天还可以，长此以往怎么行呢？各班生活委员将这事反映到学校后勤部，后勤部的人说这些粉丝都是用学生的生活费买来的，扔了怪可惜的。于是，分管食堂工作的负责人便责令大师傅们将粉丝里的老鼠屎剔除干净用水淘洗后再做菜，可大师傅们听着如同秋风过耳，依然我行我素，不仅不剔除老鼠屎，而且不用清水淘洗。同学们无奈，有的从家里带来一些咸菜盐豆来下饭，有的从食堂早上发的咸菜里省下一些留中午或晚上吃。这样直到吃完了所有的粉丝，老鼠屎才从菜里消失。

我们学生的定量标准是每月三十四斤计划粮，十九元几角钱的生活费，记不太清楚了。我当民办教师时每月工资十四元，还要交给生产队八块钱记工分，一个学生的生活费居然比一个民办教师的工资还高。当时每月的生活费用不完，学校还会退给我们几块作为零花钱。寒暑假期间，学校还将粮票和生活费发放给我们，让我们回到家里去吃用。

<h1 style="text-align:center">四</h1>

开学几天后，在学校大操场上举行开学典礼，由政治教师王哲沛主持。会上，高维玉校长作报告。他首先代表学校热烈欢迎新生入校，他说，你们这些新同学的学习机会来之不易，特别是一些年龄较大的民办教师也考进了我们的学校，其中大部分是初高中老三届的同学，现在"四人帮"被粉碎了，一切工作都步上了正轨，我们党尊重知识，尊重人才，恢复了高考制度，你们终于实现了自己的梦想，重又走进校园学习深造，在此，我代表校方热烈地祝贺你们。希望你们不要辜负党和人民的重托，努力学习科学文化知识。同学们，知识就是力量，用知识武装起来的人是不可战胜的，愿你们成为有知识有文化的人，做一名合格的人民教师，为党的教育事业贡献自己的青春和力量。我们报以热烈的掌声。高校长接着又讲到我们铜山师范学校的光荣历史。他说，我们铜山师范学校始创于1908年，由杨世祯老先生创办，原名为"铜山师范讲习所"，到现在已经七十多年历史了。七十多年来，铜山师范学校走

的是一条极不平凡的道路，和我们伟大的祖国一样，多灾多难。由于其间战乱频仍，学校被迫多次迁址，多次停办，又多次复校，受尽了颠沛流离之苦。历经磨难，一路走来，我们的铜山师范学校如今已发展成为具有千余名师生的中等专业学校，让我们为母校的繁荣发展鼓掌！说着，高校长站起身来带头鼓掌，台上台下掌声雷动，经久不息。高校长说，我们铜山师范学校是一所具有光荣革命传统的学校，不仅培养了数以万计的教育工作者，为教育事业做出了卓越的贡献，而且培养了许许多多叱咤风云的英雄人物。像曾经担任过南京大学和中国人民大学校长、云南省和北京市领导的郭影秋同志，他是从枪林弹雨中走出来的一名儒将，同时又是一位战地诗人，他善于在马背上写诗，他的诗字里行间始终洋溢着革命的乐观主义精神；他的诗就像是一幅幅战争画卷，炮火硝烟，铁马冰河，读来似能听到当年浴血疆场的声声厮杀。还有人民日报社社长，高级编辑，理论、宣传、学术文化部及国内政治部主任沙英，本名郭继纯，也是从我们铜山师范走出去的。国难时期，他先赴西安，后转延安，一直致力于党的新闻工作。他以笔作枪，和日寇作顽强的斗争。他一生著作等身，为我们留下了宝贵的精神财富。莘莘学子中，有为国捐躯的革命英烈，有冲锋陷阵的文艺战士，有做地下斗争的无名英雄，更多的是在教育战线上默默耕耘的辛勤园丁。让我们再次为他们鼓掌欢呼！高校长再次站起身来，带头鼓掌，又是一阵雷鸣般的掌声滚过会场。高校长说，同学们，我讲这么多，无非是要你们继承他们的光荣革命传统，向他们学习，努力成为像他们那样的人，把他们的革命精神发扬光大，争取为祖国为人民做出更大的贡献。最后，高校长强调学校纪律和规章制度。他说，你们新生很多是民办教师，不光要进行身份转换，思想上也要转变过来，要学会适应新的学习生活。听说你们中间不少人有吸烟的不良习惯，在这里我要强调一下，学生是不准吸烟的，这一点，《中专生守则》上有明确规定。还有一个请假制度问题，在这里也宣读一下（当时是单休日），请假一天之内的由班主任批准，两天之内的由教导处批准，三天以上的由校长批准。小事不要请假，非自己亲自办不可的事再去请假，要自觉严格控制请假时间。高校长还强调了其他方面的校规和校纪，要求学生严格遵守。

五

铜山师范当时学制二年，课程开设分文化课和专业课两种。文化课有政治、语文、语基、数学、物理、化学、史地、习字、读报、音乐、美术、体育；专业课包括教育学和心理学两科。课程安排都是教务主任陆保伦主持的，他是从旧社会私塾里走出来的老知识分子，国学基础扎实，尤其在古典文学方面较为优秀。《铜山师范学校校志》就是由他主笔编写的，他还曾写过一本书，书名叫《辛勤的园丁》，我们新生人手一册。他的教学理念比较传统，治学严谨。一次下数学课后，他在校园里溜达，听到几个同学在讨论数学题，其中一个同学将几何里的"弦"，读成了"xuán"，他听后立即纠正说：应读"xián"，不能读成"xuán"。现在就要纠正读法，错了马上改，不然的话，以后出去教学生，学生都跟着错，影响可就大了。这句话是我课下去厕所的当儿亲耳听陆主任说的，足见他在教学上的一丝不苟和严谨务实的教风。陆主任主持安排课程，不仅白天的课程表排得满满的，就连晚饭后也排得插针不漏。我们晚上不仅要上一节读报课、一节习字课，还要上两节晚自习，处理白天老师布置的各科作业。直到九点十分熄灯睡觉，你休想有一点儿闲暇的时间。作业做完了可以读从图书室借阅的课外书，就是不准随便拉呱，影响他人学习。

老师们上课都非常敬业，其中有不少是二十世纪五十年代初江南支教江北的教师。很多老师的课上得很是精彩，声情并茂，能把学生带入一种特定的情境，听这些老师的课，无疑是一种享受。如代我们物理课的马大庆老师，他身材魁梧，四方脸，面部像涂了层黑釉，油汪汪地放着光。他终日穿着一件老旧的灰色中山装，领口和袖口黑油油的。裤子很厚，上面密密麻麻地布满了小疙瘩（粗线头），像是癞鼓皮（蟾蜍皮），我怀疑可能是用三年困难时期国家救灾的回纺布做成的。他不修边幅，从来不讲究打扮，和鲁迅笔下的藤野先生极其相似。他不像是个教师，更像是一个乡村老农，朴素至极。甭看马老师其貌不扬，课却上得语惊四座。他是个知识丰富的人，教授知识深入浅出，能把深奥的物理知识阐释得浅显易懂。他爱打比方，语言诙谐幽默，能牢牢地吸引学生的注意力，激发学生的学习兴趣。如讲力学这章时，马老师竟把课本内容和现代摩登女郎挂上了钩。那时候，女生喜欢穿高跟皮鞋，走在公路上"咯噔咯噔"连环响。他说，若是雨天走在田间小道上，就要拔稀泥，皮鞋的锥尖深深地刺进稀泥里，开出一路驴蹄花，一不小心就崴了脚，那就不叫"摩登"了，而叫"磨肿"。讲到这里，同学们全都大笑起来，在欢快的气氛中接受着知识的熏陶。分明记得马老师给我们上第一堂课时，没带教本和教案，只是在黑板上写了三道物理题，然后给我们每人发张白纸，要我们做题目。交卷后，他说，我这是摸底测验，试试你们的基础知识掌握得怎么样，以后就好设计教案和进行教学了，也便于今后因材施教。马老师的板书特别工整，一手粉笔字写得十分漂亮，叫人怎么看怎么舒服。他从进入课堂板书第一个字伊始，边讲课边板书，到下课铃响了，他的最后一个字正好板书完毕，黑板也正好写满，四十五分钟课堂时间被他充分利用。我上了他两年的物理课，他每堂课都是这样，时间掐得这样准，简直神啦！便是现在我也没有想明白，马老师是怎样设计教案的，时间怎么会这般巧合。再如代我们语基课的韦树人老师，他的课上得有板有眼，条分缕析，他能把枯燥的语文基础知识讲得生动起来，充满情趣。他的授课语言灵动而风趣，听他的课，如同站在小河边欣赏流动的水，绽开的一朵朵小浪花，似放飞的一个个绿色的音符，拨动我们的心弦，弹奏出一曲曲激情的乐章。课上，他曾援引不知哪座寺庙上的对联要我们断句并朗读出来，具体内容记不清了，只记得是："长长长长长长长长长长长"十一个"长"字的对联，我们全班同学都在座位上"长长长……"结果没一个"长"得出来。韦老师笑笑，习惯性地将眼镜往鼻梁上推了推，用教棒指着黑板上的板书给我们断句，并读给我们听，其声琅琅，其韵悠悠。韦老师上课经常用典，而且能做到画龙点睛，用得恰到好处，给我们不少有益的启示。还有陈复礼老师的史地课，他上课从来不看教案和教本，一堂课上完了，教案和教本原封不动地放在讲台上，他能把中国乃至世界的名山大川、矿藏物产、风土民情、环境气候、风俗习惯等如数家珍地一一道来，并能结合当地的地理和历史讲出许多传奇故事来。有时令人捧腹，有时令人唏嘘，有时令人遐想，有时令人扼腕，更多的是发人深思。在我们学生眼里，陈复礼老师就是一个故事大王，是一本世界史地的活字典。每上一堂课，他总能带给我们一些鲜活的知识，使我们受益匪浅。此外，还有王哲沛、陆学康、崔曙华等老师的课也上得有声有色，声情并茂，在循循善诱中给人以知识的熏陶和启迪，在此就不一一列举了。

学校北大门两旁的校墙里边一拉溜盖了五十间琴房，轮到哪班上音乐课时，学生每人一间，专门练习弹琴。授课教师是从南京音乐学院分来的韩老师，名字已记不得了。年轻的女老师长得人高马大，膀阔腰圆，一米八以上的个头，从背后看像个男子汉。圆圆的脸蛋白里透红，笑起来很好看。她很和蔼，讲起课来慢条斯理，有唱歌般的韵律感。她唱起歌来很动听，音质清朗，听她唱歌我们的心灵也会产生波动。可我却是个五音不全的人，身上缺少音乐细胞，喜欢听音乐却学不会简谱，因此上音乐课时，我总是敷衍了事，心不在焉。后来，我干脆从图书室借来书籍和杂志，在课堂上看课外书。韩老师是个善良的人，她有时明明看见我趴在桌上偷看抽屉里的书，也装作没看见，大概是怕点破了让我难为情吧。我私下里亦很惭愧，觉得自己这样做是对老师的不尊重，是不应该的。但书籍相对于音乐课来讲对我的诱惑力实在是太大了，我控制不了自己。我一生读书成癖，在铜师求学两年，几乎每天的课外活动时间都泡在图书室或阅览室里。有时读书读得老僧入定一般，连开饭的铃声也听不到，直等到图馆员催促说开饭了或是下班了，我才如梦初醒，极不情愿地合上书本离开阅览室。

我读书总是囫囵吞枣，不求甚解，缺乏分析和总结，更不要说写什么读书笔记了。如此生吞活剥，怎么能读出门道来呢？我认真地盘点了一下，认为我这一生终是被书"害"了。说来话长，就此打住。且说我总是在上音乐课时在琴房里看书，韩老师虽并不点破，给我留面子，可我却不好意思，窘得手脚没地方放。韩老师看出我的窘态，笑着问我："琴练得怎么样了，弹支曲子给我听。"我只会一只手弹琴，不会打拍子，而且只会弹一支最简单的儿歌《小松树》。我难为情地苦着脸说："韩老师，我只会一只手弹琴，不会打拍子。"韩老师依旧笑吟吟地说："你就用一只手弹吧，我用一只耳朵听，把另一只耳朵捂起来。"说着话，她真的把另一只耳朵用手捂了起来。她的一句趣话和动作把我逗笑了，我刚才的"难为情"和"苦瓜脸"全都抛到爪哇国去了，脸上顿时晴空万里，阳光灿烂。我坐直身子，用一只手弹奏完这支曲子。韩老师乐得大笑起来，之后，她将大部分笑容收回去，微笑着鼓励我说："弹得不错嘛，好好练习，你会弹好琴的。嗯，一定要学会打拍子，你将来教学生时，难道用一只手操琴吗？"我的脸红了，连声诺诺，这不是韩老师对我的委婉批评吗？其中还对我寄予着莫大的希望呢，希望我能成为一个全面发展的小学教师，可我……唉！她走后我认真反思了一阵子，认识到自己不好好学琴是不对的，但书籍对我的吸引力更大，我便开始为自己不好好学琴找理由，反正我将来不当音乐教师，学不学琴有什么关系呢？往后的音乐课上，依然我行我素。有几次，韩老师经过我的琴房窗口，高大的背影一闪而过，并未往我的琴房里瞅一眼。我揣测，韩老师一方面是怕打扰了我的读书梦，更主要的是对我放弃了，天要下雨娘要嫁人，这把糊不上墙的粪土就由他去吧。临近毕业考试时，其他同学的琴都弹得抑扬顿挫，只有我的琴沉默暗哑。我毫无进步，辜负了韩老师的一片苦心，我昼思夜想，凭这一只手弹琴是无论如何也过不了关的，肯定不及格。但脸都想黄了，也没想出好法子蒙混过关。好在车到山前必有路，真可谓天助我也！在一次校内劳动时，我的左手指被石头砸破。这下砸得好；正合吾意。到医务室后，校医给我清洗伤口，涂上碘酒，包上纱布。处理完毕看我还不愿走，便说："包扎完了，你请回吧。"我说："王医师，请你给我吊上绷带。"他不解地看着我说："杀鸡焉用牛刀，这点小伤，不用吊绷带。"我说："我喜欢用左手做事，如不小心碰到伤口，感染了，麻烦可就大啦！吊上绷带，挂在脖子上，想用也没法用，就不会感染了。"直到校医给我缠上纱布吊在脖子上，我才满意地走出医务室。毕业考试时，韩老师见我像是从战场撤回来的伤兵，笑得连连打喷嚏，摊开两手做无可奈何状，只好同意我一只手操琴。我最终考了六十分，顺利地通过了毕业大考。

六

我在铜师读书期间，学校的文娱生活还是比较丰富的。每逢国庆、元旦这些重大节日或者开展什么重大活动，学校都要组织学生排演文艺节目，以示祝贺。另外，学校每周雷打不动地播放一场电影，学校有自己的放映机和放映员，放电影比较方便。当时是单休日，每周日到周五的晚上是学生的晚自习时间，只有星期六的晚上由学生自由支配，电影就在星期六晚放映。吃过晚饭，各班学生扛着长条凳三三两两地陆续来到电影场，电影场设在学校西边生产队的大场上。学校里也有大操场，甚至比校墙外生产队的大场还要大，可学校为了方便其驻地李井村村民看电影，就把电影放映场设在了校外，学生开饭早，来得也早，李井村村民多是站在学生后面看电影。电影总是先放新闻纪录片，让学生了解国内外形势，学生称其为"加映片"，也称"副片"，后放正片，多为战斗故事片，且多是连放两部片子，以尽量满足学生对文化生活的需求。

七

铜山师范收了四个县的学生，由于离家路远，周末又只有一天，星期六下午上完课后赶到大庙车站已无车可乘，想要回家一趟实属不易，往往要牵涉到请假。如果家中没什么急需自己处理的事情，同学们周末就不回家了，在学校里读书或打打球，或是选择外出游玩。就是离家比较近的铜山籍学生也很少回家，主要是时间来不及，坐车不方便。

学校驻地距大庙火车站二点五公里，坐落在李井村西南角，交通很是不便。学生下午上完两节课后再步行赶到大庙，一般是赶不上车了。

坐在我后面位上的是赣榆县的卢世坡同学，他是个乐天派，一天到晚乐呵呵的，喜欢开玩笑。他和我很投缘，能聊得来。一个星期天早晨吃早饭时，卢世坡对我说："老邢，你是铜山本地人，了解本地的名山大川、风景名胜，何不当个向导，带我们出去转转？"我向他夸耀说："可不是嘛，我们铜山那可是地大物博人口众多，百万人口的大县，在全国那也是数得着的！至于名胜古迹名山大川嘛，那可是星罗棋布遍地开花喽！"卢世坡笑笑说："你这个家伙，就会吹牛，小心吹破了肚皮没人给你补哇！"我说："怎么，你不信？从这往南十几里地就是有名的圣人窝，是孔子和他的弟子们周游列国时曾临时搭草棚住了一宿的地方，那时还没有村落。后来形成村落后，因孔圣人住过，而取名为'圣人窝'。""是吗，真像你说的那样？"卢世坡伸长了脖子，一脸的惊讶。我假装生气地说："信不信由你，我还不乐意当这个向导呢。"卢世坡站起身，抹抹嘴，把嘴角上的一粒米抹到下巴上，就去约另几位同学，有赣榆县的于学胜、姚克聚、刘树明，东海县的徐新元、刘其刚，还有新沂县和我同桌的董祥才等一行八九人，我们出了学校北大门，撒开两腿向南山进发。

暖风习习，艳阳高照，天空蓝得仿佛能拧出水来。一望无际的麦田和油菜花将初夏的田野涂抹成一幅巨大的油画，闪烁着五彩缤纷的光芒。鸟儿的歌声在蓝汪汪的天际回荡，我们的心情格外愉悦。大家说说笑笑，有人还乐得手舞足蹈起来。卢世坡提议道："老邢，别辜负了大好风光，给我们讲个故事吧。"我想了想说："好吧，就给你们讲个圣人窝里发生的故事吧，故事的名字叫'贾二大爷辨鸡'。"卢世坡马上发问："贾二大爷不是大老爷们儿吗，怎么变成鸡啦？"我说："这个'辨'是'辨别'的'辨'，不是'变化'的'变'，不是一个意思。'鸡'呢，当然是'鸡鸭'的'鸡'啦。"卢世坡说："故事名字的意思是贾二大爷辨别鸡。"我说："你真聪明，悟性这么高，要是在课堂上我给你打一百分。"卢世坡催促道："别闹了，你快讲吧，我胡子都快躁白了。"我清了清嗓门开始讲：圣人窝四面环山，住在山里的居民几辈子都没走出过大山，没见过大世面，只有一个贾二大爷早年曾外出闯荡江湖，到过南京和北京，算是见过世面的大人物。圣人窝里的人家凡遇大事小情，都要去请教贾二大爷，请求他指点迷津。古时候没有钟表，圣人窝里的人家怎么能按时起床劳作呢？有个人听说公鸡会叫鸣，能按时喊醒人们起床。可他根本不知道公鸡长的是什么样子，到街上将一只老鸭婆当成公鸡买了回来，唯恐跑掉还将其拴在床腿上，方便听它打鸣。夜里，主人不敢睡去，唯恐错过了公鸡打鸣，时间长了犯困，就用两根草棒将上下眼皮撑起来。一夜过去了，明晃晃的阳光透过窗户照在大床上，"公鸡"没有打鸣；两夜过去了，三夜过去了，"公鸡"像是睡死了，长脖子插在翅膀底下，连个屁也没放。主人的两只眼睛熬成了红灯笼，他自言自语道：莫不是花大价钱买了只憨鸡或者哑鸡不会打鸣？他一拍后脑勺，竟拍出了灵感来，何不去请贾二大爷来此看看，到底怎么回事。他一溜小跑到得贾二大爷家里，贾二大爷还在蒙头大睡，呼噜打得震天响，原来贾二大爷也不知道天亮。好容易将贾二大爷喊醒，他揉揉惺忪的睡眼，趿拉着鞋来到主人家，见"公鸡"被拴在床腿上，他大吃一惊，说："你们怎么能把'公鸡'拴在床腿上呢？看看，'公鸡'嘴被踩扁了，还怎么打鸣呢？唉，可惜，太可惜了！这么好的一只'公鸡'硬是给你们踩残了……"

听到这里，大家笑得前仰后合。姚克聚笑得肚子痛，弓着腰双手抵住肚皮；于学胜笑得直打喷嚏，对着太阳一声接一声，鼻涕眼泪都流到一起去了；卢世坡一个劲儿地用拳头捶我："甭讲了，甭讲了，再讲我就要笑死过去了"。闹过之后，卢世坡说："圣人窝真是块风水宝地，人杰地灵，竟出了这么个走过南闯过北见过大世面的贾二大爷。照你这么说，贾二大爷就是圣人窝的一张名片喽，他是不是比孔老夫子还要有名？"我说："至少在方圆百里之内，贾二大爷要比孔老夫子有名气。在徐州东乡，人们只知道圣人窝有个贾二大爷，很少有人知道孔老夫子曾在圣人窝住过。"姚克聚说："老邢，贾二大爷的故事还有续集吗？你快接着往下讲！""当然有。"我干咳两声，清了清喉咙，继续给大家讲贾二大爷的逸事。

话说圣人窝又出了件挺让人为难的事情，贾氏族人的老姑奶奶——一个百岁人瑞在外村仙逝了，据说死者年龄比贾二大爷还要大十几岁呢。亲戚来报信，贾氏族人都要去奔丧烧纸，但关于奔丧烧纸的礼仪大家都不懂，只得去请教贾二大爷。贾二大爷是贾氏的族长，又是名人，这奔丧烧纸的队伍的带领者当然非他莫属。贾二大爷对前去请教的族人说："你们小孩子家懂什么，只懂得捉迷藏过家家之类的儿童游戏。奔丧时，你们只管跟在我后面，看我咋着你们咋着就是了。族人皆诺诺。这天，贾二大爷身着长袍马褂，头戴礼帽，脚蹬朝靴，银髯飘飘，手拉文明棍，虽已至耄耋之年，腰杆却挺得笔直，从背影看还是个年轻后生呢。他走在前面带队，后面跟着一大群贾氏族男女老少。一切按奔丧烧纸的传统习俗进行，进死者村口就得衣袖遮眼呜呜地哭。奔丧的人都要弯下腰，腰要弯成九十度，哭声要大。'号丧'嘛，要拖着长腔'号'，这样一直'号'到死者棺材前，再跪地磕头，以示对其离世的悲哀之至。话说贾二大爷率领着这支奔丧烧纸的队伍一进村口便衣袖遮眼地'号'起来，由于贾二大爷是个实诚人，做事太像回事，眼捂得太实，眼前一团黑，再加上刚下过雨路滑，贾二大爷一不小心就骨碌碌地滚到路边的臭水沟里去了。后边的人纷纷仿效，也都一个一个地躺倒滚到臭水沟里。沟里水很少，黑骚泥倒是很多，几个路过的人将贾二大爷搀上岸来，其已不成人样了，长袍马褂糊满了黑骚泥，文明棍甩到沟里去了，礼帽也陷进黑骚泥里找不到了，浑身上下一股臭烘烘的味道，围观的路人皆掩鼻而笑。滚到沟里的男女老少亦是如此，好容易一个个爬上岸来，站成一排，聆听贾二大爷训话。"看看看，成何体统？徒让路人笑话！"贾二大爷胡子都气黑了，"我是不小心滑倒滚到沟里的，谁让你们都去滚沟的？"男女老少齐声说："不是你教导我们说，看你咋着我们咋着吗，我们跟你学怎么又错了？"贾二大爷自知理亏，也就顺坡下驴，不再训斥，率领大队人马继续号丧。

中午坐大席，圣人窝前来奔丧烧纸的男女老少争相和贾二大爷坐在一桌，看着贾二大爷喝酒吃菜的动作跟着学。无奈一桌坐不下这么多人，只好坐邻桌，便于学习取经。席间，由于贾二大爷吃菜过猛，一箸连一箸地夹菜，导致菜塞在嗓子眼咽不下去，噎得直翻白眼，众人也跟着翻白眼。贾二大爷吃呛了，"吭吭"几声，两根粉丝不往肚里去，竟从两个鼻孔喷出来。众人见状，立即用手从盘碗里抓粉丝往鼻孔里塞，却怎么也塞不进去。或问何故？贾二大爷笑笑，说："连这个也不懂，还不如小屁孩，真没见过世面，我这叫'二龙吐须'，你们不是龙身怎么学得来呢？"众皆愕然，原来如此，遂作罢。

一行几人笑得上气不接下气，嗓子都笑哑了，连声干咳。姚克聚笑得一手扶树，弓着腰呕吐，只是吐不出来，脸憋得公鸡下蛋一般，红筋暴胀。徐新元说："今天是我进铜师以来最快乐的一天，这个贾二大爷不愧为天下第一号的'假'祖师爷。"卢世坡问我："老邢，贾二大爷他老人家还在不在人世？"我骗他说："贾二大爷就住在圣人窝，今年已是九十多岁高龄了。"卢世坡又说："咱们这次去圣人窝，一定要去拜访这位高人，请他给我们讲故事。"

一路说说笑笑，不觉已来到圣人窝村西口，迎面走来一位红脸大汉，肩扛一把老镢头。卢世坡忙不迭地迎上前去，满脸堆笑地问道："请问同志，这圣人窝可有个贾二大爷，他住在哪儿？"红脸大汉笑笑回道："噢，你问的那个贾二大爷是俺表侄，与俺邻院。"他回头用手一指："就住在村东头往里一点。"卢世坡喜不自禁："这下好啦，能见到贾二大爷了，咱们快去他家拜访吧！"我说："老卢，你哪天若是被人家给卖了还帮人家数钱呢。"卢世坡不解地问："难道我们被骗了？"我说："那倒未必，你是被人家给骂了，比人家矮了三辈呢。你想想，你的贾二大爷是他表侄，你不得称呼他表姥爷吗？在他跟前，你是孙子辈的。"众皆大笑。卢世坡恍然大悟，跳起脚来大喊："这小子，俺卢某人大江大海什么大世面没见过，竟在这小河沟里翻了船，倒让这村野匹夫给骂了。真腌臢！"我说："这个贾二大爷的故事是某位老学究编撰出来贬损圣人窝人的，因为圣人窝四面环山，交通闭塞，很多老辈人一辈子都窝在圣人窝里，没出过大山沟，山外的人也很少进山里来，他们认为圣人窝人没见过世面，基本上属于没开化的人，所以编造出贾二大爷的系列故事来贬损圣人窝人。圣人窝人因此受了侮辱，对此很是反感，只要听到贾二大爷的名字便浑身起鸡皮疙瘩。你怎么还当真了呢？"卢世坡捣了我一拳，说："不都怪你这家伙讲得活灵活现，跟真事似的，我上了你的当啦！"我说："谁让你那么容易入戏呢，都过了而立之年了，还像童男子一样童真，你呀，你是个永远也长不大的孩子。"卢世坡两手一拍，说："看看看，大白天走路，你给俺戴了个驴蒙眼罩，摸不着北了，让俺乱转圈儿。"

我们一行从村西口进的村，只见一条大红飘带自东南向西北飘过来，将村庄划成南北两半。仔细一看，原来是道山涧深沟，里面长满了樱桃树。樱桃树都是从石头缝里长出来的，连两边的沟坡上也长满了。沟坡上的樱桃树纵横交错，手挽手地交织在一起，冒出樱桃沟老高，像是一条火龙蜿蜒盘旋，摇头摆尾，似将要腾空而起，这就是著名的圣人窝樱桃沟。樱桃有的水红，有的鲜红，有的紫红，颜色深浅不一，像是琉璃做成的小球，红得玲珑剔透，阳光下，似能看见透明的汁液在流动。一道樱桃沟仿佛一片燃烧的云霞，将整个村庄都烧红了，就连我们的脸蛋也映得红扑扑的，我们仿佛走进了人间仙境，深深地陶醉于眼前的景致。我告诉随行的同学们，圣人窝的樱桃沟闻名遐迩，属圣人窝的一大景观。每年樱桃成熟的季节，总有络绎不绝的游客前来参观游览，更多的人是来品尝樱桃的。樱桃沟出产的樱桃无论是品相或是口感都是其他地方的樱桃所无法比拟的。不少樱桃树的枝杈从沟坎伸到路面上来，我们随手摘了几颗扔进嘴里，于学胜一声"我的娘咪，甜死人啦，比初恋还甜"，说得众人哈哈大笑。

出了圣人窝来到半山腰，我们又参观了晒书石。据说当年孔子带领弟子们游览至此，不小心将所带书简掉到水里浸湿了，便来到半山腰这处大石头上晾晒书简，这也是圣人窝的一景。之后，我们又到吕梁的凤冠山上参观孔子登临处，这当年孔子站在这儿观水，留下的千古名言"逝者如斯夫，不舍昼夜"，激励了多少后来者珍惜寸阴去读书学习，去奋斗创造，去实现自己的人生价值和远大目标。

在回程的路上，随行的同学们都说我这个向导当得好，使这个星期天充满情趣，过得很有意义。

八

当时在铜师学习的千余名学子，没有哪个不晓得我们班班长"无穷大"的。他叫张树民，东海人氏，考学前任小学校长。"无穷大"是我们同学送他的外号。他一米八五以上的个头，虎背熊腰，方面大耳，站起来一扇"门"，坐下去一尊"神"，长得实在是人高马大，故赚此雅号。

他当班长尽职尽责，把班级工作管理得井井有条，深得师生信赖。他表情严肃，不苟言笑，其实心地善良，平易近人，对同学们的难处感同身受。他出身寒微，从小吃过不少苦，曾随母外出逃荒讨饭，尝尽人生百味。他曾私下里向我述说过自己的身世，说到动情处，几次掏出手帕揩眼泪。他说，以后如有可能，请我将他的身世写一写。但我至今也未能给他写出一个字来，因而时常惭愧，觉得对不住自己的老班长。未能动笔的原因不仅是因为笔拙，也由于时间已过去将近四十年了，当时又未做笔录，至今已几乎忘光了，恳请老班长原谅。

在刚开学不久的一个多月时间里，由于校方规定的请假制度比较严格，同学们虽然想家，但都在努力克制自己，很少有人请假。我们这班学生多数已迈入而立之年，多是成过家的人了，家里上有老下有小，能不想念吗？我们的老班长看在眼里，急在心里，他常找我们谈心，了解思想动态。在一次班会上，由班长主持会议，分小组讨论。他说，这是一次没有主题的班会，什么内容都可以涉及，天文地理、学校家庭、亲戚朋友、个人爱好、理想追求……尽可畅所欲言。由于刚开学，大家对于彼此的情况都还不熟悉，所以这次班会请大家敞开来谈，相互沟通，彼此了解，增进同学之间的友谊。他想以此来缓解大家想家的情绪。这一招果然灵验，大家争相发言，无所不谈，气氛热烈而融洽，拉近了同学之间的感情。

之后，老班长又主动和班主任陈复礼老师协商。按学校规定，班主任只有一天的批假权限，陈老师答应在批假权限之内尽量满足同学们的要求。

一次晚自习，我发现坐在我后面的卢世坡下巴颏抵住胳膊趴在位上，一副闷闷不乐的样子，就问他："老卢，怎么不高兴，想家了是吧？"他说："我的大孩子已经八岁了，上小学一年级；二孩子也五岁了，正上学前班。我已离家一个多月了，不知他们怎么样了，老是想得慌。"老牛舔犊，人之常情。我想逗乐他，就说："光想孩子不想老婆吗？"他用拳头捶了我一下。"这家伙，又捣蛋了。"随后，他一脸陶醉的神情，"我那老婆对我可好啦，说不出有多体贴。每逢我放学回到家里，她总是端茶送水，嘘寒问暖，把饭菜端到我跟前，像招待客人一样，时间久了，弄得我都有点儿不好意思了。"说着，他长长地吁了一口气，陶醉在爱情的甜蜜里，沉浸到温柔乡里去了。我笑笑："对于老婆给你的似水柔情你可要把持得住啊！不要儿女情长英雄气短，男子汉应以事业为重，千万不能倒在老婆怀里睡不醒啊！"他说："瞧你说的，咋能睡不醒呢？该醒的时候自然会醒的。"我马上恭维他："这就好、这就好！"沉吟了一会儿，他又转了话题："我近房大伯在县民政局工作，会相面，去年春节回家过年，他给我相了一面，说我今年流年运气好，红运当头，脱去蓝衫换红袍，还有上学的命。当时，我怎么也不相信，都两个孩子的父亲了，还能上哪门子的学？哎，你看，这不真的应验了。"我问："他竟然能算得这么准？"他接着说："大伯还说我是个性情中人，情商比智商高。我也恨自己不争气，老是老婆孩子热炕头。"我宽慰他："'无情未必真豪杰，怜子如何不丈夫？'只要食人间烟火，谁没有七情六欲？你是个有情有义的男子汉，哪个女子嫁给你，那可是掉到福窝里去了。"言谈之中，他很为自己有这么一个贤淑的老婆而骄傲。过了一会儿，他又说："老邢，你会作诗，就给我写首诗吧，留个纪念。"我爽快地答应了，想了想，给他写了几句顺口溜，题目是《写给卢世坡》，内容是：人在校，心在家，家里还有一朵花。我有心回家看看花，就是校长不准假。这下，卢世坡可乐坏了，他站起身来一个劲儿地擂我的肩膀，连声说，大坏蛋、大坏蛋……第二天，这首顺口溜在校园里传得沸沸扬扬。见了面，同学们都望着我笑，我有点儿丈二和尚摸不着头脑。有个同学告诉我，你昨晚写的那首诗连老师和校长都知道了，人家在笑你想老婆呢！我这才知道，原来卢世坡在题目上做了手脚，将原题抹去，署上了我的名字，并在校园的黑板报上张贴出来，算是"公开发表"了。这个狡猾的狐狸！我知道他在搞恶作剧，出我的洋相。

我曾经一度担心校长找我麻烦，便从暗中观察，校长见了我还是那张堆满微笑的脸，我便放下心来。

九

时间过得真快，不知不觉两年的学习生活就要结束了，我们面临毕业，同学们交谈比以往更为热情了，眼光里自然流露出那种即将分别的不舍之情来。我们（3）班同学集体合影留念，邀请校长和教务主任参加，当然也包括那些曾经代过我们课的老师。两年来的朝夕相处，六七百个日日夜夜，是共同的追求、共同的理想使我们走到了一起。都说一辈同学三辈亲，照相时，不少同学眼里汪着晶莹的泪花，因为大家都清楚，这合影意味着分别。我的恩师和同学们，你们一切都还好吗？蓝天下，我们顶着一个太阳工作，怀抱一轮明月入眠，思念的心永远是距离最近的坦途。同学们，我们还会有相聚的一天吗？我期盼着！

那时，我们（3）班油印了每个同学的通讯地址，人手一份。由于时间久远，保管不善，我的那一份已丢失。那时又没有固定电话和手机，要是现在就好了，联系起来多么方便啊！

我们这班学生来自铜山、新沂、东海、赣榆四个县，毕业分配原则上是回户籍所在县，由县教育局统一分配。我被分配在户籍所在地的吴桥中心小学工作。自此，我们又重新走上工作岗位，为教育事业添砖加瓦。

结束语

两年的学习生活，我学到了许多新鲜的知识，培养了良好的道德情操，提高了自己的人文素养，在我的人生履历上写下了浓墨重彩的一页，为我以后的工作和学习打下了坚实的基础。

拉拉杂杂两万余言，故事虽然琐碎，却是我切身的经历和感受。谨以此文献给我亲爱的母校——铜山师范学校110周年华诞，并衷心地感谢曾经教育和帮助过我的恩师和同学们！

但愿人长久，千里共婵娟。

卢套中学读书漫忆

我是1964年暑后进入卢套中学学习的。卢套中学是铜山县一所很有名气的老中学，招收附近四个公社的学生，共有五个班，初二和初三都是双班制，而我们新收的初一却是一个班，原因是生源不足。三年困难时期，温饱尚成问题，接受教育更是一种奢望。在这种严峻的形势下，国家对住校的中学生发放生活补贴。记得我们刚入学几天后，班主任邓联端老师在一次班会上要求我们住校生回家后让所在生产大队开具当年的口粮证明，再到所在地公社粮管所加盖公章，然后统一交到学校后勤部，由学校后勤部汇总后上交学校所在地粮管所，再由国家给予差额补助。就我自己来说，把我在生产队里吃的口粮（如小麦、高粱、玉米、白干子等）折合成品粮，是每月十九斤，国家再补贴十五斤大米白面。学生的标准计划粮是每月三十四斤，如果你在生产队里吃的口粮多，补的就少；反过来，在生产队里吃的少，补的就多。我所在的生产队口粮标准最低，因此，我得到的国家补助就最高。这里顺便说一下，国家补助的只是住校生，附近不住校的学生是不能享受补助的。在校的绝大多数学生都住校，不住校的学生只限于卢套附近的几个村庄，如卢套、龙马集、堰头、山西、后楼等。我们住校生最远的离学校三十多里，最近的也有七八里地。

另外，国家每月还给每个学生半斤食用油的补贴，说是学生处于青春发育期，正在长身体，需要大量营养。国家给了粮油补贴，可穷学生没钱买呀！于是，国家又拨来了助学金，帮助生活有困难的学生解决一部分困难。助学金不分住校生和走读生，每个学生都有权享受，但前提是确有困难。记得在第一次评助学金的会上，班主任邓老师说："同学们，这助学金是国家对我们生活困难的学生的补助，体现了国家对我们青少年学生的关怀，我们应当感谢党和政府在国民经济十分困难的情况下还拨出专款助学金来解决我们生活中的困难。针对这件事我要多说几句，评助学金要优先照顾生活困难的学生，当然大家生活都有困难，可困难有大有小，比如父母亲是国家工作人员的学生家庭困难程度相比社员就小一些，再比如人口少的家庭比人口多的家庭相对困难就小一些，家庭成员身体都健康的相比家庭成员有长远病的困难就小一些，还有住校生比走读生困难要多一些。你们走读生一天三顿在家总可以吃碗热乎饭喝碗热乎汤吧，而住校生呢，一天三顿清一色的白开水，吃的是用笼屉蒸出来的白芋和白干片。吃得人胃里泛酸水，长期这样吃，把胃都吃坏了，况且连咸菜盐豆也没有。同学们，住校生可怜啊！你们在家里有父母疼爱，来到学校里学校就是你们的家，有校方和老师疼爱你们。你们无论是走读生还是住校生都要像兄弟姐妹一样，团结友爱，互相帮助，希望在评比助学金的时候，同学们能够发扬雷锋精神，把有限的助学金让给更困难的同学。"随后，邓老师又传达了校方评助学金的几个等次，一等是生活特别困难的学生，每月助学金三元，二等两元，三等一元五角或一元。我当时助学金被评为三等一元五角，我们班只有邢印朋同学被评为一等，因他是个孤儿，在生产队里吃五保，生活特别困难。住校生一般都被评为二三等，近路的走读生绝大部分都没评上，也有极个别比较困难的被评为三等。我们班的住校生只有张贞琴和李志平两位同学没评上，因为张贞琴的父母亲都是拿工资的国家干部，她本人也吃成品粮，和学校老师一样在食堂搭伙。李志平的父亲是公社党委书记，拿国家工资，她家里人口也少，生活相对一般社员来说要好得多。在评选过程中，有些近路的走读生发扬雷锋精神，主动提出来不参评，比如卢飞云、卢振胜、白克里等同学，他们的做法受到老师和校方的表扬。不过，校方和班主任邓老师为了尽可能地做到公允，把学费减免这一块儿向走读生倾斜了一些。比如和我同桌的卢兴珍同学就减免了学费。

发放助学金以后，学校便让我们交钱，然后统一到伊庄粮管所去买粮油。为了节省运费，学校没舍得雇汽车拉，而是号召我们徒步到伊庄粮管所去运。每次去一个班学生，同桌配成搭档，两个人抬一袋子，无论米或面都是五十斤一袋子，来回还要经过鹅头山的"老少喘"。"老少喘"，顾名思义，无论老年人或是年轻人，凡翻越者必气喘吁吁，大汗淋漓。何况我们都抬着几十斤重的米和面粉呢？中间不歇上几次是休想翻过山去的。

有了大米和白面，每天早上我们住校生便能喝上两勺稀饭了，每逢星期三和星期六中午还能吃上一顿大白馍呢。半斤重一个的大白馍，每人每次发两个，够吃上两顿的。另外，每星期还能吃上一顿丸子，这丸子的萝卜馅儿是学校菜地里种出来的，白送给我们吃，这丸子是用国家补贴每个住校生的半斤油炸出来的。记得每次能分上一大海碗，那丸子香到什么程度，对于我们这些不见半点油星的住校生来说，无异于吃了一顿上八珍大席，反正在我的印象里，这一辈子再也没有吃过那么好吃的东西了。我们当时吃的都是从家里徒步十几里甚至三十几里路用两个肩膀背来的白芋或白干片。白芋用绳子结成网套起来放在笼屉里蒸熟了吃，白干片则是用手掰碎了放在碗里然后放到笼屉里蒸着吃。有的同学连白芋、白干片都带不起，只得带些干白芋叶子蒸着吃。这少得可怜的食物对于正处在身体发育期的学生来说，只能打打牙祭而已，没有办法，如果实在饿极了，就多喝几碗白开水哄哄肚皮。这样一对比，就知道那几顿精米细面对于我们这些住校生来说意味着什么了。当领到大米稀饭、白面大馍和油炸丸子时，很多学生眼里都汪着泪花花，感动得就要下泪了。

记得那是1964年秋忙假过后，邓老师见我们学生从来不刷牙，有很多学生有口臭现象，便不知从什么地方用班费给我们买来了牙刷和牙粉，所有学生每人一把牙刷一盒牙粉。邓老师善于精打细算，他之所以没买牙膏而买牙粉，是因为牙粉比牙膏价钱便宜，而且一盒牙粉比一支牙膏用的时间要长得多。之前我从来没听说过吃过饭还要刷牙，更不知牙刷和牙粉为何物。我仔细地把玩着牙刷，觉得挺有意思的。牙刷很细小，乳白色的柄好像是猪骨头做成的。在一次早操过后的晨会课上，邓老师讲要养成饭前刷牙饭后漱口的好习惯，并且亲自做示范，比如刷牙前要先把牙刷浸在温水里泡上两分钟，这样不容易伤到牙齿，然后用牙刷蘸上牙粉刷牙。刷牙要做到竖着刷，千万不要横拉牙刷，否则会伤到牙齿，还要做到三面刷净等。我按老师说的去做，第一次刷牙的感觉特美，刷过牙之后，一整天嘴里都有种甜丝丝的感觉，让人神清气爽。邓老师对我们的关怀细致而周到，真可说是无微不至。

这件事过去不久，邓老师又在我们住校生的蒸饭上发现了问题。当时学校食堂是用十几个大笼屉摞在一起蒸饭的。学生蒸白芋都是用绳结的网套子把白芋装进去蒸。而蒸白干片要放上水蒸才行，不放水是蒸不熟的。学生们蒸白干片的器皿真可谓五花八门，有小缸盆，有饭盒，有大白碗，还有温罐子等。用小碗蒸的，水放多了容易溢出来，水放少了又蒸不熟。凡此种种，邓老师看在眼里，急在心上。过了几天，他不知和哪个陶瓷厂联系的，竟给我们班送来了一马车大海碗。这大海碗也是用班费买来的，是专门照顾住校生蒸饭用的。这让我们全体住校生又一次感到了温暖。

往事如烟，一晃半个多世纪过去了，本文所记述的只是笔者记忆中的残片。五年的中学生活（后来发生了"文化大革命"，故延长了毕业时间），我们住校生顺利度过，其间没有一位同学因生活困难而中途辍学。这说起来虽只是一句简单的话，其实是件很不容易的事情，这都是国家、学校和全体老师们对学生无微不至的关怀的结果。作为当年受益的学生，我们只能以辛勤的劳动和更加努力工作，来报答国家、母校以及全体老师们的厚爱！

谨以此文，献给母校卢套中学，献给邓联端老师以及那些殷切关爱过我们的校领导、老师和那些曾经帮助过我的同学们！

我们的文艺沙龙

1969 年暑假，我终于领到一张巴掌大的大红封面的初中毕业证。封面是毛主席像，翻开第一页上是毛主席三条语录，第二页上是我的修业年限及毕业结论，并盖有"铜山县卢套初级中学"的大红印章。我是 1964 年暑假后进的卢套中学，应是 1967 年毕业，由于"文化大革命"的原因，一直推迟到 1969 年暑假才毕业。前后上了五年初中，属"老三届"的中间一届。

"文化大革命"期间，我回家务农，扒了一冬天的大河，双肩磨出了拳头大的老茧疙瘩。这是我回农村后接受贫下中农再教育的第一课。次年麦收时节，大队支书找到我，不知是哪位老兄告诉他说我在学校里会写作文，老师总拿我的作文当作范文读给同学们听。老支书交给我一项

238

任务，担任大队的"四夏"通讯员，报道"四夏"工作中涌现出来的好人好事，稿子送交公社广播站，择优录用，在公社范围内宣传农村中的好人好事。我写的稿子经常被采用，老支书直喜得合不拢嘴。"四夏"工作结束后，又把我安排到大队组织的毛泽东思想宣传队担任递词和编剧。所谓递词，就是演员们上台演出时忘了台词，我在幕后提示一下，免得他们"出洋相"。说是编剧，其实只是编一些农村里出现的好人好事，如三句半、数来宝、山东快书之类的小节目。我编的一些小节目，有几个在公社文艺会演中得奖，直把我高兴得乱转圈儿。

不知天高地厚的我，不免有点儿飘飘然了，从此竟做起文学梦来，与同我一起毕业的本村同学蔡书久搞起了小说创作。为此，我做了精心准备，从书店里买来一本长篇小说作为时下的参考读本，名字已记不清了，写的是上海郊区某地社员战天斗地夺高产的故事。我们俩跃跃欲试，也准备写这样的小说。我和蔡书久一起整整策划了一个冬天，内容是关于我们家乡 1971 年春天实行的旱改水（包括动员全村社员打坝蓄水、改造原有的湖泊、将旱地改造成水稻田）等的始末，以及在这期间发生的人与自然、人与人之间的矛盾和斗争。初生犊子不怕虎，我们俩在全然不懂小说写法的情况下，东拼西凑十几万言，并几易其稿。1974 年春天，我俩将修订好的稿件交给公社文化站长索廷久同志。几个月后，索站长接县文化馆通知，要我们俩去县文化馆参加创作会议。听到这个消息，我们俩的内心奔涌着浩荡的春潮，巨大的幸福感一下子把我们包围。

捧着油印的会议通知，我和蔡书久各自背着一小筅白芋干去粮管所兑换粮票，白芋干折价七八分钱一斤，每斤白芋干兑换七两粮票，每人换得十斤江苏省地方粮票。小小的红色版面，闪耀着金红色的光芒。我用鼻子使劲嗅了嗅，分明有大米白面的香味儿。之前，我从未见过粮票是什么样子的，今天算是开了眼界。回程路上，我们俩高兴得忘乎所以，把小筅扣在头上，几乎是跳着舞回家的。

我们这些与会的业余作者，吃住都在县委招待所里，用白芋干换来的粮票吃饭，县里补助的伙食标准每人每天八角钱。一日三餐大米白面，菜肴更是多种多样，对比我们平日在家里的生活，那真是天天都在过大年呢！就连做梦我们都想吼几嗓子，"人人都说天堂美，怎比我洪湖鱼米乡"。另外，我们业余作者（吃商品粮的国家工作人员除外）每天还有误工补贴三毛钱，回去后交给生产队记一个同等劳力工分，交通费用凭票报销。待遇确实够优厚的了，让我们这些"泥腿子"作者十分感动。

创作会议是在县委招待所会议室举行的，主持会议的有文化馆邹馆长以及负责全县群众文艺创作的张道奉老师。与会者皆是从各乡镇及县办各企事业单位抽来的业余文艺作者，还有在校学生，共有几十个人。首先由邹馆长带领大家学习毛主席《在延安文艺座谈会上的讲话》，进一步树立文艺为工农兵服务的思想，学习结束后分组讨论，领会其宗旨，吃透其精神，用来指导自己的文艺创作。邹馆长说，要彻底铲除名利思想，所有发表的作品均无稿酬；发表作品需要署上作者的名字，不是为了扬名，而是为了负责任。如若作品出了问题，作者是要负责的。有一段时间内发表作品不准署个人名字，只署 ××× 创作组，后来有的作品出现问题找不到具体对此负责的人，才又改过来。

会议第二天，由张道奉老师带领大家讨论各自带来的习作。习作的体裁种类繁多，有小说、散文、诗歌、小戏曲、相声、数来宝、山东快书、表演唱等，作者在体裁的选择上绝对自由。我和蔡书久合作的文章块头较大，暂不参与讨论，由张道奉老师委托我们县的业余作者牛朝品（时任伊庄公社工商办公室会计）进行单独审读，待写出意见后再与我俩交流。其余习作则挨个过堂，轮到谁，谁当众朗读自己的稿子，读后让大家讨论，指出优缺点，并尽可能地提出建设性意见，便于稿件的加工和修改。会议提出一律用"三突出"的创作原则去对照检查。"三突出"即是：在所有人物中突出正面人物、在正面人物中突出英雄人物、在英雄人物中突出主要英雄人物。这在当时是衡量所有文艺作品的重要标准。

当时参加这次创作会议的还有曾任江苏省作家协会文艺创作组组长的诗人丁汗稼老师。"文革"开始后丁汗稼老师被下放在铜山县柳新公社劳动改造。他写了一出小戏剧，名字记不清了，内容是反映农村女青年出嫁时对娘家的依恋，对曾经洒过汗水战斗过的土地的一往情深，对朝夕相处的父老乡亲的恋恋不舍。大家对他的作品发表了议论，有的说作品没有反面人物作垫脚石，英雄人物（作品中的女青年）的形象高大不起来；有人说英雄人物临出嫁前竟哭了起来，感情是那么脆弱，有损英雄人物的高大形象……可以说众说纷纭。丁汗稼老师无可奈何地赔着笑脸，嘴唇嗫嚅了几下，什么也没说。

仅此一斑，可窥全豹。

这样的创作会议经常召开，给作品集体"会诊"，并将半成品或大半成品加工提炼为成品，向上一级报刊推荐稿源，以繁荣文艺创作，解决当时群众文化奇缺的燃眉之急。我们这些泥腿子作者理所当然地成为当时文艺工作的骨干力量。一则因为一些知名作家、职业作家都因这样那样的问题靠边站了；二则我们来自火热的斗争生活，来自生活第一线，作品有着扑面而来的泥土气息。

私下里，我们这些泥腿子作者还给铜山文艺创作队伍有头有脸的人物进行了"梁山泊英雄排座次"。张道奉——文化馆负责全县业余文艺创作的辅导老师，二十世纪五十年代曾在《人民日报》和《中国青年报》发表过文章，不久前，他的一篇山东快书《风雨夜》又在《新华日报》发表。他的长项是曲艺和书法。在我们眼里，他是个全才人物，而且形象异常高大，须仰视才见，理所当然地成为我们顶礼膜拜的偶像，被排为文化馆文艺创作的龙头老大。单玉彩——过去在县武装部工作、后来任过县文联主席，曾拿一篇散文稿来我们创作会议上"会诊"，后来发表在《新华日报》副刊上，我们拥他坐上了第二把交椅。刘金山——"泥腿子"作者，他擅长快板书、表演唱之类的群众文艺写作，当时的铜山的文艺作者队伍中，数他年龄大、资格老，亦小有成就，排为第三把。牛朝品——当时的业余作者中小说创作的权威，排第四。马家科——原铜山梆子剧团编剧，剧团解散后下放到利国钢铁厂负责宣传工作。他是文化馆的戏剧大家，被大家拥坐第五把交椅……这样一直排到第十，离一百○八将还相差甚远。虽然在全县范围内我们这些所谓的泥腿子作者也有百十号人，但无奈我们这些小字辈的习作从未见过铅字，排序只得暂时中断。背地里，我们就"张一、单二、刘三、牛四、马五……"地喊开了。

　　粉碎"四人帮"后，文艺迎来了百花齐放的春天。文化馆办了个内部刊物《铜山文艺》，油印的，不定期出刊，有一阶段曾按月出刊。多是刊登诗歌和曲艺类作品，未见登过小说和散文，后来小说和散文也曾结集出版过。我和蔡书久合作的中篇小说虽然流产了，但我们再次合作的小戏曲《喜鹊登枝》却铅印出版了，这使我们大喜过望。后来，我和蔡书久"分道扬镳"，他写小说、散文去了，而我却写起了诗歌。我写的诗无非是一些大白话顺口溜而已，竟也经常见诸报端，更是频频在《铜山文艺》上发表出来。我的耕耘终于有了收获，不免沾沾自喜起来。

二十世纪八十年代初，在王昕朋的主持下，县文化馆又创办了个文艺刊物《大彭》，可能是季刊吧，记不清了。这是个纯文学刊物，专门发表诗歌、散文、小说等文艺作品，有时也发表文艺评论。王昕朋任主编，刊物办得颇具地方特色，也曾进行过几次作品评奖，由此培养了一大批业余作者，受到县委县政府的表彰，也得到地方和广大业余作者的支持和赞誉。铜山县首届文学工作者协会成立，王昕朋高票当选文学工作者协会主席。

利国镇有个业余作者厉福田，是我们文艺沙龙的老作者了，他擅长写诗，有时也写写歌词或表演唱之类的曲艺节目。他写的小诗很有情趣，生活气息浓郁。他的家乡就在微山湖畔，他曾写了一首歌词《我爱微山湖畔山和水》，以饱含激情的笔墨热情洋溢地赞美了家乡的青山绿水，文采飞扬。某位作曲家（记不清名字了）被其深深地感动，予以谱曲，由一位"琵琶女"（怀抱琵琶的二九女郎）在铜山大礼堂边弹边唱。听厉福田说，此女不可多得，多才多艺，绝大多数女子只会弹不会唱，或者只会唱不会弹，而此女却能将弹唱结合起来，表演又是那样痴情和投入，不少人把舌头都咂干了，佩服得五体投地。戏台下，我和厉福田坐在一起，他向我介绍时，两只眼睛闪烁出水波样的光芒，跟着"琵琶女"的节奏振翅起舞，仿佛就要起飞了。县里组织的文艺会演，厉福田的这篇作品一举拿下三项大奖，作词奖、作曲奖和表演奖。厉福田激动极了，浑身竟神经质地抖动起来。他手捧着大红奖状和作曲者及表演者一道合影留念。之后，这个节目广受赞誉，参加徐州市文艺会演，又被推荐到南京演出。

有一年，麦收时节到了，厉福田家缺少劳动力，成了我们文艺沙龙的困难户，急需救助。他家三口人分的几亩责任田，全部种上了麦子。厉福田父亲常年卧病在床，母亲七十多岁，不能下地干活。厉福田患着严重的哮喘病，身体羸弱，哮喘加上长年累月的咳嗽，和他的穷困一样使人喘不上气儿来。如果麦子不能及时抢收上场，一家三口人的生活怎么解决？当时，原负责全县群众文艺创作的张道奉老师已调任县文化局长，接替他职务的是负责全县文艺创作的王昕朋。时值县文化馆召开创作会议期间，王昕朋将厉福田的情况通报给所有与会业余作者，大家一致提议，休会一天，帮助厉福田抢收麦子。但王昕朋犯难了，这事自己做不了主，要向时任馆长王军汇报，要得到馆长的批准呀！要找个由头才能师出有名呀！有人说，叫扶贫好啦；有人说，叫助人为乐吧；有人说，叫学雷锋吧……众口不一，还是王昕朋点子多，他将高度近视镜往鼻梁上推推，笑笑说："依我看，干脆叫体验生活吧。"大家连说"好"，一起鼓掌通过。一则体验生活这个名义切合大家的身份，是所有作者的必修课；二则这也是文化馆培养业余作者的一项工作，王军馆长当即批准了。

厉福田即刻回去做准备了。我们被抽去的十几位业余作者都是身强力壮的小伙子或年轻的女同志，王昕朋号召我们自带午饭。我们每人从招待所食堂里买了一份午饭背在包里，一大早就乘上去利国的公共汽车，不消一个小时便到达了目的地。厉福田早已在地头等候我们，他说昨天夜里磨了一夜镰刀，至今连眼皮也没合一下。地头放着一个大茶罐，一拉溜摆着十几个大海碗，茶水都晾凉了，我们端起来一饮而尽，抹抹嘴领好趟子开始挥镰收割。不到两个小时，一块地割完了，王昕朋让大家休息一下，请女同志为我们唱歌。女同志也不推辞，在无音乐伴奏的情况下清唱起来，后来又和我们男同志进行拉歌比赛。劳动是愉快的，我们并不觉得累。稍事休息后，王昕朋留下几个人往场上运麦个，其余人去另一块地继续收割。厉福田远远地饷田来了，他挎着一个大筢子，里面尽是瓜桃水果。我们也不客气，边吃边休息边说笑，大家亲热得如同一家人。

夕阳西下，我们把厉福田家的麦子全部收割完毕，运到大场上。厉福田激动得两眼泪汪汪，和我们一一握手道别，并目送着我们坐上回程的汽车。车行老远，我们回头望去，厉福田还干树桩一般戳在夕阳里，向我们频频挥手呢。

文化馆有时也组织一部分业余作者下去采风。有一次召开作品讨论会，文化馆租了一辆大巴车带领我们业余作者去唐沟大队采风。唐沟大队是铜山县有名的"明星村"，不仅省市内经常组织人员去参观访问，就连外国友人也经常光顾。大队党支部书记艾德福是位实干家、老先进，曾当选过全国人大代表。他安排讲解员带领我们参观，并给我们详细介绍唐沟大队农林牧副渔、工业排头兵的规划布局及取得的辉煌成就，使我们深受鼓舞。比起我们那些一个劳动日只挣两盒火柴钱穷得叮当响的地方，这真是人间天堂了。回来后，王昕朋写出了组诗《唐沟的三月》，发表在《铜山报》上。王昕朋后来写了好几部长篇小说，其中一部长篇《漂二代》被翻译成外文，漂洋过海，翻译到海外去了。一路走来，王昕朋同志凭着自己真抓实干，名气逐渐大起来，成了"文革"后第一位铜山籍的中国作家协会会员。他进步这样快，我在这里谨向他表示诚挚的祝贺！

1977年八一节前夕，为了纪念南昌起义五十周年，文化馆写了一张小纸条，并盖上公章作为介绍信，要我去参观淮海战役烈士纪念馆。回来后我写了一首《献给八一的歌》，发表在《铜山文艺》上，这是首次以4开版面的小报形式铅印的《铜山文艺》。之后，《铜山文艺》按月铅印出版，每月一张小报，发放到各乡镇文化站、企事业单位及业余作者。《铜山文艺》改为《大彭》，定期出版并且由油印走向铅印，开了新生面。

与此同时，大作家们也陆续获得了自由和解放。文化馆经常邀请他们给我们这些业余作者作报告，讲解文艺或文学写作的基础知识，或者介绍他们自己的创作经验，指导我们的创作实践，提高我们的写作水平和艺术修养。

随着专业作家队伍的逐步壮大，至二十世纪八十年代中后期，文化馆所担负的培养业余作者、普及群众文化的任务已基本完成，改由各级作协和文联承担。文化馆成了群众自发组织的演唱、舞蹈、吹打弹拉等文化娱乐场所，较之以往更为热闹了。

逝者如斯，回忆曾经的文艺岁月，一言难尽，良多感慨！啊，我们的文艺沙龙！

我的读书故事

　　也许我与文字有一种命中注定的缘分。记得很小的时候，还没有入学启蒙，我便经常翻看叔叔的小学课本里的插图，还特别喜欢闻书本里的墨香味。上小学二年级时，我与邻居二哑巴（乳名，因排行老二，到五岁才牙牙学语，故赚此雅号）同桌学习。一天早饭后到得教室里，二哑巴从书包里鼓捣出一本书来，用一只手围成喇叭筒状趴在我耳朵上很神秘地说："敦岭，给你本书看，看完了还我，可不准再传给别人。"我一听有书看，立马眉开眼笑，连连点头："那是、那是。"我接过书，哪敢放在桌面上看，而是半放在抽屉里半放在大腿上看，而且两只手把书压得紧紧的，生怕人家给抢去似的。

　　这是一本形状近似于正方形的儿童读物，既无封面也无封底，只剩下当中几页，还撕得少皮无毛的，不是缺个角就是扯开个大口子。可就是这么一本书，我却如获至宝，读了一遍又一遍，整个课外时间都泡在书里面，连厕所也顾不得去，除非实在憋不下去了，才一溜小跑着去一趟。如果阅读时遇到拦路虎，还不敢去请教老师，因学校早有规定，学生只准学习规定的课程，课外书是禁止看的，怕影响学生学习功课，我只好等晚上放学回家后请教在黄集高小读书的高年级学生。我边读边为这本书的前后部分被撕掉而深深地惋惜，曾不止一次地问二哑巴，这本书的书名叫什么，撕去的内容是什么。他总是装聋作哑地不予理会，问多了，二哑巴便不耐烦了："你个憨瓜，我怎么知道？你去问那个小孩（指书里的主人公）吧。"被他抢白，我只好无奈地摇摇头。后来，二哑巴告诉我，这本书是他在黄集上五年级的哥哥从垃圾堆里捡来给他的，据他哥哥讲，书名叫《找红军》，至于撕掉的是什么内容他就不知道了。多少个夜晚啊，我翻来覆去睡不着觉，很为书里那个小朋友的命运担忧：他找到爸爸了吗？他在路上遇到白匪军了吗？他饿了怎么办？他夜里在哪儿睡觉的……我绞尽脑汁地填补着撕掉的空白，整个儿融化到书的情节里去了，以至忘了难挨的饥饿和寒冷。当时正值1960年春天，饿得人翻白眼，可我有了这本书做伴，从没感到过饥饿，原来书本可以疗饥，知识可以挡饿。

其间，二哑巴多次催我还书，我都推说没看完，直到三个月后，本班同学张启明拿来一本小人书（连环画册），名叫《草上飞》。据张启明说，"草上飞"是八路军战士骑的一匹战马，这匹马四蹄不沾地，能飞起来，曾多次救过这位八路军战士的生命。我巴不得立刻将书借到手里疗我饥渴，但他说什么也不愿借，尽管我一再低声下气地恳求他也无济于事。我急得手足无措，忽然想到我家有一只祖传的铜哨子，是青铜做成的，据说是哪位老祖宗在部队当官时发给他的"军号"，吹起来特别响，几里路外都能听得到。由于铜哨是祖传的宝贝，母亲特地将它收藏在一个特制的木匣子里，外面用小铜锁锁上。我知道钥匙放在母亲陪嫁的木箱旮旯里，便趁全家人不注意时将铜哨偷了出来，跟张启明换了《草上飞》。说好只换十天，到时都要按约定归还对方，并且拉了勾，双方都不能反悔。

那神奇的"草上飞"直让我激动得热血沸腾，它驮着主人南征北战，遇到悬崖绝壁，能腾身飞越过去；遇到大江大河，竟能飞一般地踩水过去。这是怎样的一匹神马呀！好些日子我都深深地陷入对"草上飞"的神往里……

1961年暑后，我进入小学四年级，需到七里路外的黄集中心小学上学。黄集街上有个李师傅，开了一间剃头铺。为了吸引小学生来剃头，他购置了几十本小人书（连环画册）挂在室内后墙上，以招徕顾客。他只收剃头费，看书免费，我们称其为"免费图书馆"。由于小学生大多喜欢看小人书，李师傅的剃头铺也因此逐渐红火起来。我家兄弟姊妹多，连吃咸盐的钱都没有，进街上剃头铺剃头那是连做梦都不敢想的事，我剃头都是由父亲带着，到本队义务剃头匠，外号"大老实"的家中去剃。当时正值三年困难时期，生活十分艰难。那时，我总是在"免费图书馆"前转来转去，因无钱剃头，不好意思进去白看书。屋子很小，只有十多个平方，小得磨不开腔，还要搁置剃头和烧水的用具。我站在门前直直地瞅着那几本正在被学生们翻看的小人书，眼馋得直咽唾沫。李师傅正在忙活，瞥见我戳在门外的窘状，笑着说："小同学，屋里坐吧，有书看呢。"我巴不得听到这句话，连声说："谢谢李师傅！"便走到后墙拿了一本小人书，一瞅，屋里的地盘实在太小，两条长凳上几个学生几乎坐满了一屋，又不准拿到外面去看，我左瞅右瞅，最后只得在屋子东北角旮旯里坐在扫地用的笤帚疙瘩上看书。我完全进入了角色，被书里的人物和情节吸引住了，连我的呼吸也随同书里的人物一起一伏。

我禁不住书的强大诱惑，天天到"免费图书馆"去读书。李师傅热情如初，可我心里却过意不去。每天放午学后到得剃头铺，我首先拿起笤帚打扫卫生，然后再坐在笤帚疙瘩上看书。直到下午预备钟响了，我才恋恋不舍地跑去学校上课。李师傅一再劝说我不用替他打扫卫生，只管天天来读书就是，他说他很喜欢看到小学生这样爱学习，不要觉得有什么过意不去的。可我总觉得这样白读书还是亏欠了人家什么，于是决定在剃头铺里剃一次头，报答李师傅一下。可我又拿不出一分钱来，这可如何是好呢？经过一番思索，我终于想出来一条无奈之计——借钱剃头。于是，我没经家里同意，狠狠心向二哑巴借了一角钱，由他陪我去剃头。我从来没在剃头铺里剃过头，李师傅见我爽快地拿出一角钱来，略作迟疑，便动手给我剃起来。他边剃头边向我询问钱的来历，我撒谎说是家里给的，可二哑巴却纠正说是我向他借的。李师傅没再说什么，笑了笑，便岔开话题。剃完头，李师傅把一角钱硬是塞在了我的衣兜里，说什么也不愿收。顿时，我的两行热泪像断了线的珠子直往下落，我哽咽着，泣不成声地说："谢谢李师傅！"便转身逃也似的跑出门去。"小同学，以后尽管天天来看书，该剃头时我会免费给你剃头的，啊……"后面追来李师傅的声音。

在中学和师范读书期间，我几乎把所有的业余时间都泡在了阅览室和图书馆里。由于读书成癖，同学们给我取了个外号"邢书记"，因借书要记上书名和自己的名字，记的次数多了，便成了"书记"。参加工作后，我更是疯狂地读书，床上床下，办公桌的桌面上、抽屉里到处摆满了各种各样的书，书多得甚至连枕头也没法放置。实在应该感谢书，让我吃了一顿又一顿饕餮大餐！

书啊，书，我的挚友，我的伊甸园！我今生今世都会与你相伴，直到地老天荒，海枯石烂！

戒　酒

　　我这一生中曾两次醉酒，出尽了洋相。

　　第一次是我在十几里外上中学时，星期天回家带干粮。正值三年困难时期，稀饭都喝不上，全家人省吃俭用供我上学。母亲用少许白芋干面掺上白芋叶糠做成糠窝头蒸熟后给我带饭，每星期六天，每日三餐，三六一十八，这带饭的乘法口诀可要比解方程要容易得多，我早已背得滚瓜烂熟。我数好十八个牛眼大的糠窝头装在小笼里，背起就要走，母亲说："甭忙走嘛，前天中午你舅姥爷来了，你大（父亲）去街上装了半斤酒招待他，这不，还剩下一点，钱买来的，扔了可惜。"说着，她提起墙旮旯儿的酒壶晃了晃，"不多了，多说有二两酒，你就喝了吧。寒冬腊月，酒能御寒，有点酒垫底，走路暖和"。说着话，母亲将酒壶送到锅底下，用余火温酒。酒这个物什对于我来说，并不十分陌生，从小到大我曾两次见邻居家招待客人饮过酒，知道酒是透明的液体，像水一样会流动，只是从未品尝过，我家沽酒这还是第一次。不一会儿，母亲从锅底下将酒壶掏出来递给我。我接过酒壶放在鼻子上闻，一股辛辣的味道直冲脑门。我为难地皱了皱眉头，将酒壶放在锅台上，不愿喝。母亲鼓励我："这酒呀，闻着呛人，喝着可香呢。看你穿得多单薄，一件空壳袄，一条灯花（单）裤，外面多冷呀，北风正打哨呢。快喝，喝下就暖和了，啊——"母亲疼爱我，这我知道，看着母亲期待的眼神，我终于鼓起勇气端起酒壶，憋住呼吸，一口气灌了下去。顿时，似有一团烈火滚进了心里，从胳膊腿往外直冒热气。我辣得嘴歪眼斜，鼻涕眼泪都出来了，脸也拧成了苦瓜蛋。母亲递过筷子，说："快夹菜过过嘴！"我夹了几粒盐豆送进嘴里嚼嚼，果然好多了。酒壮行色，我背起干粮雄赳赳气昂昂地跨出家门，大有"临行喝妈一碗酒"的干云豪气，一股暖流从脚底一直涌到头顶，我惬意极了。

　　走在十里长堰上，我有点头重脚轻，眼睛迷离着，远山和眼前的树木都晃动起来，脚也似插上翅膀，就要飞起来了。突然，"咣当"一声，小箢从肩上滑下来，重重地摔在地上，摔裂了一个大口子，十八个窝头像是出笼的小鸟，争先恐后地向堰下滚去。我心中一惊，这可是一个星期的口粮呀！潜意识里，我已变成了景阳冈上的武松，遇见吊睛白额大虫，酒先自醒了一半，变作冷汗出了。我也学着糠窝头，奋不顾身地向堰下滚去。堰下不远处就是河，我滚到堰下坐在地上岔开两腿企图拦住糠窝头，仰见十八个糠窝头像惊飞的乌鸦群"哇哇哇"地顺着堰坡向我飞来，跳起了快乐的舞蹈。由于窝头放的白干面太少，容易摔散架，有的摔成了两三瓣，有的摔成了七八瓣，有的摔成了德国造鸭嘴手榴弹，炸开四十八瓣，粉身碎骨了。由于我的裤裆过于狭窄，只拦住了七八个残缺不全的"弹片"，其余的都作鸟兽散，滚到河边去了，有几个竟滚到河里游泳去了。我跟跟跄跄站起身到河边去捡拾，它们浑身糊满了泥沙，像是一堆出土文物残片。我将它们一一聚拢，试着在袄上擦拭泥土，哪知不擦则已，越抹越黑。我忙昏了头，连生气也忘了，把它们收拢在小篦里，趔趔趄趄地背到学校里。

晚饭没吃，气饱了，省下一个窝头。第二天早自习时，我用脸盆打来冷水，给一群"伤员"擦洗伤口，洗出了大半盆浑泥浆。清洗好后，我将窝头残片放在床上晾着。中午开饭时，我回到宿舍一看，傻眼了，窝头残片被鼠族们报销了一大半，咬得七零八落，只剩下一捧糟糠了。这一顿，老鼠不仅吃得大腹便便，还拉走了不少去储存起来，并且肆无忌惮地在上面拉屎撒尿，黑糠里掺上鼠粪，顺色了，拣又拣不出来。这整整一个星期就只剩下这一捧糟糠，日子可怎么过呀！我仰天长叹：天哪！复又自我慰藉：我这是自作自受，此事不关风与月。

　　第二次醉酒是在我初中毕业后回家接受贫下中农再教育时。一天中午，我家来了位不速之客，弓着腰在门口喊着："好心的大姐大嫂行行好，给口热汤喝吧！"说着话，竟把二胡抵在腰间拉起弦来。我抬眼一看，此人瘦削的长脸上凹凸着嶙峋的骨感，像极了收租院里的一尊泥塑。他表情凝滞，满脸扯满蜘蛛网似的皱纹，头戴瓜壳帽，身着老粗布大襟棉袍，长长的人工纽扣从脖子左侧一直盘到脚踝，整个人像是被锔锅锔碗的长锔子锔死了一般，活脱脱一具立起来的木乃伊。我不禁倒抽一口凉气。父亲一打量，这人好面熟哇。噢，他终于想起来了，原来是章仁兄呢。此人姓章，睢宁东古墩人氏，是父亲早年的拜把兄弟，称谓"仁兄弟"。他比父亲年长，父亲让我喊他"仁伯"，他则喊我"仁侄"。说着话，父亲连忙拉他到屋里坐。他尴尬得手脚没地方放，急得连话也说不囫囵："我、我，我怎么讨饭，讨到仁弟家来了，唉，真是的……"他硬撑着要走，难为情得满脸通红。父亲说什么也不愿放他走，便拉着他进屋落座叙话。其时我家刚吃完午饭，母亲正在刷锅洗碗。父亲命我拿着酒壶去街上打几两小酒来待客，我只好去五六里外的集市上沽酒。待回到家里，天色已晚，一轮红日渐渐地坠下山去。

　　母亲正忙着下厨，炒了一碟萝卜丝，一碟清水炖白菜，一碟鸡蛋烩辣椒，四缺一。母亲绞尽脑汁，怎么也凑不齐四道小菜（我们这地方传统待客的最低规格是四碟小菜，一壶老酒）。无奈之下，母亲只得端上一碟盐豆凑上。主客落座后，由于酒菜过于寒酸，父亲时不时地表示歉意，仁伯则时不时地从只有三颗牙齿的黑洞里吐出"时艰乎，时艰也"之类的文辞。由于父亲从不沾酒，只得让我陪客饮酒。有了几年前那次醉酒经历，我喝得十分小心，只是劝客多饮。然仁伯是个谦谦君子，见我不肯多饮，他亦只是蜻蜓点水，酒杯沾唇，轻轻带过，并不贪杯。问其故，曰：客随主便，方为礼数。父亲示意我，唯恐怠慢了客人。我只得谨遵父命，端起酒杯敬客，一杯一杯又一杯，舍命开饮。只一会儿工夫，半斤小酒便见了底，酒壶倒竖在桌上也控不出半滴酒来。

饭罢，父亲说："仁兄，你看我家屋还没有洋火盒（火柴盒）大，人口又多，无床铺待客，晚上就让你仁侄带你去钻牛草屋吧。条件所限，委屈了。"父亲双手抱拳，表示歉意。仁伯亦微笑作答："哪里、哪里，仁弟这话就见外了，客随主便，越随便越好！"乃抱拳弓腰还礼。父亲又说："如此便好。仁兄，你会唱扬琴（柳琴戏），今晚就在牛场唱扬琴吧，我们队有不少听书迷呢。明天我让你仁侄领着你挨家挨户去筹点粮食贴补贴补生活，不知仁兄意下如何？"仁伯说："好倒是好，只是我不会唱新书，所唱都是传统老书，恐怕不合时宜吧。"当时处在"文革"时期，言下之意，他颇为忧虑。父亲宽慰他说："仁兄不必多虑，书迷们都爱听老戏，你只管唱就是。"

书场设在生产队牛场前，挤满了男女老少黑压压一大场子人，盛况空前。仁伯定准了二胡的弦，开唱，书题是《王天宝下苏州》。有了几两小酒垫底，他唱得格外卖力，琴声也分外悠扬。明亮的月光下，人们听得如痴如醉，几个听书迷张大了嘴巴。可我总是不架势，关键时刻掉链子，老毛病犯了，酒又喝高了，只觉得酒劲儿直往头上涌，眼前又晃香油一般晃动起来，仁伯的老粗布棉袍也晃成了一朵盛开的奇葩，在我眼里哧哧冒着青烟一波一波地往上升起，飘起了一段柔美的舞蹈。我东倒西歪地一头钻进牛草屋里，躺在牛草上睁大两眼望着黑洞洞的屋笆。酒劲儿如同活跃的小兔子，在脑袋里横冲直撞，亢奋起来，我竟跷起二郎腿学着仁伯的腔调唱起扬琴来："俺王天宝一气之下离了家……"唱着唱着就进入了梦乡。等我一觉醒来，发现身上竟盖着仁伯的蓝棉袍。牛屋外边，琴声悠扬，仁伯还在抑扬顿挫，正唱到"羊羔羔吃奶跪着求母……"哎呀，寒冬腊月这么冷的夜里，他要是冻出病来怎么办？我想爬起来把袍子还给他，可刚一动身，"哇哇"地一声接一声，竟吐得稀里哗啦。你甭说还挺准，不偏不倚，全在棉袍上落地开花。这下丢人丢大了！我挣扎着起身去擦洗棉袍，无奈酒劲儿上涌，头痛欲裂，肝肠肚肺都要吐出来了，只好作罢，由他去吧。等我再次醒来的时候，寒山寺的钟声已敲过多时。从南窗射进来的月光下，仁伯正用湿毛巾给我擦脸呢。我再次挣扎着想坐起来，可仁伯安慰我："别动，一动酒就往上冲，睡一觉就好了。唉，都怪仁伯不好，不该让你喝那么多。"我惭愧得眼泪都要下来了，本是我来照顾仁伯的，这下倒好，反客为主，变成仁伯来照顾我了。此情此景，正应了那句古词"欲说还休，欲说还休，却道天凉好个秋"哇！

这次醉酒使我彻底长了记性，此时方悟：酒能乱性，亦会坏事。自此以后，我戒了酒。

鱼龙山小溪

时值夏日，昨晚刚下过一场大雨，天气转晴。听说鱼龙山小溪很有名气，尤其是在夏日发大水时，别有一番韵味，我于是约了两个朋友前去观光游览。

顺着崎岖的羊肠小道登上鱼龙山南半坡，寻得小溪的源头，原是两座山头的水汇流而下冲击而成的一个深潭。水帘紧贴着悬崖跌下来，一幅立体的壁画在阳光照耀下流光溢彩，宛如人间仙境。潭子只有一个小汪塘那么大，由于水深，潭水呈黑褐色，仿佛大山的眼睛，阅尽人间春色。潭水顺坡下泻，一路披荆斩棘，绕开嶙峋的山石，九曲十八弯，最终冲出一道清亮的小溪。缘溪而下，水流清澈见底，水下是大大小小形状各异的鹅卵石，历尽亿万年的沧桑，被溪水抚平了棱角，叮咚叮咚……响着岁月的銮铃，弹奏着悦耳的乐章。

继续顺流而下，水流渐缓，水底的鹅卵石也次第见小，有的像鹌鹑蛋，有的像纽扣，有的像花生米、像豆粒、像米粒，更有甚者，小如细沙，能从手指缝里漏下去。两个朋友每人捡了半兜儿，一个说带回去给小孩子把玩，另一个说带回去放在金鱼缸里观赏，我却只是痴痴地看着流水出神。这水清澈得如无水波漾动，你只会觉得无水而只有石。几只小青蛙刚蜕去尾巴，逆流而上，尽情地戏水，展示着它们的蛙泳功夫。

到了大平原上，小溪越来越宽，水流越来越缓，溪水也越来越浑了。先是变成乳白色，水面上漂浮着白色的泡沫，接着变成半浑浊状态，水中混合了许多杂质。再往下行，溪水更浑了，泥沙俱下，像是一锅混合面做成的粥。几个渔人背着竹篓在此摸鱼，他们的腿上涂了一层黄褐色的泥汁，夹杂着乳白色的泡沫印痕，据他们说，只有在这样的水里才能逮着大鱼呢。

同一条小溪，上游和下游却是截然不同的两个世界。据知情者讲，鱼龙山小溪之所以很有名气，原因就在于此。

桑树涅槃

　　我的家乡是远近闻名的蚕乡，黄土地上的桑树整整齐齐地排列着，一棵接着一棵，一排挨着一排，像是一队队在校场上操练的士兵，穿着绿色的军装，在风儿的号令下婆娑起舞。

　　春天来了，桑树拱出了细细的嫩芽，初时，像个小小的桃形纽扣，嫩绿色里漾着淡淡的白，之后转成泛着红意的鹅黄，表面有点儿毛茸茸的，像刚刚孵出的小鸡的绒毛。桑树生长的速度确实令人咋舌，一夜之间，枝条竟能抽出几寸来长。实在难以想象，那旺盛的生命力竟是从高不盈尺的树墩里喷发出来的，就像一个野性的孩子在顽强地张扬着自己的个性。它们生长着，一天一个样，枝条在不断地抽长，叶片在不断地放大。这时节，你要是夜间蹲在地头，侧耳谛听，一准能听到嘎巴嘎巴的拔节声。

五一节过后，桑树的叶子愈来愈稠密，叶肉也愈来愈厚，不仅每棵树上都密不透风，撒土不漏，树行与树行之间的空隙也被枝叶填满了。站在黄堰上向远处眺望，广阔的大平原上全是一望无际的桑树，一望无际的绿，仿佛是从地心里喷涌出来的绿色血液。每一枚叶片都似一面绿色的旗帜，在春风里快乐地翻飞。这时，如果你穿行于树行之间，要小心绿色的汁液会滴下来，洇绿你的衣裳，浸透你的皮肉，灌满你的每一个细胞……那时，你会觉得自己也绿成了一棵桑树，根扎黄土，头顶蓝天，手持如椽的画笔，把青绿的信念写满苍穹……

那叶片儿大的有梧桐叶那么大，小的也有巴掌大。叶片的每一条叶脉都胀鼓鼓的，像刚分娩过的母亲的奶管儿，那是桑树通过一道道叶脉给桑叶输送"奶汁"。仿佛只要用手轻轻一捏，奶汁就会涌泉般喷出来。这时，采桑女来了，她们脸上漾着阳光般灿烂的笑。她们手里提着蛇皮口袋，一只手握着枝条，一只手捋着桑叶，嘴里唱着顺口溜："针鼻蚁蚕小又小，吃了桑叶变宝宝。宝宝上山化成茧，茧儿抽丝做冬袍。"刚捋过叶儿的枝条上的叶梗断裂处，奶汁还在不断地渗出，那"奶汁"雪白雪白的，如同母亲的奶汁一模一样。你不妨用嘴轻轻地吮一下，那是哺育生命的奶汁呀！我不禁想起高尔基的名言："应该赞美她们——母亲，整个世界都是她们用乳汁哺育起来的。"啊，小小的桑树，你是无愧于母亲这个伟大称号的，不是吗？一只只比蚂蚁还小的乌娘，不是靠吃足了桑叶，喝饱了桑树的奶汁而长成白胖胖的蚕吗？

喂完春蚕，就该修剪桑树了，所有的枝条都要从末根剪掉。剪过的地方，不一会儿便渗出雪白的"奶汁"来。再过一会儿，那越渗越多的奶汁便顺着树身往下淌，不大工夫便把整个树身都洇透了，湿漉漉的，说来也怪，连太阳也很难晒得干它。我想，这分明是桑树在经受巨大创痛时流下的泪滴吧，不，应该说流的是雪白的血！经年累月的修剪，使得高不盈尺的树墩上发出五股六杈，小的杈头像拳头，大的杈头像葵盘，这拳头和葵盘，记录着桑树曾经的沧桑。这样每修剪一次，桑树就革新一次，经历一次悲壮而惨烈的洗礼，之后，又重新长出一个自我，就像郭沫若先生笔下的凤凰在烈火中获得一次次新生一样，桑树是在一次次刀削斧斫中昂起不屈的头颅，从血泊中站起！桑树虽说在外形上属树中的侏儒，但若论它对人类的贡献，论它的精神、气质，论它所经受的磨难，绝对称得上是树中的伟丈夫！人们往往只看到桑树的青枝绿叶，只想到它能造福于人类，却不曾想过那矮矮的树墩是怎样熬过漫长而寂寞的冬夜，一次次地凝聚精力，一点点地积蓄力量。因为它身体里蓄满了烈火，因为它心胸里装满了春天，因为有一个鞠躬尽瘁甘愿粉身碎骨的梦。因此，它才能忍辱负重，才能在又一个春天来临的时候，将绿意挂满枝头。

　　就在人们修剪桑树时，下起了雨。人们一任雨水淋着、浇着，有的人还情不自禁地欢呼起来，这雨下得好哇！真是一场及时雨呀！是的，有了雨水的滋润，桑树更能茁壮成长。

　　桑树啊，桑树，愿你在雨中涅槃！

阳光的味道

　　我在东屋的一间斗室里读李娟的散文《我的阿勒泰》，夕阳的金辉从敞开的门里斜着泻进来。此时，我正在欣赏整整两页的插图。画面上是阿勒泰牧人骑着骆驼赶着一群羊儿牧归，远处是树林和小河，夕阳躲在无人处，余光显得幽暗且深邃。只一会儿工夫，阳光便爬上了书桌，铺展在翻开的书页上，一位天才的画家在给大草原着色，一幅草原牧归图顿时鲜亮起来。阳光铺展在远方的树林上，涌翠叠彩；小河里道道银波镶上了金边，晃得人眼花缭乱。

　　阳光真好！竟然能给定格的画面着色，营造出这么一个美妙绝伦的意境。惊叹之余，我将鼻子凑近画面，出乎意料，画面上竟有一股淡淡的香味儿浸润出来，陶醉了我的嗅觉。有树林里陈年落叶的腐香味，有小草发芽的清新味，有小河奔涌的清甜味，更有阳光的脆香味。奇矣哉，有了阳光，世间万物都有了味道。

牧人的长鞭在空中优美地画了一道椭圆形弧线，阳光下，似一条金蛇在空中曼妙起舞。鞭声落地开花，草原便开满了金红色的童话：野菊花、地丁花、杜鹃花……还有那些数不清的叫不出名字的花草，它们全都被金色镀亮，在似有若无的轻风中摇曳多姿。一如一颗颗金亮的小星星点缀在墨蓝的天幕上，闪闪烁烁，明明灭灭，迷离着人的眼睛。夕阳绸缎般铺展开来，融化在翡翠般墨绿的湖水里。

悠悠的牧歌从画面上升起，羊儿就是一个个欢蹦乱跳的音符，在草原这架大琴上尽情地弹奏。小河似一根拨动的琴弦，在一个个幸福的日子里，将抒情的颂歌播往不知名的远方。牧人甩动长鞭，将黄昏连同夕阳一股脑儿地赶进蒙古包，怀抱着草原的夜晚，酣甜地梦着明朝的日出。牧人伸伸腰，夕阳将人的影子拉长，他张开嘴大口大口地啜饮着阳光，那金黄的芳香，灌满牧人的五脏六腑。姑娘百灵鸟一般亮开银嗓，有着大草原韵味的律动在阳光里轻轻徜徉。

蒙古包里冒出一缕缕炊烟，无声地召唤着牧人归来。空气中氤氲着浓浓的奶香，那是妻子寄出的情书。牧归的男人啊，你可知道——你可知道妻子的一腔情意。铺天盖地的情丝，织成了男人们牧归的鞭响，一声又一声，一响又一响，伴随着牛羊急归的蹄声，在这如诗如画的岁月里合奏出牧民新生活的乐章。阳光把草原拥在怀里，张开双臂呵护着，用自己的身体温暖着。万物生长靠太阳，每个生命都是阳光缔造的精灵，都是阳光福佑下的子民。

啊！阳光真好，阳光的味道真香！

控 苗

　　有经验的老农都知道种庄稼需要控苗，就是在庄稼的幼苗期适当地控制一下它的生长速度。比如大家再熟悉不过的小麦，从寒露时节播种下地，直至来年立春后才开始拔节生长，其间有三个多月的控苗期。小麦的根系非常发达，深扎泥土，盘根错节。整个漫长的冬季，它都在蓄势，等站稳根基，立春后再往上生长。如果小麦种得早了，再加上迟迟不下苦霜（严霜），底肥又施得足，麦苗就会直劲儿地往上疯长，马鬃一般迎风抖起，如此便长过苗了。俗话说"麦无二旺"，说的是小麦只有一个旺长期，如果年前控苗期小麦长势过旺，立春后该旺长的时候就没有后劲儿了。有经验的老农会准确地掌握小麦的播种期，农谚说得好：秋分早，霜降迟，寒露种麦正当时。如果只是机械地照搬农谚，那也不行，还要看天气的旱涝，气温的高低，准确地把握播种期，从而控制麦苗儿旺长。

再如水稻也有控苗期。待水田中的秧苗儿返青后，就要"烤田"——把地里的水排干，让秧苗旱一个阶段，使它受点苦和罪。

有条农谚说，"有钱难买五月（农历）旱，六月连阴吃饱饭"，说的也是控苗。老农们都知道，农历四月底或五月初收完小麦之后，就要种上秋庄稼，我们家乡叫小苗庄稼，如玉米、黄豆、高粱、绿豆、谷子等，待一场透雨后，三五天就会出土，待黄芽儿变绿之后就要开始控苗。这时期的小苗庄稼既不需要施肥也不需要雨水，只需间苗和锄草。这期间，庄稼只要不旱死，就不用浇水。即便绿油油的小苗儿变黄了，变瘦了，一副可怜兮兮的样儿，也请你不要怜香惜玉，那是它成长过程中必然要承受的劫难，不吃苦中苦，哪得甜上甜？如果赶上了五月旱，整天晴空万里，烈日高照，有经验的老农便会喜上眉梢；如果日日阴雨连绵，让庄稼喝足水，直劲儿地往上长，人们就会皱起眉头，恨老天爷雨下得不是时候。不该长的时候赶着它猛长，到该长的时候便蹿不上去了。

人类从刀耕火种开始，一支犁歌直唱到今天，已延续几千年了。无数次经验证明，只要五月里把种子种下地，出全苗后来个大旱，六月里再下连阴雨，施足肥料，庄稼就像浇了油一般，挺着脖子往上蹿。这时候，老农们会戴着席棚子，披着蓑衣，吧嗒吧嗒地抽着老烟袋，眼睛眯成一条缝，支起耳朵听庄稼拔节声。想不让庄稼长快都难，摁都摁不住。

控苗是为了蓄势，就像拉弓射箭一样，"会挽雕弓如满月"，蓄好势，发箭才有力，也才能射得远。事物往往都是这样，退，是为了更好地进，经受磨折，蓄势以待，才能在关键时刻一鸣惊人。

每一天的太阳都是新的

　　我的祖祖辈辈都住在山窝窝里，我家大门朝东，面对东山。东山海拔较低，属山中之侏儒。从儿时起，我便养成了早上起床后先打开大门看日出的习惯。

　　日出是一个缓慢的过程，天空不断地变换着色彩，先是由灰变白，变亮，接着是浅红、绯红、鲜红、紫红……红得颇有层次。紧接着，太阳就要出来了，先是自东山顶上露出小半边脸，一副欲说还休的羞羞答答的样子。很快，一个大火球从东山顶爬上来，速度加快了，像是有人托举着往上弹跳，越跳越高，亮度也明显增强了，山上的草木也被镀亮了。于是，我的心情也为之晴朗起来，万里无云，格外高远，即将开始新一天的学习和工作。

　　即便是雨天的早晨，我也会打开大门，对着东山吼几嗓子，给太阳加油，到大门楼下去观想象中的日出。滚滚乌云压在东山顶上，笼罩着整个天空。电光闪闪，雷声隆隆，太阳暂时被乌云遮住了，那闪电的光芒是不是太阳在撕裂乌云、那隆隆的雷声是不是太阳在发出抗争的怒吼？乌云是遮不住太阳的，红日终将喷薄。尽管大雨滂沱，可我的心里却充满阳光，格外明亮。

从小到大，一年四季，我每天都会敞开大门张开双臂去拥抱新一天的太阳，虽然有晴有阴，有风有雨，有雾有霾……但这是生活的原生态，都是一个崭新的开始，都充满着光明，孕育着希望，寄托着梦想，给人以鼓舞、激励和奋斗的渴望。

心中有阳光，眼里有前方，脚下才有目标。只有不懈追求不断进取的人，每一天的太阳才都是新的。

借手表

二十世纪六七十年代的人民公社化运动时期，大家都在一口锅里摸勺子，"瓜菜代"，连起码的温饱问题也没有解决，物质极度匮乏。

俗话说，男大当婚女大当嫁，再穷也要婚丧嫁娶呀，该飞出的鸟儿不能老是圈在窝里哇！那时候男女找对象多是由媒人从中撮合，时兴女方到男方那去看家，不光是为了和男方见面，更主要的是去了解男方的家庭经济情况如何，婚姻讲究门当户对嘛，双方各方面的条件都要有个大差不差才行。女方多由婶子大娘及媒人带队去看家，也有女方母亲亲自"挂帅出征"的，别人代劳她不放心嘛。

我的邻居李航时年二十七岁，一家六七口人合住两间祖上遗下的破草房。为了说媳妇，新近用秫秸夹了一间小锅棚，将锅碗瓢勺安排到小锅棚里。为了说媳妇，新近又用芦苇夹了个篱笆院，风一吹，呜呜作响，似有千军万马埋伏在芦苇荡里擂鼓出征。母亲四处托人给儿子提亲，求哥哥拜姐姐，就差给人家跪下磕头了。

终于，功夫不负有心人，女方要来看家了。

一天晚上，李航来到我家，我只当他是串门来了，仍然埋头备我的课。李航怪不好意思地凑到我跟前，讪讪地说："邢哥，明天，俺想……"我抬起头："有话直说，怎么还吞吞吐吐的，咱们可是无话不谈的老邻居啦。"他终于鼓起勇气说："明天女方来看家，俺，俺想借你的手表用一下。"我站起身："当是什么事哩，原是借表相亲，大好事嘛，给你！"我马上从腕上取下手表递给他。他喜极，两只手在裤腰带上连搓了几把，弯下腰双手接过表，连声音也抖成了莲花落，颤颤地说："俺知道你……你……上课需要……掌握时间，过……过了……明天中午俺就……就还给你，只耽误你……你半天时间。"他只顾激动，连话也说不囫囵了。我拍着他的肩膀笑笑说："不误事的，你只管用就是了，什么时候不用了再还我。"他喜滋滋地转身一溜烟跑了。

当时大姑娘找对象的条件被编成了顺口溜：细毛羊，盖子猪，三转一响红瓦屋。李航家养了两只绵羊，每年夏天还剪羊毛卖呢。只是喂不起猪，因为猪要吃粮食，不要说粮食了，就连糠也不够人吃的。人吃的都没有，哪有剩余养猪呢。三转是自行车、缝纫机、手表。一响是收音机。这些李航都没有，红瓦屋更没有。这些大姑娘们尽打提前量，当时有几家能达到这种水平呢？

第二天吃过早饭，我去学校路过李航家门前，顺便进去看看相亲工作准备得怎么样了。篱笆院里扎着一辆半旧的自行车，那是我们村唯一的一辆自行车，是乡信用社信贷员杨其昌的，也给李航借来了。进屋一看，李航的母亲正在往盛糠的缸里摊小麦呢。家里坛坛罐罐的糠菜都被她用一层火纸（一种黄色的劣质纸）覆上，上面再覆上一层薄薄的粮食，包括小麦、玉米、高粱等，不用说，是专供相亲团看家时参观的。床上叠着一床牡丹大花被，上面压着一个荷花枕头，说是从大柱家借来的，大柱家新娶了个小媳妇。

收拾妥当，李航母亲这才腾出手来打扮自己。她不知从哪里找出一把缺了许多齿的老木梳，蘸着唾沫梳头，像是上了梳头油，油光水滑的，牛舔过一般，能滑倒苍蝇，看起来像是年轻了十多岁，徐娘半老风韵犹存。她屋里院外忙得店小二似的，脸上始终绽放着灿烂的笑容。

李航站在院子里，一手扶着自行车把，脸上漾满二月春风，乐得合不拢嘴。他穿着白洋布染成的老蓝布小褂，袖口卷到胳膊肘以上，手表明晃晃地闪着银光。两肩上还立着哼哈二将——两块旧补丁，格外刺眼。我立即把自己半旧的学生蓝迪卡褂脱下来给他换上，他喜得泪蛋儿都滚下来了。我说："红花还要绿叶衬呢，你戴手表骑自行车，却穿着带补丁的粗布小褂，岂不是要露馅了？"

就这样，我的手表和学生蓝迪卡褂给村上引来了十几只凤凰。

酸甜苦辣，谁解个中味！

红晕当头

    有句话叫性格决定命运，这句话太对了，就以我为例吧。我是个性格内向、懦弱、固执、多疑，且自尊心极强的人，甚至有点儿偏执，唯恐人家背地里说我丁点儿坏话，因此，我时刻谨言慎行，每说一句话，总要回味咀嚼一下，有什么不对的地方吗？可否得罪人家？说出去的话如同泼出去的水是收不回来的，如有不当之处，我能后悔好长一段时间，恨自己口无遮拦，时常夜里连觉也睡不着，后悔得直想扇自己耳光。一句话，终是性格害了我，长歌当哭，呜呼哀哉！

    我从孩童时代起就胆小怕事，导致上学时总是被人欺负，上小学二年级时就被本村一起上学的小孩们轮番打骂，他们多是老留级生，年龄比我长，个头比我大，我打不过他们，再说了，我就是再长一百个胆，也不敢打他们。后来，他们组成一个小团体，专门欺负我，走在上学放学路上，他们百般刁难我，排挤我，讽刺我，打击我，他们骂我什么，我只有洗耳恭听，绝不敢吭一声，更不敢说一个"不"字。从小学到中学，盖莫如此。

我小学就读于黄集中心小学，走读，早去晚归，六七里的路程，天天要和他们走在一起，我就成了他们的出气筒，原因是我的学习成绩比他们的头儿（暂且这样称呼吧，也无更合适的称呼了）好一点儿，常得到老师的表扬，头儿就煽动其余几个一起攻击我。在黄集小学读了三年书，就这么熬度了三年，我既不敢报告老师，更不敢对家里大人说，怕遭到更大的报复。

上中学时，离家十二里路，夏天每次回家要带三天干粮，冬天每次背一个星期干粮。每次上学放学都要和他们走在一起，不愿和他们走在一起也不行，头儿就唆使其余几个人到我家找我一块儿去上学，路上缺了玩物怎么行呢？由于"文化大革命"的原因，我中学上了五年。经过这五年，我变得少言寡语，压抑得几乎喘不过气来，从不敢入大人场，最喜欢坐在偏僻的角落里沉思默想。也因此，书籍成了我最好的朋友，它使我忘记了忧愁，忘记了烦恼，和书里的人物同呼吸共命运，书，成了我最好的精神食粮。后来我能进入写作之道，应该说与此有着密切的关系。

初中毕业回家后，我被推荐到本村学校担任民办教师，后来考取中师，毕业后分配在家乡小学任教，由于性格原因，仍是怕见人，总是沉默寡言，不能与其他教师正常相处。上面说到我的自尊心极强，唯恐别人背地里说我一个"不"字，整天疑神疑鬼的，谁知疑鬼就有鬼，一声晴天霹雳，我人生的天空轰然塌下来了。

1989年春日里的一天，吃完早饭上第一节课的时候，只有我和校长没课，我坐在办公室里批改学生作业。一位民办教师和我对桌，他从街上买农药回来，匆匆忙忙将外套脱下来搭在椅背上，就忙着去上课了。下课后，他披上外套，一摸，着慌起来，说是兜里的三十元钱没了，六张五元券卷在一起的，并说当时买农药时人很多，他清楚记得将钱装在了外面的兜里。校长说："你再想想，忘在什么地方没有，这节课办公室里就我和敦岭老师两个人，再没有人进来过，你再仔细找找。"他将所有的衣兜和抽屉都翻遍了，也没找到。之后，他经常念叨丢钱的事情，每当那时，我的脸便会泛红。这里需要说明一下，我的"脸红病"不是当时才得的，是在黄集中心小学教书时就得了，有时无缘无故脸倏地就红了，能一直红到耳后根，他每念及一次，我的脸就红一次，而且红晕不退，老是蒙在脸上。见他经常唠叨，我只好赌咒发毒誓说没见过他的钱。校长说："你管他哩，他的钱丢到哪儿还要你负责吗？"自此之后，他便不再说丢钱的事了。可每当有人说起"偷"字，我的脸就腾地红了，甚至有的老师说有的学生偷东西或者学校里什么东西被人偷去了，我的脸也红，如同条件反射一般，迅速地做出反应。再后来，无人再说"偷"或"少"，我的脸竟然会无缘无故地红起来，真是奇了怪了！人家肯定会说，没偷，你脸红什么？脸红，准是做了亏心事，为人不做亏心事，不怕半夜鬼叫门嘛！可我什么时候见过他的三十块钱？即使是捡到的，也会毫不犹豫地交给别人，难道会装进自己的腰包吗？不，这是我无论如何也做不到的！怎么能把自己等同于鸡鸣狗盗之徒呢？仔细盘点我这一辈子，什么时候偷过东西？我暗下思忖，这都是该死的自尊心作的怪，都是这怕见人的性格造的孽！退一万步讲，就算我不怕丢自己的脸，还怕丢列祖列宗的脸呢。我自小学到中学最怕一个"偷"字染上身，从来都是严于律己，洁身自好，怎么就摊上这种说不清道不明的事了呢？我急得火烧火燎的，吃不下饭睡不着觉，称了下体重，一下子瘦去了二十多斤呢。

后来，脸红病仍在折磨我，旧病未愈，又添新魔，我又得了头痛病，夜里老是失眠，睡不着觉。头愈来愈沉，愈来愈痛，只好到徐州去看医生，医生详细询问了我的病情，我被诊断为患上了严重的抑郁症。抑郁症是哪路神仙，之前从没听说过，我一脸茫然。医生说抑郁症是长期的精神压抑或是头脑受了什么刺激而形成的一种心理疾患，这种病不是一朝一夕能够治愈的，要找心理医生进行心理疏导。

　　抑郁症折磨了我大半辈子，直至退休，离开了那种集体环境，我才逐渐好起来，也才有精力拾起我毕生的爱好——读书与写作。

传统婚姻习俗

　　说起这传统婚姻习俗都是过去的老规矩了，是古代流传下来的。有些是听父母亲讲的，有些则是我亲眼所见，现整理记录如下。

　　俗话说：五里不同俗，十里改规矩。这话一点不假，这传统婚姻习俗，地区之间亦有差异。旧时里男婚女嫁，凭"父母之命，媒妁之言"，事情颇为烦琐。订婚俗称"过柬"或"传柬"。媒人用托盘托着男家的"启柬"，上写"敬求金诺"字样，上面放桂圆、松枝及金银首饰、衣物等，送到女家，将女家写着"谨遵台命"字样的启柬换过来。也有穷人家只买一对红绿丝扎腿带子传柬的，作为定情的信物。迎娶前，男方向女家索要"生辰八字"，以此为依据定下迎娶的"黄道吉日"。出嫁女在迎娶日早晨整容，也就是化妆打扮，插戴饰物，俗称"上头"。出嫁女上轿时要哭，俗称"哭嫁"。如不哭会被人家笑话的，人家会说这个女的不恋娘家爱婆家。花轿起离后，由新娘家的兄弟二人手扶轿杆步行于左右，谓之"送轿"，送出庄即回，并与轿内新娘打声招呼，嘱咐轿夫多多关照等。

富有人家娶妻，院中高搭彩棚，大门外高挂写有氏族堂号的红灯，请一班鼓乐手吹打，也有请两班鼓乐手对吹的。门上贴大红"囍"字及写有"鱼水千年合，芝兰百世荣"等的喜对。迎娶的头天晚上要为新人铺床，床上放有芝麻秸、棉花秸、谷草等，寓意婚后生活美满，早生贵子。并且要两个父母双全的小男孩在新人床上滚来滚去，俗称"滚床"。迎娶日男方上午发轿，后面跟着一班鼓乐队，轿里坐着一个抱着红公鸡的小男孩，俗称"压轿"。到女家后再把女家一只母鸡带回。还要有人挑着鸡鹅笼子同行，意为避邪。花轿落地，要有二人或四人迎轿，这迎轿女必须是未婚姑娘，一律着宽袖宽腿礼服，走起路来胳膊左右摆动。迎轿要走得极慢，需个把小时，可谓一步挪四指，迎到花轿跟前的。行至轿前，迎轿女便把新娘搀下轿，再由伴娘搀扶着去"拜天地"，送入洞房。然后由婶子或嫂子将花生、红枣、栗子等向床帐一把把撒去，俗称"撒帐"。新郎要把天地桌上的斗（斗中盛有高粱、玉米、大豆、秤、镜子等）抱到新床上。这时，新郎用秤杆将新娘的"蒙头红子"挑开，方得见"庐山真面目"。继而，新郎新娘对面喝"交心酒"或吃"交心面"后，双方沿一定方向坐帐。有人用两股红线将新娘脸上的乳毛薅掉，俗称"开脸"。之后，新郎新娘同到祖坟上烧喜纸，名为拜祖。后举行分大小仪式，司仪念出长辈亲族的称谓，新郎新娘跪拜依次叩头行礼，长辈要给礼钱。然后才能摆席开宴。亲朋吃饭时，新郎新娘要敬酒致谢。新娘还要坐守长命灯，灯里的油要上得满满的，不能熄灭。这时，闹新房的小孩子们来了，他们唱道："新媳子，拉栗子，怀里揣个麦粒子。麦粒发芽了，小孩会爬了，麦粒蹿楼了，小孩会走了……"意思是让新媳妇早生贵子。还有的唱道："竹板打，哗啦啦，新郎要吃新媳妈（即奶子），新媳妈，没奶水，气得新郎乱打滚。"这叫"闹喜"。婚后第二天娘家来人瞧看，男方要请厨师办大席招待，还要请村上的知名人士或是有学问的人陪酒。这陪酒的人不说是满腹经纶，起码也要粗通文墨，因为新娘家来的人也是经过精挑细选的私塾老先生或具备一定客屋台知识的人。席桌上，人们说话总是文绉绉的，之乎者也之类，你的嘴斗不过人家，那不丢人现眼吗？这里讲个笑话，新中国成立前，曾有一家娶了新娘。第二天，娘家来人瞧客，由于新娘子娘家庄子小，拢共十几户人家，竟找不出一个识字的人去出客。挑来选去，挑了个能说会道的人和新娘子近房家的一个叔伯辈的人结伴去了。他虽能说会道，但却目不识丁，这样的人怎么会胜任呢？可也没办法，这个庄子上再也找不到比他更适合的人选了，你又不能到外庄上去请人，那不是更让人家笑话吗？就这样，选中的那个人精心地打扮起来，着长袍马褂，头戴礼帽，拉着文明棍，俨然一副老学究的扮相。猛一看，谁也不会想到他竟然目不识丁。好一位假先生！席间，男方的陪酒客问他："先生台甫？"意思是问其名号。这位假先生回答说："柴斧忘在家里了，俺没带来。"人家又问："先生贵庚？"意思是你今年多大岁数了。假先生答曰："俺不会耕，俺哥会耕。"在座的人都捂着嘴暗笑。就这样，新媳妇娘家的脸面被这位假先生给丢尽了。这叫"瞧客"。婚后三天，新媳妇需要回娘家，新郎跟去，新娘家盛宴招待，俗话说："新女婿上门，三八二十四个盆。"极言招待之盛况。这叫"过三天"。新郎和新娘都要当天返回，不能过夜。婚后十八天，娘家来人接新媳妇回家过九天。在这九天当中，新媳妇要给婆家无论是大人小孩每人做一双鞋。满九天后，由娘家派新娘子的叔伯用骡子或马，没有骡马的驴子也行，上面放一床被子，新娘子骑在牲口背上，手里提着用红包袱包着的一大串鞋子，把新娘子送回夫家，俗称"接回门"或"接对月"。这些习俗一直延续到二十世纪六十年代中期才逐渐废止。

新中国成立前，一些贫苦人家因生活艰难无力抚养女儿，便送（或卖）给人家做"童养媳"，待长到十七八岁时成婚，俗称"圆房"。同时，官宦富家除正妻之外，纳妾现象常有，且受封建礼教保护。另外买卖婚姻，包办婚姻亦较普遍。

新中国成立后，颁布《婚姻法》，男女青年自由恋爱结婚者渐多。或经亲友介绍，两人见面几次互相了解同意后，到政府办理结婚登记。婚礼仪式较旧社会有所简化。到二十世纪六十年代花轿已基本废止。农村姑娘出嫁多是移风易俗勤俭节约办婚事。新嫁娘出嫁多乘扎彩蓬的马车、手扶拖拉机或干脆什么车也不用，就由伴娘陪同步行前往；城镇青年结婚，多选节日举行，由男家用汽车接新娘来家。"拜天地"礼仪由跪拜改为新郎新娘对面三鞠躬。有的单位还举行集体婚礼，开茶话会，由主婚人讲话，来宾致贺词，新郎新娘握手、行礼、唱歌，即告礼成。新事新办，越简单越好。近年来还盛行旅行结婚，新郎新娘携手到全国比较著名的旅游景点遛上一圈，回来后办几桌酒席向亲友致谢，就算举行过结婚典礼了。